Rainer Wekwerth
Das Labyrinth ist ohne Gnade

Der 1. Band der Trilogie »Das Labyrinth erwacht« wurde mit der
Bad Segeberger Feder und der *Ulmer Unke* ausgezeichnet.

Rainer Wekwerth,
1959 in Esslingen am Neckar geboren, schreibt aus Leidenschaft.
Er ist Autor erfolgreicher Bücher, die er teilweise unter Pseudonym veröffentlicht
und für die er Preise gewonnen hat. Er ist verheiratet und Vater einer Tochter.
Der Autor lebt im Stuttgarter Raum.
www.wekwerth.com

Weitere Bücher von Rainer Wekwerth im Arena Verlag:
Das Labyrinth erwacht
Das Labyrinth jagt dich
Damian. Die Stadt der gefallenen Engel
Damian. Die Wiederkehr des gefallenen Engels

Rainer Wekwerth

Das Labyrinth ist ohne Gnade

Arena

Für Anna

1. Auflage 2014
© 2014 Arena Verlag GmbH, Würzburg
Alle Rechte vorbehalten
Ein Projekt der AVA international GmbH
Autoren- und Verlagsagentur (www.ava-international.de)
Cover: Frauke Schneider
Gesamtherstellung: Westermann Druck Zwickau GmbH
ISBN 978-3-401-06790-2

www.wekwerth-labyrinth.de
www.arena-verlag.de
Mitreden unter forum.arena-verlag.de

Prolog

Jenna schrie. Sie hatte den Mund weit aufgerissen, vor Schock, dass sie plötzlich durch die Luft geschleudert wurde.

Unter ihr erwartete sie eine stahlfarbene Oberfläche, und noch bevor Jenna begreifen konnte, wohin sie fiel, hatte sie Wasser geschluckt.

Um Jenna wurde es leicht, schwerelos. Dann war es schwarz.

Plötzlich, einen klammernden Druck auf ihrem Brustkorb lösend, strömte Luft in ihre Lunge. Gleichzeitig erbrach sie sich. Süße, frische Luft ließ ihren Brustkorb heben und senken. Sie atmete! Und musste gleich darauf husten. Trotzdem: Es war ein Gefühl, wie neu geboren zu werden.

Jenna hatte noch immer Schwierigkeiten, sich zu orientieren. Sie befand sich im Wasser. Sie lebte. Da sah sie Jeb wohlauf vor sich und ein warmes Glücksgefühl durchströmte sie. Jeb, er lebte, aber warum sah er sie so sorgenvoll an?

Ein weiteres hartnäckiges Husten schüttelte sie. Als sie sich gefangen hatte, war ihre Stimme nur ein Krächzen. »Oh Gott. Was ist passiert?«

Da erst spürte sie die Umklammerung um ihre Brust. Panisch versuchte sie, sich aus dem Griff zu befreien, dann vernahm sie

Marys Stimme hinter sich. Und begriff, dass es Mary war, die sie über Wasser hielt. Wasser, das sich links und rechts und in alle Richtungen um sie herum ausbreitete. Wo waren sie nur gelandet? Aber zumindest waren sie alle hier. Alle ... die von ihnen übrig geblieben waren. Da war Jeb. Sein Lächeln beruhigte ihre angespannten Nerven. Und da war Mary, die ihr das Wasser aus der Lunge gepresst hatte. Die ihr das Leben gerettet hatte.

Wieder hustete Jenna heftig und sie war froh, dass Mary sie kräftig strampelnd unter den Armen hielt.

»Ich weiß es nicht«, erwiderte Mary, als Jenna sich gefangen hatte.

Jennas Blick suchte Jeb und er schwamm nun heran. Liebevoll sah er sie an. »Alles okay?«

Sie versuchte sich an einem Lächeln. »Na ja, meine Lunge brennt wie Feuer.«

»Weißt du, wo wir sind?«, fragte Mary nun Jeb.

»Ich sehe nur Wasser um uns herum. So weit das Auge blickt«, sagte er. »Wir müssen mitten in einem Ozean gelandet sein.«

»Dann sind wir verloren«, flüsterte Mary tonlos. Jenna bekam eine Gänsehaut, denn Mary hatte genau den Gedanken ausgesprochen, der auch ihr nicht aus dem Kopf gehen wollte.

Jeb jedoch, das sah Jenna in seinem Gesicht, war noch nicht bereit aufzugeben. Seine Augen hatten sich zu Schlitzen geformt und immerzu drehte er sich schwimmend um sich selbst und suchte, den Horizont ab. Jenna war ihm dankbar dafür und versuchte die Traurigkeit und Hoffnungslosigkeit, die in ihr aufsteigen wollte, zu ersticken. Der Kloß in ihrem vom Salzwasser angerauten Hals brachte sie erneut zum Husten, und so hörte sie nur Jebs Worte, als er seinen Satz beinahe beendet hatte. »... kann es nicht enden. Es gibt einen Ausweg, eine Chance, die gab es bisher immer.« Er schaute Jenna und Mary eindringlich an, und sosehr Jenna an diese Chance glauben wollte, sie empfand genau das Gegenteil. Instinktiv wusste Jenna, dass sie eine mehr als miserable Schwimmerin war.

Ein Bild tauchte vor ihrem inneren Auge auf. Jeb. Er stand mit dem Rücken zum Meer. Die Arme weit ausgebreitet lachte er zum wolkenlosen Himmel. Er rief sie, aber das Rauschen der Wellen verschluckte seine Worte. Dann wandte er sich um, rannte los und stürzte sich mit einem Hechtsprung in die Wogen. Jenna beobachtete, wie er mit kräftigen Armzügen ins Meer hinausschwamm. Sie wäre ihm gern gefolgt, aber irgendetwas hielt sie zurück.

Angst.

Woher kommt dieses Bild? Warum ist es mir so vertraut? Ist das wirklich geschehen oder nur ein Traum? Warum bin ich ihm nicht nachgelaufen?

Und dann erinnerte sie sich an einen Badeunfall in ihrer Kindheit. Sommerferien an der Nordsee. Sie war noch klein gewesen, als sie von ihren Eltern unbeobachtet mit ihrem Sandeimer zum Wasser ging, in die Wellen hineinstapfte und umgerissen und dann unter die schaumige Oberfläche gezogen wurde. Die Hand ihres Vaters hatte sie hochgerissen und sie wusste noch, was er als Erstes zu ihr gesagt hatte. »Wenn wir daheim sind, lernst du schwimmen. Das passiert dir nie wieder.«

Aber sie hatte nie richtig schwimmen gelernt. Ihre Angst vor dem Wasser war zu groß gewesen. Es reichte, um sich eine Weile über Wasser zu halten, aber weite Strecken konnte sie schwimmend nicht zurücklegen.

Ihr Vater hatte gesagt, sie würde nie mehr in eine so hilflose Lage kommen.

Und nun war es doch passiert.

Das beklemmende Gefühl in Jennas Brust ließ sich nicht abschütteln. Sie mahnte sich zur Ruhe, dann schaute sie sich um. »Dann zeig sie mir, diese Chance.«

»Der Stern«, sagte Jeb. »Um Mitternacht wird er aufgehen. Bis dahin müssen wir durchhalten. Er wird uns den Weg weisen.«

Den Weg aus dieser Wasserwüste? Aus dem Nichts, in dem wir verloren sein werden, wenn wir nicht bald Land erreichen oder gefunden werden? Wie lange dauert es, bis wir zu erschöpft zum Schwimmen sind? »Aber wohin, Jeb? Wohin soll er uns führen? Da ist nichts. Nur Wasser und Leere.«

Da hörte sie erneut Marys Stimme hinter sich. »Kannst du schwimmen?«

Jenna hatte diese Frage befürchtet. Sie zögerte einen Moment, dann nickte sie. Sie hatte einen Entschluss gefasst: Sie würde hier so lange vor sich hin paddeln, bis es zu Ende ging. Sie durfte nicht aufgeben.

»Ich lasse dich jetzt los«, vernahm sie Marys leise Stimme. Dann schwebte Jenna und begann, Wasser zu treten.

»León ist tot«, sagte Mary da leise. »Ich hätte bei ihm bleiben sollen. Besser mit ihm sterben als das hier.«

Jenna schwieg und auch Jeb brachte kein Wort heraus. Er sah aus, als wäre er tief in Gedanken versunken. Und als würde auch er kämpfen. Darum, die Hoffnung nicht aufzugeben. Jenna wusste, wofür es sich zu kämpfen lohnte. Es gab genau einen Grund. Und der war Jeb.

Wind war aufgekommen. Das Wasser begann, sich zu kräuseln, dann drängten leichte Wellen heran, die auf und ab stiegen. Ihre Körper schaukelten mit ihnen. Vom Himmel brannte die Sonne auf sie herab, das Wasser glitzerte. Am liebsten hätte Mary sich von dem funkelnden Schauspiel schläfrig werden lassen, irgendwann die Augen zugemacht ... aber Mary spürte, wie die Angst langsam von ihr abfiel.

Wasser. Das war ihr Element.

Nirgends war Land zu sehen. Und doch beunruhigte Mary dies nicht. Wenn nur Jenna durchhielt. Mary hatte bemerkt, dass die andere, seit sie sie losgelassen hatte, sich mühsam über Wasser hielt. Immer wieder musste Jenna ihren Kopf weit über die Oberfläche recken, damit sie beim Wassertreten nicht unterging. Um Jeb machte sich Mary keine Sorgen. Er schwamm in kurzer Entfernung wiederholt um seine eigene Achse, hob den Oberkörper aus dem Wasser. Immer mit Blick auf den Horizont.

»Jenna, versuch, dich mit den Armen auszubalancieren und nicht nur mit den Beinen zu strampeln.« Mary wusste, dass Jenna dringend energiesparender schwimmen musste, wenn sie überleben wollte. Als sie sah, dass Jenna jetzt stabiler im Wasser stand, sagte sie: »Halte durch, Jenna. Das ist nicht das Ende.«

Jenna keuchte neben ihr auf. »Wieso denkst du das ...«, sie spuckte Wasser aus. »Hier ist nichts, falls dir das noch nicht aufgefallen ist! Nichts, das uns retten könnte!«

Mary überlegte, ob sie Jenna von ihrer Ahnung erzählen sollte – aber welche Worte sollte sie dafür finden? Alles, was sie Jenna zum Trost sagen konnte, waren Floskeln. Vermutungen. Aber diese Vermutungen waren ihr so klar und deutlich vor Augen. Mary spürte, dass sie wahr werden würden. Sie kannte dieses Meer, diesen Ozean. Sie waren hier zwar nicht sicher. Aber ertrinken, nein, das wusste Mary, ertrinken würden sie nicht. Rettung würde kommen.

Gerade wollte sie ansetzen, Jenna ihre diffusen Gedanken zu schildern, als Mary etwas an ihren Beinen spürte. Instinktiv schaute sie unter sich, konnte aber nichts erkennen. Oder war die Bewegung von Jennas Beinschlag im Wasser gekommen?

Mary musste sich zusammenreißen, nichts zu sagen, um Jenna nicht noch zusätzlich zu verängstigen, wo diese doch gerade einen regelmäßigen Schwimmrhythmus gefunden hatte.

Da schrie das blonde Mädchen plötzlich neben ihr auf.

»Was ist?«, fragte Mary.

Jennas Stimme war laut und voller Angst. »Etwas ... etwas hat mich am Bein berührt.«

Mary schluckte.

Jeb war nach Jennas Schrei zu ihnen geschwommen. Er sah sehr besorgt aus. Jenna blickte die beiden fragend an.

»Ich war es nicht, aber ich habe es auch gespürt – unter uns.« Marys Stimme zitterte und sie vergaß einen Moment, weiter auf der Stelle zu paddeln, um sich über Wasser zu halten. Sie tauchte kurz unter, doch sofort machte sie einen kräftigen Beinschlag und kam wieder nach oben. Sie schnappte beim Auftauchen nur ein Wort auf, das Jenna geradezu ungläubig aussprach: HAI.

Eben noch war sie fest davon überzeugt gewesen, alles würde gut werden.

Haie flößten Mary mehr Angst ein, als sie sich in diesem Moment eingestehen mochte. Scharfe Zähne, die starrenden Augen, die Erbarmungslosigkeit, die diese Tiere ausstrahlten. Dies war ihre Welt, hier waren sie die unangefochtenen Könige und ihr Hunger war grenzenlos. Bei der Vorstellung, unter ihr könnte so ein Tier lauern, wurde Mary beinahe übel.

Konzentriert starrte sie geradeaus. Nur nicht nach unten schauen. Sie hörte Jebs und Jennas Stimmen leise zu sich durchdringen, sie hörte, wie nervös Jenna klang, je einsilbiger Jeb wurde.

Mary drehte sich um ihre eigene Achse, beinahe hoffnungslos, aber bemüht, nicht zu verzweifeln. Noch nicht. Sie versuchte, sich in Erinnerung zu rufen, wie man sich in Gewässern, in denen sich Haie tummeln, verhalten sollte, um nicht wie Beute zu wirken. Jeb rief Jenna und Mary zusammen. Ja, sie mussten größer wirken. Ohne nachzudenken, schwamm sie auf die beiden zu. Doch Mary suchte noch immer das Wasser um sie herum ab.

Da ...

Da schweifte ihr Blick über etwas, das zuvor noch nicht da gewesen war. Ein dunkler Punkt, nicht allzu weit entfernt. Die Wellen verdeckten ihn immer wieder, aber ...

»Ich sehe da was«, rief Mary. Etwas trieb auf dem Wasser.

Die beiden anderen wandten sich erschrocken zu ihr um und folgten ihrem Blick.

»Seht ihr es?« Plötzlich verließ Mary alle Angst. Da war sie, die Rettung , von der sie geahnt hatte, dass sie kommen würde. »Was ist das?«, fragte Jeb atemlos.

Mary kniff die Augen zusammen. »Ich glaube, es ist ein Boot.«

»Ein Boot?«

Sie nickte. »Es liegt verkehrt herum im Wasser.« Sie wunderte sich darüber, woher sie diese Gewissheit nahm. Aber das Boot, das kieloben dort schwamm, sah sie nun klar vor sich. Wie in einer Erinnerung, die sich in ihr empordrängte ... aber warum erinnerte sie sich an ein *Boot?*

Sie mussten sich beeilen, bevor der Hai neugierig wurde und sie attackierte. Mary überlegte, wie sie die geschwächte Jenna möglichst schnell dorthin bringen sollten, als sie eine weitere heftige Bewegung neben sich spürte. Mary schrie auf.

Marys Schrei gellte in Jebs Ohren.

»Er ist wieder da!«

»Ich habe ihn auch gespürt! Hast du ihn gesehen?«, fragte Jeb aufgeregt.

»Nein, aber ich spüre ihn. Immer noch. Das Wasser verschiebt sich unter meinem Körper. Es zieht an mir ...«

Jeb tauchte kurzerhand unter, um die Lage einzuschätzen. Eine Minute lang versuchte er, mit brennenden Augen, den Hai zu entdecken. Prustend tauchte er wieder auf. »Nichts! Da ist nichts zu sehen!«

»Ich habe ihn gespürt«, beharrte Mary.

Jeb überlegte, wie er Jenna in Richtung des Bootes ziehen könnte, da hörte er, wie sie mit fester Stimme sagte: »Das Boot ist nicht mehr weit. Ich schaffe das.«

Langsam schwamm Jenna voraus. Und Jeb wusste, dass sie recht hatte: Sie mussten sich von hier fortbewegen, wenn sie ihre eine Chance wahrnehmen wollten.

Immerhin: Der Hai war nicht wieder aufgetaucht. Das gab ihm Hoffnung.

Jenna nahm Zug um Zug. Sie blickte nur selten auf. Und Schwimmzug für Schwimmzug, das wusste sie, näherte sie sich dem Boot. Sie musste nur durchhalten.

Die blaue unruhige Oberfläche vor ihr schien endlos.

Wenn sie an den Hai unter ihren Füßen dachte, verließ sie alle Kraft – und so lenkte sie ihre Gedanken auf das Boot und auf die Möglichkeit der Rettung.

Die nächsten Minuten sprach keiner von ihnen. Stumm schwammen sie durch das Auf und Ab der sanften Wellen. Die Sonne brannte auf sie hinab, aber Jenna fokussierte alles auf das Ziel, das so nah war und doch noch so fern. Sie ließ die Angst nicht zu, dass das Boot sich mit jedem Schwimmzug und mit jeder Welle wieder genau so weit entfernen konnte. Sie verschluckte sich, hustete, strampelte weiter ... da berührten ihre Finger endlich etwas Hartes.

Sie hatte es geschafft. Das Boot trieb kieloben im Wasser und war aus braunem, hartem Kunststoff, dessen Rand weiß gefärbt war.

Jenna spürte die beiden anderen neben sich. Mit letzter Kraft krallte sie sich an dem Boot fest, vor Panik, es könnte gleich wieder davontreiben.

»Es ist größer, als ich dachte«, keuchte Jeb.

Größer bedeutet mehr Stabilität, dachte Jenna. Aber wie um Himmels willen sollten sie das Boot umkippen?

»Helft mir.« Jenna sah, wie Jeb zur Längsseite des Bootes schwamm. Sie bewunderte seine Kraft, die er aus scheinbar unerschöpflichen Reserven zu nehmen schien, seit sie aus dem weißen Labyrinth entkommen waren. Doch der erste Versuch, das Boot anzuheben, scheiterte.

»Alle zusammen«, sagte Mary.

Jenna bezog neben Jeb Stellung, Mary nahm den Bug des Bootes in Angriff. Erst nach drei kraftraubenden Versuchen gelang es ihnen, das Boot umzudrehen. Jennas Arme fühlten sich wie Pudding an, aber eine Welle der Erleichterung überrollte sie. Jeb und Mary neben ihr lächelten schnaufend.

Aber eine Frage blieb, wie sollten sie ins Boot gelangen, zumal mit geschwächten Armen?

Jeb stemmte sich am Bootsrand hoch, nahm Schwung – und stürzte zurück ins Wasser. Er war beinahe am Ende seiner Kräfte. Bei jedem Versuch schob er sich etwas weniger hoch aus dem Wasser. Er wusste, dass er mit jedem Versuch zumindest dazulernte, aus welcher Position und mit welcher Technik er am besten über den Rand gelangen konnte.

Wenn er sich nur nicht schon so müde und erschöpft fühlen würde. Doch er musste es schaffen, wenn nicht für ihn selbst, dann doch für die beiden Mädchen.

Er hielt sich einige Minuten still am Bootsrand fest. Er hatte herausgefunden, dass das Boot am Heck am wenigsten nachgab.

Dort würde er sich mit einem kraftvollen Beinstoß mit dem Oberkörper über den Rand hängen. Dann, in einem zweiten Ruck, Stück für Stück seinen Oberkörper und schließlich seine Beine in das Boot ziehen.

So viel zur Theorie.

Seine Hände waren inzwischen verkrampft von den unzähligen Versuchen, ins Boot zu gelangen. Diesmal würde er seinen Oberkörper als Gewicht einsetzen, um sich ins Boot zu hieven. Innerlich nahm er Anlauf. Eins ... zwei ...

Drei.

Mit einem tiefen Atemzug schnellte er, seine Beine schlagend, nach oben. Er hängte sich ächzend über den Rand. Zentimeter für Zentimeter schob er nun seinen Oberkörper nach, mit jedem Atemzug ein Stück weiter. Schließlich zog er ein Bein hinterher, legte es quer über das Heck des Bootes, ließ sich nach vorne fallen und rollte kopfüber ins Bootsinnere.

Geschafft. Er erlaubte sich, einen Moment zu verschnaufen, dann richtete er sich auf und mit wenigen Handgriffen, die nur aus der Verzweiflung geboren sein konnten, gelang es ihm, Jenna und dann Mary in das Boot hineinzuziehen.

Sofort, da außerhalb des kühlen Wassers, brannte die Hitze umso mehr auf ihn hinab und Jeb ließ sich erschöpft nach hinten fallen.

Als er sich ein wenig erholt hatte, blickte er zu den beiden Mädchen hinüber, die sichtlich ausgezehrt im schwankenden Boot hockten. Sie zitterten vor Anstrengung. Jeb hatte nicht mal genug Kraft, sich aufzurichten, sondern genoss für einige Momente die absolute Bewegungslosigkeit, die er seinem Körper nach stundenlangem Schwimmen nun gönnen konnte. Da hörte er, wie Jenna einen überraschten Schrei ausstieß.

»Was ist?«, fragte er erschrocken.

»Hier ist ... Essen. Wasserflaschen. Plastikbeutel.« Sie wühlte die Sachen hervor. »Eine große Plastikplane und ich ... ich habe ...« Sie zögerte. »... das ist ein ...«

Mary stand auf und kletterte über die Ruderbänke hinweg zu ihr.

»... Kompass«, vervollständigte sie den Satz. »Damit kann man die Himmelsrichtung bestimmen.«

»Manche von den Sachen sind beschriftet ...«, dann schwieg Jenna plötzlich.

Jeb staunte von seinem Platz in der Mitte des Bootes nicht schlecht, als die beiden Mädchen nacheinander noch eine Sturmlampe, Verbandszeug und eine Leuchtpistole unter der Klappe am Heck hervorzogen.

All das bedeutete Leben. Überleben. Jeb traute der ganzen Sache insgeheim noch nicht: Hatte das Labyrinth nicht zwar immer dafür gesorgt, dass sie Essen, Kleidung und Ausrüstung hatten? Und hatte das Labyrinth nicht dennoch unerbittlich versucht, sie alle zu töten?

Galle stieg auf und hinterließ einen bitteren Geschmack im Mund.

Das Labyrinth hatte es wahrhaftig geschafft, dass sie mittlerweile nur noch zu dritt waren. Das alles hatte er während des Kampfs ums Überleben, den sie nun schon stunden-, nein, tagelang führten, nicht mehr an sich rangelassen. Jetzt, da er das erste Mal in Ruhe innehalten konnte und sich zumindest vorerst in Sicherheit fühlte – da brach diese Erkenntnis mit umso größerer Heftigkeit über ihn herein.

Sie waren sieben gewesen.

Nun waren sie nur noch zu dritt.

Und das Labyrinth war noch lange nicht mit ihnen fertig.

Mary beugte sich zu Jenna herüber, als diese ihr mit bedeutungsvollem und fragendem Blick das Verbandpäckchen hinhielt. Tatsächlich, dort stand ein Name. Nein, nicht irgendein Name.

Ihr Name. MARY

Aus irgendeinem Grund war sie nicht überrascht. Doch an den Reaktionen von Jeb und Jenna, die sie mit weit aufgerissenen Augen anstarrten, konnte sie die Unmöglichkeit dieses Zufalls ablesen.

Nein, ein Zufall war das sicher nicht.

Mary riss erschrocken die Augen auf, als sie begriff, was der Schriftzug in ihr wachrief.

Angst. Schande. Ausgeliefertsein.

Mehr aus einer Ahnung heraus als wirklich wissend, deutete sie mit der Hand nach vorne, zur Bugwand. »Hier steht etwas«, sagte sie leise. »Hier steht auch MARY. Mein Name. Was hat das zu bedeuten?«

Sie versuchte, die Erinnerung in ihrem Kopf zu fassen zu bekommen ... »Ich ... da ist ein Bild in meinem Kopf. Der Schriftzug, ich glaube, ich habe ihn schon mal gesehen.«

1. Buch

1.

Mary war in einer anderen Welt, die nur in ihrem Kopf existierte. In einer Welt aus Schatten, die zur Tür hereinfielen und das Zimmer eroberten, bevor ihnen der wahre Schrecken folgte.

Aber sie war nicht allein. Im Zimmer nebenan wimmerte leise ihr kleiner Bruder David.

Das Plätschern der Wellen gegen den Bootsrumpf verstummte und sie hörte die Schritte. *Seine* Schritte. Wie er vor der Tür auf und ab ging, so als denke er nach, so als bereue er, aber das waren nur Augenblicke, denn es geschah immer wieder. Es gab keine wahrhafte Reue, nur seinen schweren Atem, wenn er ihr ins Ohr flüsterte, dass sie Papas kleines Mädchen war.

Mary hörte, wie die Tür zum Zimmer ihres Bruders aufschwang, ein kaum vernehmbares Ächzen der Scharniere. Dann die flüsternde Stimme ihres Vaters.

Jetzt sagt er, dass David schlafen soll, alles in Ordnung ist, aber nichts ist in Ordnung. Niemals wieder. Nicht für David und auch nicht für mich.

Die Tür ächzte erneut, dann verschwanden die Schritte.

Zurück blieb Einsamkeit.

Tränen.

Und das Gefühl unendlicher Demütigung.

Leise schob sie die Bettdecke zurück und erhob sich. Der Boden war kalt unter ihren Füßen und sie fröstelte. Unsicher stand sie da.

Ich muss zu David. Ihn in den Arm nehmen, ihm vorlügen, alles wird gut werden. Seine Tränen werden mein Nachthemd durchnässen und ich werde mich schämen.

Doch Mary wagte es nicht, die Tür in ihrem Kopf aufzustoßen. Nicht mehr. Sie zählte von sieben rückwärts, damit die Angst sie nicht überrollen würde. Das würde sie nicht mehr zulassen. Sie würde ...

Mary zählte.

Sieben.

Sechs.

In ihr stiegen weitere Erinnerungen hoch. Erinnerungen daran, auf einem knarzenden, ächzenden Schiff zu sein. Ein Schiff, das ihr Angst machte und ...

Fünf.

... aber auch Geborgenheit verhieß. *Geborgenheit?* Kurz hielt Mary inne. Nein – da kamen nur Bilder ...

Ich stehe an der Tür, wage nicht, sie zu öffnen und hinauszuhuschen. ER ist irgendwo da draußen, geht auf und ab wie ein Raubtier im Käfig. ER wird mich hören und dann.

Wird er zu mir kommen. Seinen alkoholschweren Atem über mein Gesicht wehen.

Mit Fragen wie:

»Hast du Papa lieb?«

Mary wand sich, nahm mehr wahr, wo sie sich befand. Hörte nur von fern die beiden Stimmen von Jeb und Jenna neben sich.

Hast du Papa lieb?

Der Anfang klingt richtig, aber das letzte Wort gehört nicht in diesen Satz.

Hasst du Papa?

Das war die Wahrheit. Die einzige.
Vier.
Drei.
Ich hasse dich. Ich wünsche dir die Wahrheit in den Augen der anderen, wenn sie dich ansehen, wissend, was du getan hast.
Aber das wird nicht geschehen.
Ich bin in einer anderen Welt.
Zwei.
Kämpfe um mein Überleben.
Aber irgendwie bist du ins Labyrinth geraten.
Zu mir.
Und jetzt wird deine kleine Mary dich finden.
Eins.

Jeb beobachtete Mary, die sich im Bug des Bootes hingesetzt hatte. Sie hatte gesagt, sie müsse nachdenken, und sich seitdem geweigert, von den Rationen zu essen. Nur eine kleine Flasche Wasser hatte sie getrunken.

Jenna und er hatten anfangs noch versucht, mit ihr zu reden, immerhin bestand die Möglichkeit, dass die Namensgleichheit ein Zufall war, aber Mary blieb stumm. Mit ausdruckslosem Gesicht und leerem Blick starrte sie schweigend vor sich hin.

Nachdenklich kaute Jeb auf einem Hartkeks herum. Neben ihm saß Jenna und schmierte sich das Gesicht mit der gefundenen Sonnenschutzcreme ein. Eine dicke weiße Schicht war auf ihrer Haut, die sie mit den Fingern verteilte.

Es ist, als hätte jemand dieses Boot für uns bereitgestellt und an alles gedacht, was wir brauchen.

Das Ruderboot schaukelte im Wasser. Um sie herum gab es keine Orientierungspunkte und so ließ sich schwer feststellen, ob sie sich überhaupt bewegten. Jeb schluckte den letzten Bissen

Keks hinunter, dann wandte er sich an Jenna. »Was machen wir mit ihr?«

Jenna hielt inne. »Sie braucht Zeit, dann wird sie sich erinnern – vielleicht wissen wir dann mehr über diese Welt.«

»Sie hat nicht mal was gegessen.«

Jeb erntete einen kalten Blick von Jenna. »Verstehst du das etwa nicht?«

Der harte Ton in ihrer Stimme verwunderte ihn. Natürlich verstand er. Léon war tot und der Schock über die Entdeckung ihres Namens auf dem Boot hatte sie verstummen lassen, aber es gab doch Hoffnung. Oder? Sie hatten Vorräte, Wasser, Medizin, sie konnten eine Weile durchhalten. Vielleicht würde irgendwann ein Schiff am Horizont auftauchen und sie retten.

Die anderen sind gestorben, aber wir sind noch da. Wir haben es verdient zu leben.

Und dennoch war da der harte Klang in Jennas Stimme. Auch sie hatte sich verändert. Das Labyrinth hatte sie verändert. Jeb sah den bitteren Zug um ihre Mundwinkel, aber wie konnte es auch anders sein. All die Strapazen, die Ängste gruben sich in das Innerste ein, brachten Verborgenes zum Vorschein.

Bald würde sich der glühende Tag dem Ende neigen und die Sonne langsam am Horizont im Meer versinken. Jeb hoffte, dass die Nacht ihnen wieder den Stern zeigen würde, dann konnte ihre Reise weitergehen.

Immer dem Stern entgegen.

Jeb blickte Mary an. Die Arme um die Beine geschlungen, so klein zusammengerollt, als wolle sie sich vor der Welt verstecken. Sein Herz brannte, denn es gab nichts, was er für sie tun konnte.

Léon war tot.

Der letzte Satz war so schlicht und so wahr, dass er ihn fast überwältigte. León war tot. Nichts konnte etwas daran ändern. Er würde ihm nie wieder gegenüberstehen, seine Wildheit und seinen durch nichts zu erschütternden Kampfeswillen bewundern.

Compadre, du warst mein Gegner, aber auch mein Freund. Du hast mir immer die Hoffnung gegeben, dass es sich lohnt zu kämpfen, dass Aufgeben keine Option ist. Nun bin ich allein mit Jenna und Mary und weiß nicht, was ich tun soll.

Jenna soll leben. Heimkehren. Aber Mary hat es ebenso verdient. Sie ist so tapfer.

Doch Mary war nun innerlich zerbrochen. Alle Lebenskraft schien sie verlassen zu haben, so als wäre sie bereit zu sterben.

Kann ich damit leben? Kann ich Mary opfern, damit Jenna das letzte Tor erreicht? Wie sollen wir mit all dem nur fertigwerden? Jenna? Macht es nach all dem überhaupt Sinn, in die eigene Welt zurückzukehren, wenn so viele andere dafür draufgegangen sind?

Jeb wand sich aus seinen Gedanken. So weit wollte er noch nicht denken. Nur bis zur nächsten Stunde des Überlebens und zur nächsten. Was danach kam, würde sich entscheiden.

Neben ihm saß Jenna und starrte aufs Meer hinaus. Die Oberfläche glänzte und funkelte im Sonnenlicht, alles schien so unendlich friedlich zu sein. Die Stille war einzigartig.

Jeb dachte über das nach, über die Bruchstücke, die er mittlerweile von seinem Leben erfahren hatte. Über die Bilder, die er im weißen Labyrinth gesehen hatte.

Seinen Vater.

Seine Mutter.

Ihren Tod.

Danach nichts mehr. Nur noch vollkommene Schwärze. Als ob er aus diesem Nichts in seinem Kopf bestehen würde.

Wie bin ich hierhergekommen?

Die Fragen quälten ihn. Sein Kopf schmerzte im unbarmherzigen Licht der Sonne, die auf seine Schädeldecke brannte, so als versuche, sie einen Weg in seine Gedanken zu finden. Licht ins Dunkel.

Licht ins vollkommene Nichts.

Jeb zog sein T-Shirt aus, tauchte es ins Wasser und band es sich wie einen Turban um. Er spürte, dass Jenna ihn beobachtet und lächelte ihr zu. Er nahm ihre Hand. Sie sollte spüren, dass *sie* diese eine große Gewissheit war, die er noch hatte. Er liebte sie. Er würde sie retten um jeden Preis.

Jenna nickte mit einem zaghaften Lächeln, schwieg aber.

Auch sie braucht Zeit für ihre Gedanken. Still und endlos treiben sie dahin, wie der Ozean, der sich um uns herum ausbreitet.

Jeb atmete auf. Sein Turban brachte etwas Kühlung und die Schmerzen in seinem Schädel ließen nach. Er wurde schläfrig.

Jeb wusste nicht, wie lange er gedöst hatte, aber als er die Augen aufschlug, spürte er, dass sich etwas verändert hatte. Es dauerte einen Moment, bis er begriff, dass das Boot leicht schaukelte. Er blickte sich um, in alle Richtungen.

Das Meer lag ruhig vor ihm, keine Welle kräuselte seine Oberfläche und es gab auch keinen Wind, der über ihn hinwegstrich.

Und dennoch bewegte sich das Boot.

Seltsam.

Dann durchzuckte ihn ein Gedanke: Etwas unter ihnen hatte es ins Wanken gebracht.

Und plötzlich verstand Jeb.

Der Hai. Er war zurückgekehrt, zog seine Bahn unterhalb des Bootes.

So nahe, dass das Rettungsboot zu schaukeln begann.

Der Hai spürt, dass es hier etwas zu holen gibt. Wird er angreifen? Greifen Haie Boote an?

Jeb wusste es nicht, was nicht gerade dazu führte, dass er ruhiger wurde. Er spürte, dass sein Puls sich beschleunigte. Dieser neue Gegner war genauso unbarmherzig und er kannte keine Angst. Im Wasser, seinem Element, war er der ultimative Jäger.

Alles, was wir tun können, ist, uns ruhig zu verhalten.

Fünf Minuten vergingen, dann schwappte eine kleine Welle gegen das Boot. Ein dunkler Schatten schwamm unter dem Kiel hindurch und verschwand wieder in der Tiefe.

Verdammt! Das war nahe.

Sein Blick huschte zu Mary hinüber, die offensichtlich eingeschlafen war. Jenna hatte sich nach vorn gebeugt, die Hände im Nacken gefaltet. Ihre Augen waren geschlossen.

»Jenna«, raunte er leise.

Sie drehte den Kopf. Ihre blonden Haare glänzten im Sonnenlicht, aber sie selbst machte einen erschöpften Eindruck.

»Was ist?«, flüsterte sie.

»Der Hai ist wieder da.«

Jeb sah, wie sich Jennas Körper anspannte. Sie saß stocksteif da, wie versteinert, mit eingefrorenen Gesichtszügen.

Ihre Lippen bebten, als sie sagte: »Ich ... ich habe Angst, Jeb.«

»Ja, ich weiß.«

Er konnte jetzt nicht aufstehen oder zu ihr rutschen, dadurch käme das ganze Boot ins Schaukeln. Mary würde vielleicht aufwachen, erschrecken und etwas Dummes tun. Nein, er musste bleiben, wo er war. Die Nerven behalten.

»Wo ist er?«, fragte Jenna.

»Zieht unter uns seine Kreise. Ich will nicht nachsehen, die Bewegung des Bootes könnte ihn neugierig machen.«

»Was tun wir jetzt? Warten?«

Jenna suchte das Bootsinnere ab, er wusste, was sie suchte: Paddel. Aber da war nichts.

Sie waren dem Ozean und seinen Launen, seinen Bewohnern und den Bewegungen der Wellen ausgeliefert. Da kam Jeb eine Idee. Vielleicht war es der blanke Wahnsinn. Vielleicht ging die Sache sogar buchstäblich nach hinten los, Jeb kannte sich da nicht so genau aus. Aber es war zumindest eine Möglichkeit, etwas anderes zu unternehmen, als bloß zu warten. »Ich brauche die Leuchtpistole.«

Jenna runzelte die Stirn. »Es ist heller Tag, wozu ...«
»Vielleicht kann ich ihn abschrecken«, unterbrach sie Jeb.
»Blödsinn.«

Eine andere Möglichkeit haben wir aber nicht, dachte Jeb, sagte jedoch nichts dazu. »Gib sie mir.«

Jenna drehte sich vorsichtig um, öffnete die Klappe zu den Vorräten und zog die Leuchtpistole heraus, die sie Jeb reichte.

Jeb betrachtete den Gegenstand. Die Pistole war klobig und sah aus wie eine antike Waffe aus einem alten Westernfilm.

»Weißt du, wie das Ding funktioniert?«, fragte Jenna.

Er hatte keine Ahnung, aber so schwierig konnte es ja nicht sein. »Ich denke schon.«

Er klappte die Pistole auf. Eine dicke Patrone lag darin. Gut. Dann hob er die unhandliche Waffe an und zielte zur Probe. Das Ding war dafür gedacht, eine Leuchtpatrone direkt in den Himmel zu jagen, für gezieltes Schießen war es nicht geeignet, aber Jeb wusste, er musste den Hai sowieso nahe ans Boot heranlassen, bevor er die Pistole benutzen konnte. Immerhin hatte so eine Leuchtpistole eine große Reichweite, wenn man sie abschoss. Das hieß, sie besaß eine enorme Wucht. Er erwartete, dass die Patrone auf einer kurzen Strecke stark genug war, dass sie das Wasser durchstieß. Jeb hoffte, dass das Geschoss den Hai für einen Moment erschreckte und blendete, bevor die Patrone im Wasser erlosch. So viel zur Theorie. Wenn die Sache nicht funktionierte, waren sie dem Hai ausgeliefert. Mit einem Paddel hätten sie nicht nur rudern, sondern auch nach dem Vieh schlagen können. Er seufzte.

»Oh Mann, dass klappt niemals«, raunte Jenna.

»Wir müssen es versuchen.«

Jeb richtete sich auf und sondierte die Umgebung.

Das Meer lag wie ein Spiegel vor ihm.

Keine Bewegung auszumachen.

Minuten vergingen. Seine Augen begannen zu brennen. Wenn er noch weiter auf die funkelnde Oberfläche starrte, würde er blind werden.

Er wollte sich gerade abwenden, als er in etwa fünfzig Metern Entfernung eine dreieckige Flosse auftauchen sah. Der Hai war an die Oberfläche gestiegen. Langsam schwamm er auf das Boot zu. Unter der Flosse war sein mächtiger Körper nur zu erahnen, aber Jeb spürte die urtümliche Kraft dieses Tieres. Fast gemächlich hielt es auf das Boot zu, dann, zehn Meter vor dem Boot, tauchte der Hai unter dem Kiel durch.

Wieder schwappte eine kleine Welle gegen die Bordwand, aber ansonsten geschah nichts. Jeb stieß den angehaltenen Atem aus.

Neben ihm stöhnte Jenna auf. »Ich halte das nicht aus, Jeb.« Ihre Stimme zitterte. »Ich habe eine solche Angst. Erst das Wasser und jetzt das. Ich halte es nicht aus.«

»Psst. Versuch, dich zusammenzureißen, bitte«, beschwor er sie eindringlich. »Noch kann alles gut werden.«

»Was wird gut?«, erklang da eine Stimme in seinem Rücken. Mary war aufgewacht. Jeb drehte sich nach ihr um.

Er versuchte gar nicht erst, sie anzulügen. »Der Hai ist zurückgekommen. Er umkreist das Boot.«

Die ohnehin schon blasse Mary wurde noch weißer im Gesicht. »Meinst du, er greift uns an?«

Jeb zuckte mit den Schultern. »Keine Ahnung, aber ich bin vorbereitet.« Er schwenkte die Leuchtpistole, damit Mary sie sehen konnte.

»Damit willst du ihn vertreiben?«, fragte das dunkelhaarige Mädchen.

»Es ist alles, was wir haben.«

Jeb wollte sich gerade wieder in Stellung bringen, als das Rettungsboot von einem heftigen Stoß erschüttert wurde. Die linke Seite hob sich fast einen Meter aus dem Wasser. Mary wurde nach hinten geworfen, Jeb hart auf die Knie geschleudert. Noch während er fiel, sah er, wie sich ein gigantischer Rachen mit mehreren Reihen rasiermesserscharfen Zähne öffnete und in die nach unten sackende Bordwand biss. Jeb sah für einen Moment einen riesigen Schlund und weiße Zacken, direkt vor sich, ein starres, kaltes Auge blickte ihn an. Das Auge eines Jägers, der seine Beute fest ins Visier genommen hatte.

Für einen Moment schien es so, als könne der Hai wirklich zubeißen, aber dann rutschte er mit dem Oberkiefer vom Bugrand ab.

Prompt wurde das Boot in die andere Richtung geschleudert und warf seine Insassen unkontrolliert von einer Bordwand zur anderen. Es drohte zu kentern. Mary schrie gellend auf. Von Jenna hörte Jeb nichts. Er richtete sich mit wackelnden Knien auf, versuchte, das Boot stehend wieder einigermaßen auszubalancieren, zog den Hahn der Leuchtpistole zurück und machte sich bereit, auf den Hai zu feuern. Doch das Tier hatte sich wieder in die Tiefe des Meeres zurückgezogen.

Der Hai war enorm gewesen. Riesenhaft, übernatürlich groß. Jebs Blick streifte die Bordwand, die der Hai fast zu packen bekommen hatte – dort waren mehrere tiefe Kerben im Hartplastik, wie mit messerscharfen Klingen geritzt.

Jeb bemühte sich, die Spuren des Angriffs mit seinem Körper

zu verdecken, während er das Wasser rund um das Boot absuchte. »Alles in Ordnung?«, fragte er nach hinten.

Noch bevor eine Antwort kam, spürte Jeb es. Von einer schrecklichen Gewissheit erfüllt, warf er sich herum und brachte das Boot damit gefährlich zum Schaukeln.

Der Platz neben ihm – leer.

Jenna war über Bord gegangen.

Jeb brüllte auf. Schrie nach Jenna. Dann sah er sie. Nur wenige Meter entfernt durchstieß ihr Kopf die Oberfläche. Sie prustete Wasser aus, hustete.

Sein Blick jagte herum.

Da! Die dreieckige Flosse tauchte wieder auf. Offensichtlich war der Haifisch auf Jenna aufmerksam geworden.

Der Raubfisch spürte, dass etwas Lebendiges im Wasser war. Er wendete, schwamm aber nicht direkt auf das Boot zu, sondern zog einen großen Kreis darum, hielt lauernd auf seine wehrlose Beute zu.

»Jenna!«, rief Mary.

Jeb hingegen brachte kein Wort heraus. Jenna wandte sich ihm zu. Nur vier Meter trennten sie vom Boot.

Jenna wusste, dass sie in Gefahr war. Keine Frage, in ihrem Gesicht stand die nackte Angst. Sie wirbelte im Wasser um die eigene Achse, versuchte, den Hai auszumachen. Dann schien sie ihn entdeckt zu haben. Sie hielt sich stockstill und still im Wasser. Sie sagte kein Wort, schrie nicht.

Langsam, als ob er wüsste, dass ihm nichts auf der Welt diese Beute würde streitig machen können, kam der Hai näher.

Jeb erwachte aus seiner Starre und blickte auf die Leuchtpistole in seiner Hand. Sein Kopf war wie leer gefegt.

Was tun? Auf den Hai schießen?

Es konnte sein, dass er ihn verfehlte und stattdessen Jenna traf.

Ins Wasser springen?

Bis er bei Jenna war, würde es schon zu spät sein.

Den Hai irgendwie ablenken?

Unmöglich, das Biest hatte sein Opfer fixiert. Da kam Jeb eine Idee, eine Idee, die ihm das Blut in den Adern erfrieren ließ, aber es war das Einzige, das ihm in diesem Moment einfiel.

»Jenna!«, brüllte er. »Schwimm zu uns!«

Jeb richtete sich zu voller Größe auf, brachte das Boot dadurch erneut ins Schwanken, aber davon ließ er sich nicht aus der Ruhe bringen. Er blendete alles um sich herum aus, hörte nicht mehr Marys Rufe und Jennas Keuchen, während sie begann zu schwimmen.

Vollkommen auf den Hai fokussiert, riss Jeb die Leuchtpistole hoch und zielte. Er *musste* schießen, das Risiko, Jenna zu treffen, dabei eingehen.

Und dann spürte er es. Eine unbändige Klarheit erfüllte ihn. Er würde nicht danebenschießen. Er würde treffen.

Der Hai war groß. Er bot daher eine enorme Zielscheibe. Die Chance, dem Tier bei seinem ersten Angriff in den Schlund zu schießen, hatte Jeb verpasst.

Die nächste Gelegenheit würde er nutzen und der Schuss musste sicher treffen, sonst waren sie dem Hai endgültig schutzlos ausgeliefert und ihr Kampf im Labyrinth hätte an dieser Stelle ein völlig sinnloses Ende gefunden. Jeb blickte in den Himmel hinauf.

Sein Atem wurde ruhig.

Die Hände zitterten nicht mehr.

Jenna hatte das Boot erreicht, das sah er aus den Augenwinkeln. Jeb flehte stumm darum, dass sie nicht ans Boot fasste und es ins Schwanken brachte. Er konnte nicht zu ihr schauen, musste sich auf den Hai konzentrieren, der nur noch wenige Meter entfernt war. Jeb hoffte, dass Jenna instinktiv verstand, was er vorhatte. Für einen kurzen Moment, so hoffte er, würde sie die Beute abgeben. Den Köder.

Der Hai mit seinem mächtigen Körper durchschnitt die Wasseroberfläche. Er hatte es nicht eilig und schwamm langsam auf das Boot zu.

Er näherte sich auf drei Meter.

Der schwarze Rücken des Tieres und die messerscharf aussehende Rückenflosse wurden wie an einem unsichtbaren Faden auf das Boot zu gezogen.

Auf Jenna zu.

Der Hai machte Anstalten, aufzutauchen und Jenna anzugreifen. Er war nur noch zwei Meter entfernt, da riss Jeb den Abzug durch. Das Geschoss jagte auf Flammen aus dem Lauf. Durchbrach die Oberfläche an der Stelle, an der gerade der Hai mit seiner spitzen Schnauze auftauchte, und bohrte sich tief in das grimmig starrende linke Auge des Tieres.

Der Hai warf sich herum, schnellte aus dem Wasser, seine glänzende Schwanzflosse peitschte direkt neben Jennas Kopf auf das Wasser. Sein Schlag verfehlte sie nur um Haaresbreite, dann krachte er zurück auf die Oberfläche, verschwand zuckend und eine rote Spur hinterlassend in der Tiefe.

Mit einem Mal herrschte unnatürliche Stille. Nur das Klatschen des aufgewühlten Wassers an der Bootswand war zu hören.

Jeb erwachte aus seiner Anspannung, als Jenna unter ihm aufschluchzte. Ihre Hände lagen nun an der Bordwand, sie bebten und vermochten kaum, Jenna über Wasser zu halten, so zittrig waren sie. Jeb warf die Leuchtpistole achtlos beiseite, bückte sich und fasste nach Jenna. Dann zog er sie aus dem Wasser und drückte sie an sich. Er hielt sie fest, während sie am ganzen Körper zitterte. Er nahm ihren Kopf in beide Hände und kämmte ihr mit den Fingern die nassen Haare aus dem Gesicht. Ihr Gesicht war nass vor Tränen und vom Meerwasser, sie schluchzte und bibberte. Und Jeb hielt sie. Hielt sie einfach nur fest, so fest er konnte. Er küsste sie immer und immer wieder überall, auf die Augen, an der Schläfe, am Mundwinkel, auf die Stirn. Jennas Gesicht schmeckte salzig, aber es war warm.

Lange sagte keiner von ihnen ein Wort, bis auch Mary zu ihnen kam. »Es ist alles gut«, flüsterte sie und streichelte Jenna über den Rücken.

Jenna schlotterte in Jebs Umarmung, aber es schien, als würde sie sich langsam beruhigen. Ihre Lippen öffneten sich, aber es kam kein Wort heraus. Jeb ahnte, was sie sagen wollte.

Er sprach das aus, was sie hören wollte. »Er ist weg und kommt nicht wieder.«

Da ließ ihre Körperspannung nach, sie sackte regelrecht in sich zusammen. Jeb hielt sie weiterhin fest und bettete sie sanft im Heck des Bootes.

Jenna war stumm. Mary setzte sich zu ihr und zog Jennas Kopf in ihren Schoß. Sie strich über Jennas Haar. Dazu summte sie leise ein Lied.

Und schließlich wurde Jennas Atem ruhiger.

Sie schlief ein.

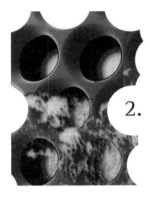

2.

Mary erwachte, ohne zu wissen, was sie geweckt hatte. Um sie herum herrschte fahle Dunkelheit, die von einer unsichtbaren Lichtquelle aufgelockert wurde, sodass Mary die Weite des Meeres um sich herum wahrnehmen konnte.

Jennas Kopf lag noch immer in ihrem Schoß und sie spürte, wie verspannt ihre Schultern waren. Sie war im Sitzen eingeschlafen und nun war es gnädige, kühlende Nacht geworden.

Mary suchte das Boot nach Jeb ab, der auf der Ruderbank in sich zusammengesackt war und offensichtlich schlief. Weder Jenna noch Jeb rührten sich.

Mary nahm vorsichtig Jennas Kopf in ihre Hände und wand sich unter ihr zur Seite, um sich aufzurichten. Sie streckte ihre Glieder und ächzte, als die steifen Muskeln in Bewegung kamen. In der Luft lag ein metallischer Geruch, den sie zunächst nicht einordnen konnte.

Aber dann erinnerte er sich an die erste Welt. In der Steppe hatte es damals kurz vor Ausbruch eines heftigen Gewitters ebenfalls so gerochen. Etwas beunruhigt spähte sie aufs Meer, aber sie konnte in der Dunkelheit nur wenig ausmachen. Der Seegang schien etwas rauer geworden zu sein, denn nun hoben und senkten Wellen das Boot in einem langsamen Rhythmus.

Trotzdem wirkten die Umgebung ruhig und das Meer nicht bedrohlich. Mary entspannte sich ein wenig. Sie überlegte, ob sie sich wieder hinlegen sollte, als eine etwas größere Welle das Boot einen halben Meter anhob und eine leichte Erschütterung den Rumpf erzittern ließ. Gleichzeitig gab es einen hohlen, dumpfen Klang. Mary erschrak und drehte sich hastig um. Zum ersten Mal seit sie erwacht war, sah sie nun, was hinter ihr lag, und zuckte zurück.

Vor ihr ragte eine schwarze Wand auf. Sie verdeckte den Himmel vollkommen, so schien es. Den Kopf in den Nacken gelegt, wanderte ihr Blick über das Hindernis, gegen das der Seegang das Boot getrieben hatte. Zunächst begriff sie nicht, was sie da sah, aber dann machte sich Hoffnung in Mary breit.

Es war ein Schiff! Das Schicksal hatte sie zu einem Schiff geführt, das, ohne Fahrt zu machen, im Wasser lag. Marys Augen flogen darüber, aber es gab keinen Zweifel, es war tatsächlich ein Schiff. Das war sie also, die Rettung, die Mary schon erahnt hatte. Wieso wollte sich dann keine Erleichterung bei ihr einstellen?

Mary suchte und fand die Sturmlampe, die zur Bootsausrüstung gehörte, schaltete sie ein und ließ den Strahl nach oben wandern.

Die Schiffswand war nachtschwarz gestrichen und ragte mindestens fünfzehn Meter vor ihr auf. Jenseits der schwarzen Fläche konnte Mary den Himmel nicht erkennen.

Seltsam. Wo war der Stern? Sie ließ ihren Blick schweifen, da entdeckte sie etwas Helles am oberen Bordrand. Die dunkle Fläche wurde dort von einem weißen Schriftzug mit riesigen Buchstaben durchbrochen, von denen Mary glaubte, sie stellten den Schiffsnamen dar, aber aus ihrer Position heraus gelang es ihr nicht, das Wort zu entziffern.

Während Mary mit klopfendem Herzen nach oben starrte,

wurde das Ruderboot erneut von einer Welle angehoben und gegen das Schiff getrieben, von dem Mary glaubte, es könne ein Frachter sein.

Ein Frachter. Marys Kehle schnürte sich mit einem Mal zu. Und dann traf sie die Erkenntnis. Sie kannte dieses Schiff. Sie kannte es gut. Sie hatte einen Großteil ihrer Kindheit an Bord verbracht.

Jenna wurde von einem Zittern geweckt. Sie öffnete die Augen und war – allein. Es dauerte eine Weile, bis sie sich orientiert hatte. Dann erinnerte sie sich: Sie saßen zu dritt in einem Boot fest. Jeb hatte sie aus dem Wasser gezogen, der Hai war fort, sie war in Sicherheit. Der Raubfisch war nicht wiedergekommen ... aber warum wackelte nun das Boot?

Jenna legte ihre Arme um die zur Brust gezogenen Beine und wagte nur, ihren Kopf vorsichtig zu heben, um mit Mary oder Jeb zu sprechen.

Da sah sie Mary. Sie hatte sich an die rechte Bugseite gestellt, hielt eine Lampe in der Hand und blickte hinaus in die Dunkelheit. Jeb hingegen lag etwas entfernt auf der Ruderbank ... nun rührte auch er sich.

»Da draußen, da ist etwas, das ihr euch ansehen solltet«, hörte Jenna nun Marys zittrige Stimme.

Jeb war von einem Ruckeln aufgewacht. Als er nun Marys Stimme vernahm, stand er hastig auf. Er hatte nur einen Gedanken und er hoffte, dass sich seine dunkle Ahnung nicht bewahrheitete.

Mit dem Aufstehen brachte Jeb das Boot zum Schwanken. Er wartete einen Moment, bis er sich ausbalanciert hatte, dann stieg er über die Ruderbank hinweg und beugte sich zu Jenna hinunter, die stockstaff auf der Mittelplanke saß und zu Mary hinüberstarrte.

»Was ist?«, fragte er.

Jenna blickte auf. »Ich weiß nicht.«

Plötzlich hörte er ein Geräusch, das ihn vollkommen irritierte. *Klonk.*

Und wieder Marys Stimme, die seiner Irritation Hoffnung verlieh. »Jeb, Jenna, da ist ein Schiff.«

Er schaute zu Mary hinüber, die mit der Sturmlampe in die Finsternis ... nein. Dort war zwar etwas Dunkles, aber es lag direkt vor ihnen. Es war nicht undurchdringliche Schwärze. Nein. Es war nichts weniger eine metallene Wand, die direkt vor Mary aufragte. Nach oben hin schien sie kein Ende zu nehmen.

Jeb blinzelte verwirrt, dann hatte er sich orientiert.

Jenna sah ihn fragend an, immer noch schlaftrunken und offenbar mitgenommen von dem Erlebnis mit dem Hai.

»Was hat das zu bedeuten?«, fragte sie.

»Wir sind gerettet, Jenna.« Er deutete über das Boot hinaus und Jennas Augen wurden weit. »Ein Schiff«, sagte Jeb. »Das Schicksal hat uns ein Schiff geschickt.«

Er wusste nicht, warum er das sagte, schließlich war nicht mal klar, ob das Schiff sie tatsächlich retten würde.

Aber dennoch. In den Weiten des Meeres, das auf kurz oder lang ihren Tod bedeutet hätte, war dieses Schiff ihre einzige Hoffnung. Ein Anker und ein Ausweg.

Das Rettungsboot schwankte noch mehr, als sich nun auch Jenna aufrichtete. »Stimmt das, Mary?«

»Ich kenne dieses Schiff.«

»Wie meinst du das?«, fragte Jeb.

»Es ist so, wie ich es sage, aber darüber möchte ich jetzt nicht sprechen.«

»Mary ...« – »Später erkläre ich dir das, Jeb, aber nicht jetzt.«

Langsam stand Jenna auf und stakste zu Mary und Jeb hinüber, die beide auf die große Stahlwand vor sich starrten.

Marys Blick war hart und sie sprach kein weiteres Wort. Selbst in der Düsternis glaubte Jenna zu erkennen, dass sie totenbleich geworden war.

Jenna schaute fasziniert und mit verängstigtem Blick an die Stahlwand vor ihnen. »Was machen wir jetzt?«

»Wir müssen rufen, auf uns aufmerksam machen. Auf dem Schiff muss eine Besatzung sein«, meinte Jeb.

»Warum bewegt es sich nicht. Irgendwie wirkt das alles unheimlich auf mich. Ein Schiff taucht plötzlich wie aus dem Nichts auf, ohne dass wir es bemerkt haben. Oder hast du etwas gehört?«

»Nein, ich glaube, es war schlichtweg Glück, dass wir in seine Nähe getrieben wurden.« Jenna bemerkte an seinem Tonfall, was er von diesem zweifelhaften Glück hielt. Aber er sagte nichts weiter. Vielleicht wollte er Mary und sie nicht noch mehr beunruhigen.

Seufzend nahm Jenna seine Hand, um ihm zu verstehen zu geben, dass er nicht allein war. Sanft drückte er zurück.

Jeb wandte sich an Mary. »Sollen wir rufen?«

Marys Blick im Licht der Sturmlampe war unergründlich. Sie blinzelte nicht, sondern sah unbeweglich in die Nacht hinaus.

Dann sagte sie etwas, das Jeb einen Schauer über den Rücken jagte.

»Wir müssen auf das Schiff. Ich habe dort etwas zu erledigen.«

Jeb legte ihr eine Hand auf die Schulter. »Hat es mit deiner Vergangenheit zu tun?«, fragte er, aber Mary presste die Lippen zusammen und drehte sich weg.

In der Ferne zuckte ein lautloser Blitz über den Horizont.

Jeb formte mit den Händen einen Trichter, dann begann er, laut zu rufen. Jenna tat es ihm gleich, Mary blieb stumm.

Auf dem Schiff rührte sich nichts. Keine Scheinwerfer gingen an und niemand beantwortete ihre Rufe.

Jeb brüllte so laut er konnte, klang dabei immer verzweifelter. Mary hatte ihre Hände auf die Ohren gelegt und hielt den Kopf gesenkt. Jenna nahm ihr die Sturmlampe ab und schwenkte sie wild umher, aber auf dem Schiff rührte sich niemand.

»So wird das nichts«, meinte Jeb sich räuspernd. »Entweder ist da keiner oder sie können uns nicht hören.«

Plötzlich kam Jenna eine Idee. »Wir müssen wieder näher an das Schiff ran und mit irgendetwas gegen den Stahlrumpf klopfen. Vielleicht reagiert dann jemand«, sagte Jenna.

Jeb nahm Jenna die Sturmlampe ab. »Ich versuch es damit. Wenn sie kaputtgeht, haben wir allerdings kein Licht mehr.«

»Wenn uns niemand entdeckt, spielt das auch keine Rolle, dann hocken wir halt im Dunkeln.« Jenna versuchte sich an einem aufmunternden Grinsen und Jeb konnte sehen, wie schwer es ihr fiel, unbeschwert und mutig auszusehen.

Die Wellen hatten sie etwas abgetrieben. Jeb gab Jenna ein Zeichen und beide beugten sich, jeder auf einer Längsseite des Bootes, zum Wasser hinab und begannen, mit den Händen zu paddeln. Es war mühsam, aber Zentimeter für Zentimeter schien sich das Boot vorwärts zu schieben, bis es mit einem leisen *Klonk* direkt neben dem Rumpf des Giganten zum Stehen kam. Jeb versuchte, sich irgendwie an der Stahlwand festzuhalten, damit das Boot nicht erneut abtrieb, aber das Metall war zu glatt, gab seinen Fingern keinen Halt. Noch einmal warf er einen Blick zu Jenna.

»Los!«, sagte Jenna.

Jeb hielt die Sturmlampe verkehrt herum und klopfte mit dem unteren Ende gegen den Stahl. Ein deutlich hörbares, metallisches Geräusch erklang, so als würde ein Hammer auf einen Amboss geschlagen.

Immer und immer wieder drosch Jeb gegen den Rumpf und jedes Mal jagte eine Erschütterung durch seinen Arm bis zur Schulter hinauf.

Und dann hörte er es. An Deck des Giganten sprang ein Motor an.

Endlich eine Reaktion. Jemand war an Bord des Schiffes, und wie es schien, hatte er sie bemerkt.

Der Kegel eines starken Lichtstrahls fiel herab und beleuchtete das Meer in einem etwas fünf Meter großen Kreis. Jeb legte beide Hände an die Schiffswand und stieß sich ab, damit das Ruderboot in den Lichtschein trieb. Er blickte nach oben, konnte aber geblendet durch den Scheinwerfer nichts erkennen.

Genau wie Mary und Jenna rührte er sich nicht. Sie hatten alle drei den Kopf in den Nacken gelegt und starrten zu den mächtigen Aufbauten des Schiffes.

Wieder erklang das Motorengeräusch. Diesmal lauter. Ein Ausleger schwang über die Reling. Wie ein gigantischer Finger ragte er über das Schiff hinaus und ließ langsam ein Stahlseil herab, an dem ein Transportnetz für Fracht befestigt war. Jeb erkannte große Maschen, während das Netz sich schlaff zu ihnen herabsenkte. Als das Netz auf ihrer Höhe war, hörte er über sich ein Surren, dann baumelte es direkt vor seiner Nase im leichten Wind.

»Sollen wir uns außen am Netz festhalten?«, fragte Jenna.

»Nein.« Jeb wandte überrascht den Kopf, als Mary sprach. »Hineinklettern. Durch unser Gewicht zieht sich das Netz zusammen, sodass wir nicht herausfallen können.«

»Sollen wir es wirklich wagen?« Jenna deutete nach oben. Der Lichtschein tauchte sie in einen unnatürlichen Glanz und ließ ihre blonden Haare aufleuchten. »Wir wissen nicht, was uns dort erwartet.«

»Wir müssen, Jenna«, sagte Jeb. »Unser Boot treibt steuerlos und ohne Ruder auf einem Ozean. Hier kommen wir nur mithilfe anderer weg. Das ist unsere einzige Chance.«

Jenna fasste Mary an beiden Schultern und zwang sie, sie anzusehen. »Mary, du weißt doch irgendetwas über diesen Frachter, oder? Sag es mir bitte, was hat es mit diesem Schiff auf sich?«

Mary wandte den Kopf, blickte zur Schiffswand hinüber, dann sagte sie: »Das Schiff gehört meinem Vater.«

Jeb schwieg. Marys Worte hatten ihn vollkommen überrascht und nun grübelte er über das Ausmaß dieser Aussage nach. War dies etwa wieder einer der Pfade in die dunkle Vergangenheit?

Das würde auch Marys einsilbige und abweisende Reaktion vorhin erklären, als sie nicht über das Schiff sprechen wollte. Jeb ahnte, was in ihr vorging. Wahrscheinlich wusste nur sie, was sie an Bord erwartete. Und es fiel ihr schwer, es in Worte zu fassen.

»Deinem Vater?«, echote Jenna.

Marys Stimme klang seltsam abwesend, als sie erzählte: »Das Schiff ist die MARY. Er hat sie nach mir benannt. Es ist ein Frachter, der im Jahr meiner Geburt das Dock verließ und seitdem zwischen Großbritannien und den Vereinigten Staaten pendelt. Hauptsächlich transportiert es Maschinenteile in die USA und bringt auf dem Rückweg landwirtschaftliche Erzeugnisse, zum größten Teil Baumwolle, mit. Mein Vater ist der Kapitän. Außerdem gibt es noch acht Mann Besatzung an Bord. Polen, Letten und Esten.«

»Aber ... aber, dann sind wir gerettet, in unsere eigene Welt zurückgekehrt«, stieß Jenna hervor.

»Für mich gibt es dort oben keine Rettung«, sagte Mary knapp.

Jeb war nun vollkommen verwirrt. Wovon sprach Mary da?

In seinen Ohren klang es so, als wäre sie die Erste von ihnen, die die Chance hatte, auf jemanden aus ihrer Familie, ihrer Vergangenheit zu treffen. Sie würde nicht mehr allein sein und dennoch wirkte sie bedrückter und düsterer als jemals zuvor.

Gleichzeitig zweifelte er daran, dass sie sich tatsächlich in Marys wahrem Leben befanden. Nach all den Strapazen war es unwahrscheinlich, dass ihre Odyssee so enden sollte. Schon in der letzten Welt, in Los Angeles, hatten sie geglaubt, heimgekehrt zu sein, schließlich hatte León auch seine Welt wiedererkannt. Aber die Ereignisse hatten sie eines Besseren belehrt und hier und jetzt war es wahrscheinlich nicht anders. Jeb glaubte nicht, dass es sich bei dem Frachter um das Eigentum von Marys Vater handelte, viel wahrscheinlicher war, dass das Labyrinth mit ihren Hoffnungen und Ängsten spielte. Grausam und perfide und immer unberechenbar.

Aber mochte es sein, wie es wollte, dieses Schiff war ihre einzige Chance, hier wegzukommen. Antriebslos auf dem unendlichen Ozean zu treiben, bedeutete den langsamen, sicheren Tod durch Verdursten oder Ertrinken. Von Deck erklang jetzt ein Hupen.

»Das Signal«, erklärte Mary. »Gleich wird das Netz wieder hochgezogen.«

Jeb legte Jenna und Mary je die Hand auf die Schulter. »Lasst es uns tun.«

Beide nickten stumm.

Mary griff nach dem Netz und kletterte geschickt durch die Öffnung hinein. Sofort sackte das Netz einen halben Meter nach unten und begann zu schwanken. Jeb konnte hören, wie hoch über ihnen der Motor des Krans gestartet wurde.

Er hielt das Netz ruhig, während Jenna hektisch einstieg, dann kletterte er ihr nach.

Ein weiteres, lang gezogenes Hupen ertönte.

Dann wurden sie hochgezogen.

3.

Stetig surrend ging es höher. Mehrfach schwang das Netz bedenklich und die Bordwand kam ihnen gefährlich nahe. Einmal dachte Jenna, sie würden gleich dagegenprallen, aber im letzten Moment kehrte sich der Schwung wieder um.

Sie waren eng zusammengepresst. Mehr übereinander und aufeinander als nebeneinander lagen sie im Netz. Längst wusste Jenna nicht mehr, welche Gliedmaße zu wem gehörte. Jeb hatte die Sturmlampe ausgeschaltet und so war in der fahlen Dunkelheit kaum etwas auszumachen.

Das Netz drehte sich beständig um die eigene Achse, sodass Jenna mal aufs offene Meer und mal auf die Schiffswand blickte, die langsam an ihr vorbeizog.

Und dann entdeckte sie den Schiffsnamen in gigantisch großen weißen Buchstaben: MARY.

Darunter der Heimathafen: *Portsmouth*.

Sie schaute zu Mary hinüber, aber ihre Augen waren in der Düsternis nicht auszumachen.

Kann es wirklich sein, dass dieses Schiff Marys Vater gehört? Wird er dort oben auf uns warten?

Jenna kannte Marys Geschichte, sie wusste vom Missbrauch ihres Vaters. Wie sollten sie sich verhalten, wenn sie diesem

Mann gegenüberstand? Ihm um den Hals fallen, weil er sie gerettet hatte? Wohl kaum. Und was würde Jeb machen, wenn er die ganze Wahrheit über Mary erfuhr? Jeb war ein ruhiger Typ, aber Jenna glaubte, dass seit Langem ein dumpfer Zorn in ihm lauerte, der nur auf eine Gelegenheit wartete, auszubrechen und sich Luft zu verschaffen.

Plötzlich endete die Fahrt. Sie hatten das Deck erreicht. Ein lautes Klacken ertönte. Das Netz schwankte, setzte sich dann aber wieder in Bewegung, schwang über die Reling, wurde abgelassen und hielt einen Meter über dem Deck.

»Ich steige zuerst raus«, sagte Jeb neben ihr.

Mühsam befreite er sich von den beiden anderen und kroch aus dem Netz. Jenna folgte ihm, dann Mary.

Mit festem Boden unter den Füßen blickten sie sich um.

Das Erste, was Jenna wahrnahm, war der Scheinwerfer, der an den Aufbauten des Schiffes befestigt und aufs Deck gerichtet war. Es konnte sich nicht um den gleichen Scheinwerfer handeln, der sie zuvor auf dem Meer angeleuchtet hatte, denn er war fest montiert und warf sein Licht von oben herab.

Als Nächstes bemerkte Jenna die zahlreichen Metallcontainer, die sich an Deck befanden. Geordnet und lange Schatten werfend, verwandelten die Container das Deck in ein Labyrinth aus Licht und Schatten. Es gab Wege und Gassen zwischen ihnen und viele Stellen, an denen die Finsternis regierte.

Ihr Blick wanderte weiter zum Kran. Das Licht blendete sie, sodass sie nicht ausmachen konnte, ob sich jemand in der Nähe befand, der den Kran per Fernbedienung steuerte, denn ein Führerhaus gab es nicht. Jennas Augen suchten das Deck ab, aber es war keine Menschenseele zu sehen.

Neben ihr begann Jeb, unruhig von einem Fuß auf den anderen zu treten.

»Warum ist da niemand?« Er klang eher verärgert als verängstigt. »Und wer hat den Kran gesteuert?«

Mary deutete mit der Hand zu den Schiffsaufbauten am Heck des Schiffes.

»Er ist dort! Mein Vater. Er wartet auf mich.« Ihre Stimme klang zerbrechlich und war fast nur noch ein Flüstern.

Jenna blickte ihren Arm entlang. Haushoch erhob sich die Steuerzentrale des Schiffes über das Deck. Wie eine Burg, die ein flaches Tal majestätisch regierte. Dort oben brannte ein schwaches Licht hinter den matten Glasscheiben. Jenna glaubte, einen Schatten auszumachen, der Schemen eines Menschen, der auf sie herabsah. Regungslos, nur ein dunkler Schattenriss vor einem kaum auszumachenden Hintergrund.

Jeb wandte den Kopf und sah Mary an. »Dann gehen wir jetzt dahin.«

»Sinnlos, von Deck aus erreicht man das Steuerhaus nicht. Es gibt nur einen Zugang, unter Deck, der vor einer Tür endet, die von innen abschließbar ist. Mein Vater hat Angst vor einer Meuterei seiner Besatzung, die er kaum kennt und deren Sprache er nicht versteht. Er ist besessen von dem Gedanken, dass einer der Letten oder Polen ihn über Bord werfen und die Ladung stehlen könnte.«

»Ist das denn möglich? Eine ganze Schiffsladung stehlen?«, wollte Jenna wissen.

»Oh ja, das geschieht ständig. Schiffe werden nachts auf offener See aufgebracht, die Besatzung gefesselt oder ermordet und die Ladung gelöscht.«

»Und du erinnerst dich jetzt an all das?«, fragte Jenna.

»Nicht alles, aber vieles ist wieder da.« Mary wandte sich ab.

»Dann weißt du auch, warum du hier bist. Im Labyrinth.«

Mary schüttelte den Kopf und legte beide Hände an ihren Kopf, als wollte sie die Erinnerungen darin wachrütteln. »Sobald ich darüber nachdenke, wie das alles zusammenhängt, legt sich ein schwarzes Tuch über meine Gedanken. Ich sehe die Bilder meiner Vergangenheit, höre die Stimmen meiner Eltern, spüre fast Davids kleine Hand in meiner, aber wer ich bin und was ich hier soll ... ich habe keine Ahnung.«

»Mir geht es genauso«, gab Jeb zu. »Wie ich ins Labyrinth geraten bin, kann ich mir nicht einmal ansatzweise erklären. Mein Kopf brennt regelrecht, wenn ich mich mit diesem Gedanken beschäftige.«

Jenna konnte die Gefühle der beiden nicht nachvollziehen. In ihr schmerzte es nicht, wenn sie sich mit dem Gedanken, wie sie hier gelandet war, beschäftigte. Da hallte einfach nur eine Leere in ihr. Vielmehr waren ihr die Geschichten von Mary und Jeb, so wie die beiden sie ihr erzählt hatten, so klar vor Augen, als hätte sie gar keine eigene Vergangenheit. Was natürlich Quatsch war, schließlich wusste sie beispielsweise, dass ihre Großmutter lebte und sie mit Nachnamen Sommer hieß. Da gab es also etwas in ihr, das sie verdrängt hatte ... und wenn sie sich die schrecklichen Geschichten der anderen ins Gedächtnis rief, dann war sie froh, dass es so war.

Sie mussten weiter, so viel war klar, daher setzte sie an: »Ich denke, wir sollten ...« Jenna wurde durch plötzlich einsetzende Dunkelheit unterbrochen. Das Licht des Scheinwerfers war erloschen. Unvermittelt standen sie wieder in der Finsternis und es dauerte einen Moment, bis sich ihre Augen daran gewöhnt hatten und sie zumindest die Container als Schemen ausmachen konnte.

Jenna lauschte in die Nacht, versuchte herauszufinden, ob außer ihnen noch andere Menschen an Deck waren, aber irgendwie war da das Gefühl, allein zu sein.

»Es ist niemand hier«, sagte Mary neben ihr. »Die Besatzung ist weg. Nur mein Vater ...« Sie schluckte.

»Wie bitte?«, stöhnte Jeb. »Woher willst du das wissen? Sie könnten unter Deck sein, schlafen. Und wer hat dann den Kran bedient?«

»Mein Vater.« Marys ganze Bitterkeit schwang darin mit. »Er ist allein oben auf der Brücke und wartet, dass ich zu ihm komme.«

»Aber Mary, kann das sein? Wie steuert man ein Schiff ohne Besatzung?« Jenna wollte immer noch daran glauben, dass sie hier auf dem Frachter nicht der Vergangenheit aus Marys Albträumen begegnen würden. Sie wollte daran glauben, dass hier ein normales Schiff im Ozean lag, das sie gerettet hatte.

Sie klammerte sich geradezu an dieser Hoffnung fest.

»Hast du es noch nicht kapiert, Jenna?« Mary fuhr sie geradezu an, wenn sie auch leise sprach. »Hier haben wir noch lange nicht die Rettung erreicht, die wir uns alle am Ende erhoffen. Das hier ist eine Welt des Labyrinths. Das heißt, es wird hier genauso gefährlich, genauso albtraumhaft und genauso tödlich für einen von uns enden wie bisher. Wir sind nicht in meinem realen Leben. Wir sind in der Hölle meines Lebens!«

Jenna schrak erschrocken zurück. So hatte sie Mary noch nie erlebt, was war nur in sie gefahren?

Ein dicker Kloß stieg in ihrem Hals auf. Jenna erinnerte sich an Los Angeles. In dieser wahnwitzigen Abfolge von schrecklichen Welten bot die Stadt den einzigen Anhaltspunkt dafür, dass diese Welten irgendwie mit ihnen allen zu tun hatten. Los Angeles war die ins Chaos gestürzte Heimat von León gewesen. Sein Albtraum, seine Vergangenheit – nur noch viel schlimmer.

Wofür aber standen die anderen Welten bisher, wenn Mary so sicher war, dass der Ozean und dieses Schiff Teil ihrer Welt darstellten? Die Steppe, die Eisstadt, das weiße Labyrinth ... das ergab doch alles keinen Sinn!

Bevor sich Jenna noch weiter den Kopf zerbrechen konnte, fuhr Jeb zwischen Mary und sie: »Stopp! So kommen wir nicht weiter. Wir gehen jetzt zum Führerhaus. Wo müssen wir lang?«

»Unter Deck, durch den Maschinenraum hoch zur Steuerkanzel. Das ist der einzige Weg«, erklärte Mary.

»Was erwartet uns dort?«

Mary zögerte, dann flüsterte sie leise: »Ein Mann, der alles verloren hat.«

Mary ging vorneweg. In ihrer Hand hielt sie die Sturmlampe aus dem Boot, die ein fahles Licht auf den Boden vor ihnen warf. Sicher bewegte sie sich zwischen den Containern hindurch und steuerte zielstrebig auf das Heck zu. Dort gab es eine Metalltür, die ins Innere des Schiffes führte, das wusste sie.

Die Tür war nicht abgeschlossen, aber so massiv, dass man sie nur schwer öffnen konnte. Schon als der erste Spalt sich auftat, fiel helles Licht nach draußen. Jeb half Mary und zog sie ganz auf. Vor ihnen breitete sich ein langer, schmaler Gang aus, an dessen beiden Seiten sich Türen befanden. Die Luft, die ihnen entgegenströmte, roch abgestanden und nach altem Papier. In die Decke des Ganges waren Lampen eingesetzt, deren Licht auf einen abgewetzten Linoleumboden fiel. Graue, nackte Wände, gestrichen in einer nicht definierbaren Farbe begleiteten sie, als sie eintraten und den Gang entlanggingen.

Die Türen rechts und links waren sämtlich verschlossen, aber Mary wusste, dass sich dahinter die Kabinen der Besatzung befanden.

Mary kannte alles. Den Geruch, den Geschmack der Luft, die Düsternis und Trostlosigkeit, die Boden und Wände ausstrahlten. Dies war nie ein Schiff der Freude, sondern immer ein Ort des Schweigens gewesen. Niemand hatte jemals hier Freude gehabt.

Ihr Vater war streng und verschlossen gewesen, stets darauf bedacht, Abstand zu den Seeleuten zu halten.

Mary hatte auf diesem Schiff zwei Mal den Atlantik überquert. Gemeinsam mit ihrer Mutter und ihrem kleinen Bruder. Endlos scheinende Wochen hatte sie mit David an Deck Verstecken gespielt, Hüpffelder gemalt oder Seilspringen geübt, aber die Tage waren zäh gewesen, schienen aus viel mehr Stunden als an Land zu bestehen und die Abende waren trostlos im Kreis der Familie, die sich kaum etwas zu sagen hatte.

Ihre Mutter hatte David stets früh schlafen gelegt und war dann selbst zu Bett gegangen. Dann war Mary mit ihrem Vater allein gewesen. Oft hatte sie Bilder gemalt, während er dumpf über Seekarten brütete und sie ab und zu lange betrachtete. Viel öfter jedoch hielt er den Kopf über ein Glas Whisky gesenkt, die Augen gerötet vom Schlafmangel.

Manchmal hatte er mit ihr gesprochen, von Seefahrten erzählt, die er lange vor ihrer Geburt unternommen hatte. Von fremden Ländern, fremden Häfen und fremden Menschen gesprochen. Diese Momente waren kostbar, denn sie erfuhr, dass ihr Vater einmal ein glücklicher Mensch gewesen sein musste. Warum er jetzt nicht mehr glücklich war, musste in Marys Erinnerung mit ihrer Mutter zu tun haben. Eine schwache kränkliche Frau aus gutem Hause mit blassem Gesicht war sie, still, schweigend, fast unsichtbar. Manchmal war es Mary vorgekommen, als wäre ihre Mutter wie eine der Prinzessinnen aus den Märchen, die Jahrhunderte schliefen und dann von einem Prinzen wach geküsst wurden. Nur dass ihre Mutter niemals ganz erwacht war. Ein Teil von ihr schlief immer noch.

Vielleicht war ich so schwach, weil sie schwach ist.

Aber nun war sie nicht mehr schwach. Sie hatte vier Mal überlebt und kaum vorstellbare Anstrengungen auf sich genommen, um jetzt hier zu sein. In einer schrecklichen Version ihres alten Lebens, an das sie sich nur zu gut und nur zu schmerzlich erinnerte. Nun hatte sich der Kreis geschlossen. Auf dem Schiff ihres Vaters.

Dad, wirst du diesmal mich fürchten, so wie ich gelernt habe, dich zu fürchten?

Mary dachte an all die Nächte, in der er sie besucht hatte. An seinen nach Whisky riechenden Atem, an den Ölgeruch seiner Hände, der sich niemals abwaschen ließ. An seine leise geflüsterten Worte. Hass und Ekel stiegen in ihr auf. Das waren im Moment stärkere Gefühle als ihre Angst. Aber was, wenn sie ihm gegenüberstand?

Bin ich wirklich schon so weit?

Sie biss die Zähne hart aufeinander.

Eigentlich spielt es keine Rolle, ob ich so weit bin oder nicht. Mein Schicksal muss sich erfüllen.

»Wo geht es da hin?«, fragte Jeb neben ihr und durchbrach Marys Gedanken. Sie hatten das Ende des Ganges erreicht und standen vor einer weiteren Tür.

»Das ist der Aufenthaltsraum der Mannschaft. Dahinter liegt die Kombüse.« Mary wunderte sich nicht mehr, dass hier tatsächlich alles genau so wie in ihrer immer klarer werdenden Erinnerung war. Als sie sah, dass Jeb die Augenbrauen fragend anhob, fügte Mary hinzu: »Die Küche des Schiffes.«

Jeb drückte den Türgriff herunter und vor ihnen lag ein fast quadratischer Raum von fünf Metern Seitenlänge. Rechts von der Tür gab es festgeschraubte Tische und Bänke, links sah man einen Durchlass, aus dem das Essen aus der Kombüse gereicht wurde, daneben eine offen stehende Tür. Im Hintergrund erkannte Mary den Treppenabgang zu den Fracht- und Maschinenräumen des Schiffes.

Sie selbst war nur selten hier gewesen. Der Koch hatte ihnen stets das Essen in ihren eigenen Kabinen serviert, und in den Fraberäumen zu spielen, war ihr verboten gewesen.

Mary schaute die anderen an. »Habt ihr Hunger?«

Sowohl Jenna wie auch Jeb schüttelten den Kopf. »Nein«, meinte Jenna. »Nur Durst! Ich schaue mal, ob ich in der Küche Wasser finde.« Jeb nickte und betrachtete nachdenklich den Fernseher, der in einer Ecke des Zimmers an der Wand befestigt war.

Jenna wandte sich in Richtung Küche und verschwand im Nebenraum.

Jeb runzelte die Stirn und sagte dann: »Wenn wir den einschalten, erfahren wir vielleicht etwas über die Welt, in der wir uns befinden«, meinte er.

»Der ist nur für Video und DVDs gedacht.« Mary wusste nicht, wieso sie das wusste, es war einfach klar, dass dem so war.

Jenna trat aus dem Durchgang der Kombüse und brachte ihnen drei Gläser mit Wasser. »Ist zwar nur aus dem Wasserhahn, aber es riecht einigermaßen trinkbar.« Kaum hatte Jenna ausgesprochen und ihnen die Gläser gegeben, trank sie ihr großes und randvoll gefülltes Glas in einem Zug leer.

Mary nahm ebenfalls einen kleinen Schluck und merkte erst dann, wie nötig ihr Körper die Flüssigkeit benötigt hatte. Das Wasser schmeckte nach Eisen oder irgendeinem Metall, aber in diesem Moment war das egal.

Jenna wischte sich mit dem Arm über den Mund und fragte Mary: »Ist es so, wie du es in Erinnerung hast?«

»Ja. Der Name, der Aufbau des Schiffes, die Tatsache, dass es an Deck keinen Zugang zur Steuerzentrale gibt, das alles lässt keinen Zweifel zu.«

Jenna sah sie nachdenklich an. »Wir müssen vorsichtig sein.«

Mary wollte etwas erwidern, aber unvermittelt richtete sich Jeb auf. »Ich gehe. Ich suche den Zugang zum Führerhaus und spreche mit deinem Vater oder wem auch sonst, den ich dort finde.«

»Nein! Das muss ich tun.« Sie hörte das Zittern in ihrer Stimme und verachtete sich dafür. In Jebs Blick erkannte sie, dass er ihre Angst sehr wohl erkannt hatte. Wahrscheinlich hatte er deshalb angeboten, ihre Aufgabe zu übernehmen.

»Du bist nicht allein und ich kann dir helfen. Du weißt nicht, wie du ins Labyrinth gelangt bist, vielleicht droht dir erneut Gefahr. Wenn das dort oben dein Vater ist, dann kommst du nach, aber lass mich erst die Lage sondieren.«

»Er hat recht«, sagte Jenna. »Vielleicht lauert dort oben jemand auf uns, den wir nicht kennen – und den du nicht einschätzen kannst.«

»Und was soll ich machen, während Jeb das ganze Risiko auf sich nimmt? Herumsitzen und die Hände in den Schoß legen?«

»Ja. Du und ich wir bleiben hier und warten, bis Jeb zurück ist.«

Mary schwieg. Auf der einen Seite spürte sie Erleichterung darüber, dass sie sich nicht ihrem Vater stellen musste. Noch nicht. Auf der anderen Seite war sie wütend auf sich selbst.

Wenn nur León da wäre, dank ihm habe ich mich stark gefühlt.

Aber er war nicht da und würde niemals wiederkommen. Mary ging hinüber zu einer der Bänke und setzte sich. Plötzlich fühlte sie sich schwach und hilflos. Wieder einmal. Der Kummer über Leóns Tod raubte all ihre Kraft. Sie legte beide Arme auf den Tisch und verbarg ihr Gesicht darin.

Jeb nickte mit dem Kopf zu Mary hinüber, sagte aber kein Wort. Jenna verstand ihn auch so und wusste, dass er seinen Plan in die Tat umsetzen würde und sie und Mary hier warten sollten.

»Ich brauche eine Waffe. Irgendetwas, mit dem ich mich verteidigen kann«, sagte er leise.

»Vielleicht findest du etwas in der Kombüse, die wirkte zwar eben ziemlich leer. Dort muss es theoretisch Messer geben.«

»Gute Idee. Bin gleich zurück.« Jeb verschwand durch die Tür und Jenna ging zu Mary hinüber und setzte sich neben sie. Sie zögerte einen Moment lang, dann legte sie Mary sanft die Hand auf die Schulter.

Mary bewegte sich nicht. Kein Laut kam von ihr. Nicht einmal ein Schluchzen.

»Willst du mit mir reden?«, fragte Jenna. Als das andere Mädchen nicht antwortete, fragte sie weiter: »Woran erinnerst du dich?«

Mary schaute auf, dann hielt sie inne. Ein Schleier schien sich über ihre Augen zu legen. Um ihren Mundwinkel zuckte es, als sie begann zu sprechen: »Ich erinnere mich an endlose Tage auf hoher See. Auf dem Atlantik. Endlose Stunden bei schönem Wetter an Deck. Unendlich erscheinende Stunden, wenn wir wegen Sturm nicht hinausdurften.«

Sie schwieg für einen Moment, dann sprach sie weiter: »Ich hatte ein rotes Fahrrad, so eines mit Stützrädern am Hinterrad, mit dem bin ich von morgens bis abends über das Deck geflitzt. Seltsamerweise hat das meinen Vater nie gestört, obwohl er ein strenger Mann ist und großen Wert auf Ordnung an Bord legte. Er winkte mir aus der Steuerkanzel zu, wenn ich meine Runden drehte. Eines Tages kam er zu mir herunter, stellte sich vor mich hin und sagte, es wäre an der Zeit, das Fahrradfahren richtig zu lernen. Dann bückte er sich und schraubte zu meinem Entsetzen die Stützräder ab. Ich weinte, aber er wiederholte nur, dass es an der Zeit wäre und ich es probieren solle.«

»Was geschah?«

»Ich setzte mich auf den weißen Fahrradsattel, er hielt mich fest, dann schob er mich an, damit ich ins Rollen kam.«

Mary sah auf ihre Hände, als sie weitersprach: »Nach zwei Metern bin ich hingefallen. Er sagte, ich solle es noch einmal versuchen. Ich tat es und fiel erneut. So ging es den ganzen Vormittag, ich schaffte es einfach nicht, die Balance zu halten.« Sie sah Jenna an. »Weißt du, auf einem Schiff gibt es ständig leichte Bewegungen, auch wenn du denkst, es liegt ruhig in der See, einen halben Meter rauf oder runter bewegt es sich immer und das macht es so schwer, das Gleichgewicht zu halten. Ich schaffte es einfach nicht.«

Jenna hatte nun Marys Hände in ihre genommen. »Wie reagierte dein Vater?«

»Er wurde wütend, sagte, ich solle mich nicht so blöd anstellen, es wäre nur mein Kopf, der verhinderte, dass ich es kann, nur meine lächerliche Angst hinzufallen, die mich verkrampfen ließe. Dabei war es das gar nicht. Ich wollte meinem Vater beweisen, wie gut ich Fahrrad fahren konnte, wollte, dass er stolz auf mich war, aber inzwischen war ich so oft hingefallen, dass meine Beine mit blauen Flecken übersät waren. Schließlich reichte es ihm. Er nahm mir das Fahrrad weg und befahl mir, zu meiner Mutter zu gehen. Er selbst stellte sich an die Reling und schleuderte mein geliebtes Rad über Bord. Danach bin ich niemals wieder Fahrrad gefahren, bis heute nicht.«

»Das ist traurig«, meinte Jenna.

»Ja, aber ist schon merkwürdig, woran ich mich erinnere und woran nicht. Warum mir ausgerechnet das blöde Fahrrad eingefallen ist, weiß ich nicht.«

»Es hat mit dir zu tun, mit diesem Schiff und deinem Vater«, sagte Jenna.

Jetzt hob Mary endlich den Kopf und richtete sich etwas aufrechter auf. »Hast du neue Erinnerungen in dir entdeckt?«, fragte sie Jenna.

»Ja, aber es ist bislang nicht greifbar. Noch nicht.«

»Versuch, es einfach mal in Worte zu fassen.«

Jenna nickte und kam Marys Aufforderung nach. Es war Zeit, dass sie ihre Gedanken konkret ausspräche, vielleicht würden sie sich dann sortieren. »Merkwürdigerweise kommt in meinem Kopf immer nur Jeb vor.«

Mary lächelte sie an: »Na, DAS kann ich dir erklären!«

Jenna lachte. Es tat so gut, mal wieder unbeschwert zu lachen! »Es ist anders, als du denkst. Manchmal habe ich das Gefühl, wir kennen uns schon aus der Zeit vor dem Labyrinth. Ich kann es spüren, Jeb ist mir nicht fremd. Vieles an ihm wirkt vertraut auf mich. Die Art, wie er spricht, lächelt, sich bewegt. Vielleicht so, wie wenn man einmal einen Schauspieler im Film gesehen hat, und nun steht man vor ihm. Alles wirkt vertraut und doch ein wenig ... entrückt, nicht greifbar eben. Ich kann es nicht richtig erklären und den Gedanken fassen kann ich auch nicht, aber wer weiß, wann es auch bei mir Klick macht mit meiner Vergangenheit. So wie bei dir. Auch wenn ich mir gar nicht vorstellen mag, wie es für dich sein muss, dich an all das zu erinnern, was dein Vater dir angetan hat.«

Sie drückte Marys Hand und sie spürte, dass die Traurigkeit und das Widerstreben von Mary abfiel, da nun Jeb ihren Vater aufsuchen würde.

In diesem Moment kam Jeb zurück. Er hielt ein scharf aussehendes, großes Küchenmesser in der Hand und stellte mit der anderen einen Wasserkanister auf den Tisch.

»Ich hab's probiert. Schmeckt abgestanden, aber nicht ganz so metallisch wie das Wasser aus dem Hahn. Essen gibt es auch, aber nur Konserven, die könnte man mit einem der Messer in der Küche aufkriegen, falls ihr Hunger bekommt. Ich kann die Aufschriften nicht lesen und weiß nicht, ob das Zeug noch haltbar ist, aber wenigstens ist etwas da.«

»Nimmst du nur das Messer mit?«

Jeb nickte und sah Jenna an. »Ich bin in einer halben Stunde zurück.« Er wies auf die digitale Wanduhr neben dem Fernsehgerät. Jenna fiel sie nun zum ersten Mal auf. Es war 04:03 Uhr und 18 Sekunden. »Dann treffen wir uns wieder hier. Bis gleich.«

Er schaute Jenna lächelnd an und trat zu ihr herüber. Er wechselte das Messer in die andere Hand und nahm die Sturmlampe in die rechte. »Bin so schnell wie möglich zurück. Und dann suchen wir die Tore.«

Jenna nickte stumm. Die Tore, ja. Sie stand auf und strich Jeb sanft seine dunklen langen Haare aus dem Gesicht. »Pass auf dich auf.«

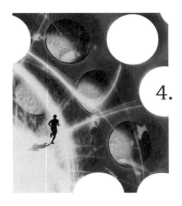

4.

Als Jeb die Treppe unter Deck hinabgestiegen war, hob Mary den Kopf an und lächelte etwas verlegen. »Ähm, Jenna? Ich muss aufs Klo.«

Jenna blickte in ihre geröteten Augen, die sie fast verschmitzt ansahen. Die Tränen darin waren kaum getrocknet und schon konnte Mary wieder ein wenig lachen. Jenna atmete auf. »Weißt du, wo eines ist?«

»Eigentlich draußen im Gang, neben den Kabinen, aber dort sind alle Türen verschlossen. Durch die Kombüse, auf der anderen Seite des Schiffes gibt es noch eins.«

Jenna nickte. »Ich komme mit.« Mary sah sie dankbar an und erhob sich. Jenna musste an eine alte Frau denken, als Mary vor ihr durch den Aufenthaltsraum schlurfte.

Die Kombüse, in der Jenna eben schon Wasser geholt hatte, war klein, blitzte aber im kalten Schein einer Neonlampe vor Sauberkeit. An Haken an den Wänden hingen Pfannen und Töpfe. Der Herd mit eingebautem Backofen strömte den Geruch von Kohl und Kartoffeln aus, als wäre dort noch gestern Abend gekocht worden. Jenna zog ein Schauer über den Rücken. Alles hier drin war praktisch und darauf bedacht, größtmögliche Funktionalität auf kleinstem Raum zu bieten.

Jenna folgte Mary, die in einen kurzen Gang getreten war, an dessen Ende eine Tür lag, die anscheinend zu der Toilette führte, von der sie gesprochen hat. Mary hob fragend die Augenbrauen.
»Nein, ich muss nicht. Ich warte hier auf dich.«
Mary öffnete wortlos die Tür und verschwand dahinter.

Von oben drang etwas Licht herunter, aber je tiefer Jeb in den Bauch des Schiffes hinabstieg, desto finsterer wurde es und desto spärlicher war die Beleuchtung. Schließlich sah er die Stufen vor seinen Füßen kaum mehr und schaltete die Sturmlampe ein. Geisterhaft zuckte der Lichtstrahl über die kahlen Stahlwände und wanderte schließlich zu einem Absatz, der aus einem Metallgitter bestand, der zu zwei Türen führte. Beide Türen waren beschriftet, links ging es zum Frachtraum, rechts lag der Maschinenraum. Jeb stellte sich vor die rechte Tür und horchte.

Nichts. Die Schiffsmaschinen liefen tatsächlich nicht, nicht einmal im Leerlauf. Jeb kramte in seiner Erinnerung, aber zu Schiffen fiel ihm nicht viel ein. Allerdings kam ihm der Gedanke, dass die Motoren laufen sollten, um Strom zu erzeugen, da sie es nicht taten, musste wohl ein Notstromaggregat eingesprungen sein, was wiederum bedeutete, irgendwann würde das Licht ausgehen.

Jeb legte sein Ohr an die Stahltür und lauschte, ob sich jemand dahinter befand, aber es war nichts zu hören. Vermutlich war die Tür zu massiv, um Geräusche durchzulassen ... und doch: Irgendetwas an dieser Stille beunruhigte ihn, ohne dass er sagen konnte, was es war.

Eigentlich sollte er durch den Frachtraum gehen und den Zugang zur Steuerkanzel suchen, aber die rechte Stahltür zog ihn magisch an. Nur kurz einen Blick riskieren, nichts weiter.

Jeb überlegte, ob er klopfen oder rufen sollte, entschied sich dann aber dagegen. Ein mulmiges Gefühl beschlich ihn, als er die Klinke niederdrückte und die schwere Metalltür aufschob. Als er sie so weit geöffnet hatte, dass er hindurchgehen konnte, machte er einen Schritt nach vorn in die Dunkelheit und zögerte. Er ließ den Lichtstrahl der Sturmlampe nach vorn wandern und erschrak.

Vor ihm war nichts. Keine Etage, keine Ebene, keine Treppe und schon gar keine Schiffsmaschinen. Der gigantische Raum, der sich vor ihm ausbreitete, war vollkommen leer und sein Fuß schwebte über einem sieben Meter tiefen Abgrund.

Plötzlich brach Jeb der Schweiß aus allen Poren. Schwindelgefühle packten ihn und die kalte Angst kehrte zurück, ließ seinen ganzen Körper erzittern. Er begann zu wanken. Krampfartig hielt er sich an der Türklinke der Stahltür fest, doch der Abgrund zu seinen Füßen drehte sich wie ein wild gewordener Wasserstrudel und verschwamm mit den Wänden. Die Lampe fiel aus seiner schlaff gewordenen Hand und knallte auf den Boden zu seinen Füßen. Sie rollte bis zur Kante vor dem Abgrund und blieb dann aber liegen. Ihr bleicher Lichtstrahl durchschnitt weiterhin die Finsternis.

Jeb brachte keinen Laut heraus. Er konnte sich nicht bewegen. Die Tiefe zog ihn magisch an, zog ihn zu sich. Jeb biss sich, so fest er konnte, auf die Lippen, dann ließ er sich nach hinten fallen. Sein Kopf schlug auf das Stahlgitter auf und er verlor das Bewusstsein.

Mary zog die Spülung, wandte sich um und betrachtete sich im Spiegel. Ihr Gesicht war noch blasser als gewöhnlich, regelrecht bleich, und das nach all der Hitze in der Ebene, Los Angeles und auf dem Wasser. Sie seufzte.

Sie öffnete den Wasserhahn und ließ kühles Wasser in ihre

hohlen Hände fließen. Dann wusch sie sich das Gesicht, spülte die trockenen Spuren ihrer Tränen ab. Mary rieb sich über die Haut, bis ihr Gesicht eine leichte rötliche Färbung annahm. Sie fasste nach einem Stück Papier aus dem Handtuchspender und tupfte über ihr Gesicht. Ein letzter Blick, dann zog sie die Tür auf.

Sie schaute sich um, denn davor stand nicht wie erwartet Jenna. Niemand war da. Mary stutzte, beruhigte sich aber gleich darauf wieder. Jenna war bestimmt nur in den Aufenthaltsraum zurückgegangen, vielleicht weil sie Hunger bekommen hatte.

Mary schloss die Tür hinter sich und ging den Gang entlang zurück zur Kombüse.

Jenna war es leid zu warten. Seit Mary die Toilette betreten hatte, waren mindestens zehn Minuten vergangen. Sie wollte zurück in den Aufenthaltsraum und nachsehen, ob Jeb zurück war. Allzu lang war der Weg zur Steuerzentrale sicherlich nicht und so oder so würden sie nach Jebs Rückkehr mehr wissen. Ein leiser Hoffnungsschimmer hatte sich in ihr breitgemacht und die Ängste ein wenig zurückgedrängt. Hier an Bord waren sie sicher, versuchte sie, sich einzureden. Ganz anders als in einem schwankenden Ruderboot auf dem offenen Meer.

Plötzlich fiel Jenna der Stern ein. Sie und die anderen hatten ihn in der Aufregung über ihre Rettung ganz vergessen und auch auf dem Boot hatte sie nicht danach gesehen. Sicherlich hatte Jeb Ausschau gehalten, und als er nicht am Himmel erschien, nichts gesagt, um sie nicht zu beunruhigen. Jeb wollte immer alles mit sich allein ausmachen, das machte es manchmal schwer, an ihn heranzukommen.

Jenna hatte eine Idee. Es war weit nach Mitternacht und der Stern sollte längst am Himmel stehen. Falls Jeb noch nicht von seiner Suche zurückgekehrt war, würde sie mit Mary die Gelegenheit nutzen und an Deck nach dem Stern zu schauen.

Jenna klopfte gegen die Tür. Dumpf und hohl wanderte das Geräusch durch den Gang. »Mary?«

Nichts.

Sie klopfte erneut. »Mary, bist du so weit? Alles okay bei dir?«

Stille.

Jenna lauschte, aber hörte immer noch nichts. Kein leises Schluchzen, das ihr verriet, dass Mary vielleicht einen Zusammenbruch hatte. Nein, auf der anderen Seite der Tür herrschte Stille.

Ihr wird doch nichts passiert sein? Vielleicht ist sie ohnmächtig geworden.

Voller Sorge hämmerte Jenna nun gegen das Holz. »Mach bitte auf, Mary. Ich ...«

Ihr letzter Schlag war so hart gewesen, dass die Tür aufschwang.

Mary hatte doch abgeschlossen? Ich habe deutlich gehört, wie der Riegel eingeschnappt ist.

Jenna machte vorsichtig einen Schritt in den Raum hinein.

Hier war niemand.

Der Toilettenraum war vollkommen leer.

5.

Mary durchquerte die Kombüse, als sie im Aufenthaltsraum Stimmen flüstern hörte.

Jeb ist zurück. Ist mein Vater bei ihm? Warum flüstern sie?

Zögerlich ging Mary weiter. In ihrem Magen breitete sich ein mulmiges Gefühl aus und ihre Knie waren weich, so als hätte sie nicht mehr die Kraft, sie zu tragen. Sie schluckte schwer und betrat den Aufenthaltsraum.

Die Uhr zeigte 04:18 Uhr und 45 Sekunden. Es war eine Viertelstunde vergangen, seit Jeb aufgebrochen war.

Seltsam, mir kam die Zeit viel kürzer vor.

Sie wollte darüber nachdenken, aber was sie nun sah, wischte jeden Gedanken beiseite.

Zu ihrer Überraschung waren da weder Jeb noch Jenna und auch nicht ihr Vater. Vor ihr am Tisch saß eine südländisch aussehende Frau mit schwarzem Haar, durch das sich graue Strähnen zogen. Ihr Kopf war vornübergebeugt, sie murmelte etwas vor sich hin und dann entdeckte Mary den Rosenkranz in ihren Händen. Sie sah, wie die schwarzen Holzperlen unablässig durch die Finger der Frau wanderten. Sie war klein, kleiner als sie selbst, mit einer rundlichen Figur, die in einem abgetragenen blauen Kleid mit verblassendem Blumenmuster steckte. Die Fremde schien sie nicht zu bemerken, denn sie zeigte keinerlei Reaktion, als Mary näher trat.

»Hallo«, sagte Mary leise, um die Frau nicht zu erschrecken, doch deren Kopf ruckte hoch. Dunkelbraune, fast nachtschwarze Augen starrten sie ängstlich an. Die Frau sagte etwas, das für Mary wie Spanisch klang, hob den Rosenkranz an die Lippen und küsste ihn.

»Hallo«, wiederholte Mary.

Die Frau plapperte etwas.

»Ich bin Mary.« Sie deutete mit dem Finger auf die eigene Brust. »Darf ich fragen, wer Sie sind?« Sie zeigte auf die Frau.

Ein Schwall spanischer Worte folgte, aus dem Mary den Namen ›Rosalia‹ heraushörte.

»Ist das Ihr Name? Rosalia?«

Die Frau nickte eifrig.

»Wer sind Sie? Wie kommen Sie hierher?«

Das Geplapper ging erneut los und Mary wurde klar, dass die andere Frau sie nicht verstehen konnte. Obwohl es sinnlos war, fragte sie: »Haben Sie ein großes blondes Mädchen gesehen?« Sie machte die entsprechenden Gesten, schließlich schien die Fremde zu begreifen, was sie von ihr wissen wollte.

»*Sí, sí, sí.*« Die Frau streckte ihren Arm aus und deutete in den Gang, der an Deck führte.

»Da lang?«, fragte Mary. »Ist sie da lang gegangen?«

Heftiges Nicken.

»Gut, ich lasse Sie kurz allein. Ich komme gleich wieder.«

Sie machten die Zeichen, die erklären sollten, was sie sagte, aber die Frau hatte sich wieder ihrem Rosenkranz zugewandt und betete noch inbrünstiger als zuvor.

Bevor Mary weiterging, betrachtete sie die Fremde noch einmal. Irgendetwas an der Frau kam ihr bekannt vor, aber woher, wusste sie nicht. Vielleicht lag es an diesen Augen, die in einem Glanz schimmerten, den sie schon einmal gesehen hatte.

Als sie den Raum verließ, war es 4:22 Uhr.

Jenna durchschritt verunsichert die Kombüse. Wie war Mary an ihr vorbeigekommen? Die Toilette, zu klein, um sich darin zu verstecken, war leer gewesen und einen zweiten Ausgang gab es nicht. Wenn Mary sich also nicht in Luft aufgelöst hatte, dann musste sie die Toilette auf demselben Weg verlassen haben, wie sie den Raum betreten hatte. Und dann hätte sie Mary sehen *müssen.*

Jenna war beunruhigt. Ihr wurde heiß und kalt bei dem Gedanken daran, dass sie und Mary sich verloren hatten. Außerdem: Menschen verschwanden nicht einfach. Irgendetwas mit diesem Schiff stimmte nicht. Sie konnte es spüren, es war fast wie ein Flüstern, ein Wispern von Stimmen, die sie warnen wollten.

Ich muss Mary finden. Und ich muss zu Jeb. Er sagte, er würde uns um 4:33 Uhr abholen, also werde ich einfach warten.

Sie hastete voran und stolperte fast in den Aufenthaltsraum. Vor sich bemerkte sie eine verschwommene Bewegung. Ihr Verstand registrierte zunächst nicht, was sie da sah. Dann wurden aus den Schatten zwei Menschen. Eine alte, abgemagerte Frau und ein kleines Mädchen. Verloren standen sie vor ihr, die Augen weit aufgerissen. Die Frau war so dürr wie ein trockener Ast und ihre runzeligen Augen waren zwei kaum sichtbare Schlitze. Unzählige Falten formten ein Gesicht, das von zahlreichen Entbehrungen erzählte. Ihre Haare, dünn und grau, fielen strähnig auf die gebeugten Schultern herab.

Das Mädchen an ihrer Hand mochte kaum älter als sechs Jahre sein. Die mandelförmigen Augen waren fast schwarz und blickten sie ängstlich an. In der Hand hielt sie einen braunen

Beutel, der aussah wie Leóns Rucksack, der in der ersten Welt verloren gegangen war.

Wer sind diese Menschen?

Aus den Augenwinkeln nahm sie an der Wand eine weitere Bewegung wahr. Es war die Wanduhr, die neben dem Fernseher hing. Unablässig zählten dort die Zahlen runter.

34:04:59
34:04:58
34:04:57

Ein feuriges Unwohlsein durchströmte Jennas gesamten Körper. Eben hatte das Ding noch die richtige Zeit angezeigt ... was war passiert? Hatte sie eben die Uhr falsch gelesen ... wie spät war es gewesen? 04:03 Uhr, wenn sie sich recht erinnerte. Sollte sie sich verguckt haben? Wo zum Teufel war Mary?

Heißt das, wir haben noch viel Zeit? Oder ist es für die unbekannten Strapazen, die noch vor uns liegen, bereits viel zu knapp?

Bevor Jenna eine Frage formulieren konnte, krächzte die Alte etwas und zunächst glaubte Jenna, sich verhört zu haben. Es war nur ein Wort, aber gleichzeitig eine Frage.

»Was haben Sie gesagt?«, fragte sie mit trockenem Mund.

Dann verstand sie, was die Frau murmelte: »Tian?«

Jenna wurde schwindlig. Zuerst verschwand Mary, dann spielte ihr die Zeit ein unheimliches Spiel und nun das. Es war, als würde eine kalte Hand nach ihrem Magen greifen und ihn zusammenpressen. Weiße Punkte blitzten vor ihren Augen auf.

»Tian«, wiederholte sie schwach und schüttelte den Kopf.

Die Alte richtete ihren Zeigefinger anklagend auf Jenna. Dann brach ein Schwall unverständlicher Worte über ihre schmalen Lippen.

»Ich kenne Tian«, sagte Jenna, weil ihr nicht Besseres einfiel. »Besser gesagt, ich kannte ihn.« Sie senkte den Kopf und flüsterte: »Er ist tot.«

Doch die alte Frau begriff nicht, was sie sagte. Plötzlich sprach das kleine Mädchen. »Ich bin Szu.«

Jenna schaute sie an. »Du verstehst mich.«

»Tian ist mein großer Bruder. Er ist in seinem Zimmer.«

»Er ist dein Bruder?«, antwortete Jenna schwach.

»Er spielt nie mit mir, aber manchmal geht er mit mir auf den Spielplatz.«

Jenna schluckte. Sie brachte es nicht über sich, dem Mädchen noch einmal die schreckliche Wahrheit zu sagen. Tian war im Labyrinth gestorben. Er würde nicht mehr mit ihr auf den Spielplatz gehen. Hier nicht und auch nicht dort, wo sie glaubte, dass ihr Bruder war. Tian hatte seinen Preis bereits bezahlt.

»Bestimmt hat er das immer gerne gemacht«, flüsterte Jenna.

»Oma regt sich sehr auf. Sie schimpft viel mit Tian, aber jetzt nicht mehr«, sagte Szu.

Jenna fing sich wieder, aber begreifen, was hier geschah, das vermochte sie nicht. »Wie seid ihr auf das Schiff gelangt?«

Das Mädchen blickte sie stirnrunzelnd an. »Schiff? Du bist lustig. Wir waren noch nie auf einem Schiff. Das ist unser Zuhause.« Sie machte eine umfassende Handbewegung.

Jenna musste sich setzen und brachte erst mal kein Wort mehr heraus.

Wo war sie hier? Wer wusste, wie spät es in Wirklichkeit war? Vielleicht hatte sie nicht nur Mary, sondern auch Jeb längst verpasst und die halbe Stunde war schon längst vorbei. Und wer waren diese beiden seltsamen Gestalten, die offenbar Tian kannten? Wieso glaubte das kleine Mädchen, dass es hier zu Hause war?

Während Jenna ihre Gedanken versuchte zu sortieren, was ihr nicht gelang, beugte sich die Alte zu Szu hinunter und ihr faltiger Mund formte leise Worte, eine Art Singsang, den Jenna nicht verstand. Sie hatte so viele Fragen, aber dann sah sie plötzlich eine Bewegung.

Da! Hinter dem Bullauge. Ein Schemen. Etwas Blaues blitzte auf, lief über das Außendeck. Das musste Mary sein. Sie trug ein blaues T-Shirt. Jenna war verwirrt. Wo wollte Mary hin? Warum war sie nicht im Inneren des Schiffes geblieben?

Sie muss etwas entdeckt haben. Etwas hat sie nach draußen gelockt oder getrieben. Vielleicht ist Mary in Gefahr. Ich muss zu ihr!

Gleichzeitig wollte sie bei der alten Frau und dem Mädchen bleiben und mehr darüber herausfinden, was sie von Tian wussten. Jenna zögerte einen Augenblick, dann traf sie eine Entscheidung.

»Szu, ich lasse euch kurz allein. Ich gehe nach draußen, bin aber gleich wieder da. Bleibt bitte hier, ich habe noch viele Fragen.«

Das Mädchen blickte sie an und nickte. Die Alte beachtete sie nicht.

Jenna wandte sich um und rannte durch den Gang zur Außentür.

Jeb richtete sich ächzend auf. Sein Schädel dröhnte und ein blitzender Schmerz jagte von der einen Schläfe zur anderen. Zunächst verstand er nicht, was geschehen war, aber dann fiel ihm alles wieder ein. Mit beiden Händen tastete Jeb seinen Kopf ab, entdeckte aber kein Blut oder eine Wunde. Glück gehabt.

Dann wurde ihm bewusst, dass er das Messer nicht mehr in der Hand hielt. Hatte er es verloren? Er schaute sich um, fand es aber nicht. Vielleicht war es in die Tiefe gefallen, als er die Tür zum Maschinenraum aufgestoßen hatte.

Vor ihm, hinter der offenen Tür, lag der Abgrund. Die Sturmlampe leuchtete mit bleichem Geisterfinger auf die gegenüberliegende Wand. Jeb tastete vorsichtig über das Metallgitter, auf dem er kniete. Er fühlte die Kante der offenen Tür, danach fassten seine Finger ins Leere. Er griff nach der Sturmlampe, richtete ihr Licht auf das schwarze Nichts vor ihm und ließ den Strahl in die Tiefe gleiten. Das Messer war nicht zu sehen, keine Klinge blitzte unter ihm auf.

Jeb traute sich kaum, lange nach unten zu schauen. Aber es war unfassbar. Der große, weite Raum war vollkommen leer. Keine Maschinen, Turbinen, Antriebswellen oder was sich sonst hier befinden sollte. Nur eine gähnende Leere, die Furcht in ihm aufkeimen ließ.

Wie kann das sein? Das Schiff muss einen Antrieb haben, wie sonst sollte es auf das offene Meer gelangt sein? Wie den Ozean durchqueren?

Dann zuckte ein Gedanke in ihm auf. Die Erklärung war so lächerlich, dass er sich dafür verfluchte, dass er so ängstlich war. Jemand hatte die Schilder an den Türen vertauscht. Dies hier war der Frachtraum. Die Schiffsmaschinen lagen hinter der anderen Tür. So musste es sein.

Trotzdem blieb die unangenehme Frage, warum es eine Tür gab, die ins Bodenlose führte, in einen Abgrund, in den man stürzen konnte.

Die Menschen auf diesem Frachter haben einen düsteren Sinn für Humor. Beinahe hätte ich mir den Hals gebrochen.

Entschlossen machte er zwei Schritte zurück und verschloss den Frachtraum, als ihm siedend heiß einfiel: Mary und Jenna! Die Uhrzeit! Wie lange hatte er bewusstlos hier gelegen? War die halbe Stunde bereits um? Er musste zu ihnen!

Jeb atmete tief durch und wollte sich gerade wieder abwenden, um zur Kombüse zurückzulaufen, da hörte er ein lautes Geräusch. Abrupt wandte er sich um und leuchtete mit der Sturmlampe vor sich. Der Strahl der Lampe traf die andere Tür.

Da, da war es wieder. Es klang wie ein Scharren, ein Pochen. Und es kam von der anderen Seite der Tür.

Sein Herz hämmerte wie wild in seiner Brust. Er umfasste die Sturmlampe fest und hielt sie so, dass er sie notfalls auch als Waffe benutzen konnte. Vorsichtig trat er vor die Tür. Leise drückte er die Klinke herunter. Sie ließ sich leichter als die rechte öffnen, ein Zeichen, dass sie öfter benutzt und geölt wurde. Fast lautlos schwang das schwere Metall zurück.

Zögerlich ging Jeb nach vorn, ließ den Strahl der Lampe umherschweifen.

Seine Augen suchten ...

... und fanden nichts.

Es war nicht auszumachen, woher das Geräusch gekommen war. Denn dieser Raum war ein identischer Zwilling des anderen und ebenso leer.

Jeb schluckte schwer.

Was hat das alles zu bedeuten?, fragte er sich. Seine schweißnasse Hand klebte förmlich am Griff der Sturmlampe fest. Sie war das Einzige, das ihm vertraut vorkam. Sein Blick fiel auf Metallsprossen, die direkt unter ihm in der Tiefe verschwanden.

Hier ging es runter, aber wohin würde ihn die Leiter führen?

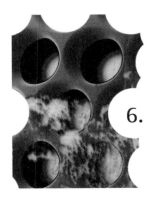

6.

Wo war Jenna?

Mary lief hektisch über das Deck, rief ihren Namen, aber das blonde Mädchen blieb verschwunden. Hatte sich die spanisch aussehende Frau getäuscht und Jenna war Jeb in den Frachtraum gefolgt, also in die genau entgegengesetzte Richtung?

Ihr Blick schweifte umher. Die Nacht war nicht länger stockdunkel, das Schimmern am Horizont, ein aufflammendes Wetterleuchten, das von einem heftigen Gewitter warnte, sorgte dafür, dass sich Mary mühelos zurechtfand. Sie hielt sich im Schatten der Container, glitt an den Metallwänden entlang, damit sie vom Führungshaus aus niemand entdecken konnte. Ihre Rufe nach Jenna würde er nicht hören, dazu war sie zu weit weg.

Mary hatte inzwischen die Hälfte des Decks abgesucht und noch immer keine Spur von ihr. Wo war sie? Hatte sie sich vielleicht verletzt, war im Dunkeln gestolpert? Hier lagen Taue herum, und die Container standen nicht immer bündig, sodass man sich durchaus bei den engen Kurven stoßen konnte.

Wieder rief sie Jennas Namen.

Mary sah sich um. Ihr Blick wanderte nach oben und sie entdeckte den Stern. Da, endlich! Wahrscheinlich hatte sie ihn aus dem Boot heraus nicht sehen können, da sich der Containerfrachter zu hoch über ihnen aufgetürmt hatte. Aber jetzt war er da. Nicht weit entfernt, rechts von ihr, funkelte er am Himmel.

Für Mary war dies das verlässliche Zeichen, dass irgendwo dort zwei Tore auf die letzten Überlebenden warteten. Irgendwo dort lebte ein bisschen Hoffnung, aber nur für zwei von ihnen.

Mary spürte Tränen aufsteigen, zwang sie aber zurück. Sie musste Jenna finden. Und dann Jeb.

Immer größere Sorge breitete sich in ihr aus. Dieses Schiff war ein gefährlicher Ort und der Mann dort oben in der Steuerzentrale jemand, der zu allem fähig war. Hatte er etwas mit Jennas Verschwinden zu tun? Und war womöglich Jeb bereits zurückgekehrt und wartete im Aufenthaltsraum auf sie beide? Sprach er gerade mit der Spanierin?

Alles in ihr drängte danach zurückzugehen, insgeheim hoffend, dass Jenna ebenfalls dort war, aber sie durfte kein Risiko eingehen, musste erst das komplette Deck absuchen, Jenna konnte irgendwo hier sein.

»Jenna! Hörst du mich?«

Ein Blitz zuckte über den Himmel, hinterließ eine gleißende Spur am Horizont. Sie hatte direkt in das Licht geblickt und für einen Moment war Mary wie blind, aber schließlich nahm sie wieder die Konturen der Container wahr. Dann zerriss ein Donnerschlag die Stille. Der Schall überrollte sie und Mary hatte das Gefühl, die Vibration, die damit einherging, würde ihren ganzen Körper erschüttern. Sie atmete tief ein und wieder aus, schmeckte plötzlich den Metallgeschmack der Luft auf ihrer Zunge. Sie wandte sich um. In alle Richtungen. Ja, etwas hatte sich verändert. Wind war aufgekommen. Kühler Wind, der ihr jetzt ins Gesicht wehte.

Und Mary wusste, dass ein Sturm aufziehen würde.

Gebückt hastete sie weiter.

Jenna betrat das Deck und ein kräftiger Wind wehte ihr entgegen. Irgendwo klirrte eine Metallkette und der helle Ton ließ sie zusammenzucken. Rasch blickte sie sich um, konnte aber im ersten Moment niemanden ausmachen. Dann entdeckte sie den Stern. Links von ihr stand er am Himmel, als könne er alle Zeiten überdauern, ja, als gäbe es keine Zeit für ihn.

Jenna schnupperte in den Wind. Die Luft roch salzig, aber auch etwas metallisch. Blitze zuckten durch die Nacht. Noch war das Gewitter weit entfernt, aber Jenna konnte spüren, dass ein Sturm aufkam.

Gott sei Dank sind wir auf diesem großen Kahn. Im Ruderboot hätten wir keine Chance gehabt.

Plötzlich hatte sich etwas in ihrer Umgebung verändert. Ein Schatten bewegte sich, trat aus einem anderen Schatten heraus, um dann mit dem nächsten wieder zu verschmelzen. Sie vernahm leichtfüßige Schritte in einiger Entfernung von ihr.

»Mary!«

Jenna rief noch mal ihren Namen. Lauschte.

Ja, sie hörte etwas, aber es war keine Antwort auf ihren Ruf. Jemand sang. War das Mary?

Es klang wie ein altes Kinderlied, dessen Melodie Jenna kannte, aber der Text wollte ihr nicht einfallen.

»Mary!«

Wieder glitt ein Schatten über Deck. Vielleicht fünfzig Meter entfernt verschwand er um die Ecke eines Containers.

Was soll das? Wo will Mary hin?

Ein Verdacht keimte in Jenna auf, dass Mary zu ihrem Vater wollte. Warum sonst sollte sie im Dunkeln über das Deck schleichen? Mary hatte gelogen, es gab einen direkten Zugang zur Steuerzentrale und sie war auf dem Weg dorthin.

Jenna mochte sich nicht ausmalen, was passieren konnte,

wenn Mary so leichtsinnig war und sich allein auf eine Konfrontation mit ihrem Vater einließ.

Sie will sich ihm stellen. Ihn herausfordern und vernichten.

Jenna schluckte, dann hastete sie los.

Vor ihr teilte sich das Deck in fahle und vollkommene Finsternis. Immer wenn ein Blitz am Himmel aufleuchtete, konnte sie sich orientieren. Gleichzeitig wurde sie jedes Mal geblendet und brauchte einen Moment, um wieder klar zu sehen.

Zwei Mal sah sie Marys Schatten oder das, was sie für ihren Schatten hielt. Sie bewegte sich ruhig und sicher auf dem Schiff. Es war nicht so, dass Mary schlich oder sich gebeugt hielt. Im Gegenteil. Jenna hatte das Gefühl, sie ging aufrecht mit wehenden Haaren über das Deck, so als wäre sie auf der Suche nach etwas.

Hier in der Dunkelheit war das blaue T-Shirt, das Mary trug, nur ein grauer Fleck. Kaum auszumachen. Es war der Schattenriss ihrer Figur, dem Jenna folgte, wenn er für einen kurzen Moment sichtbar war. Der Wind hatte weiter zugenommen, und obwohl Jenna angestrengt lauschte, hörte sie Mary nicht mehr.

Als ein weiterer Blitz durch die Nacht zuckte, sah sie Mary in zwanzig Meter Entfernung stehen. Das dunkelhaarige Mädchen hatte die Arme weit ausgebreitet, den Kopf in den Nacken gelegt und rief etwas, das Jenna nicht verstehen konnte, da der Wind die Worte sofort aufs Meer hinaustrug.

Moment. Wehende Haare ... die Figur der Gestalt war schlanker, wirkte irgendwie nicht jugendlich.

Zögerlich machte Jenna einen Schritt nach vorn. Ihr Fuß glitt aus, sie kam ins Stolpern, fiel aber nicht. Als sie das Gleichgewicht wiedergefunden hatte, stand Mary noch an derselben Stelle, doch sie hatte sich umgewandt, blickte nun in ihre Richtung. Ihr Gesicht lag dabei im Schatten, aber nun sah Jenna es: Das war nicht Mary.

Diese Gestalt war größer und sie hatte auch kein blaues T-Shirt an. Nein, diese Person war in ein Nachthemd gekleidet, wie man es in Krankenhäusern trug. Wie ein Gewand aus alter Zeit flatterte es im Wind, verschmolz mit den glatten, langen schwarzen Haaren in einer Bewegung.

Jenna wollte etwas rufen.

Sie streckte die Hand nach der Gestalt aus.

Dann verspürte sie plötzlich einen heftigen Schlag auf den Hinterkopf und glitt zu Boden. Ins Nichts.

Jeb hatte die Sturmlampe in seinen Hosenbund gesteckt und der Lichtstrahl begleitete ihn, während er langsam die Metallsprossen hinabstieg. Er lauschte angestrengt in die Dunkelheit unter sich, aber er hatte den Laut nicht noch einmal gehört.

Obwohl es nicht mehr als sieben Meter waren, die er überwinden musste, kam ihm der Abstieg unendlich lang vor. Die Sprossen lagen eng beieinander, sodass er sich höllisch konzentrieren musste, um nicht abzustürzen. Je weiter er nach unten kam, desto stickiger wurde die Luft. Sie legte sich auf seine Bronchien, presste die Lunge zusammen. Es fühlte sich an wie ein aufkommender Panikanfall, einer von der Sorte, die Jeb zu fürchten gelernt hatte. Der Schweiß stand ihm auf der Stirn, lief ihm den Hals hinab und den Rücken hinunter. Seine Hände waren feucht, glitten rutschend über die Sprossen, aber den Halt verlor er nicht. Mit einem tiefen Atemzug erreichte er den Boden des Frachtraums. Die Beine leicht gespreizt, stand er in der riesigen Halle und ihn durchströmte ein Gefühl der Erleichterung, wieder festen Boden unter den Füßen zu haben. Jeb ließ den Strahl der Sturmlampe umherwandern, aber dieser reichte kaum zu den umliegenden Stahlwänden und verlor sich in der Dunkelheit.

Hier unten war nichts. Keine Fracht, alles leer wie im Maschinenraum. Jeb machte einen Schritt nach vorn. Seine Füße wirbelten Staub auf und er musste husten. Seine Nase juckte. Mit einem lauten Niesen wurde er das Kribbeln los.

Er sondierte den Raum, auf der Suche nach der Tür, die ihn hoch zur Brücke bringen würde. Links und rechts war nichts als nackter Stahl, vor und hinter ihm Leere. Seinem Gefühl nach musste er nach rechts, dort wo seiner Meinung nach das Heck lag und der Aufgang zum Führungshaus liegen musste.

Er dachte kurz an Jenna und Mary. Er würde ihnen nicht erzählen, dass es nur leere Räume waren, die er durchquert hatte. Dass es keine Maschinen gab. Es würde sie nur in Unruhe versetzen.

Er musste weitergehen, den Mann in der Steuerzentrale aufsuchen und erfahren, worum es hier auf diesem Schiff eigentlich ging. Für Mary, aber auch für Jenna und ihn. Das Labyrinth war hart, grausam, aber es gab immer einen Weg, weiterzukommen, die nächste Welt zu erreichen. So würde es auch diesmal sein. Musste es sein.

Jeb erinnerte sich, dass er nicht mal auf dem Rettungsboot den Stern gesehen hatte. Es gab hier unten keinerlei Zeichen dafür, ob es irgendwo zwei rettende Tore gab ... er würde weitersuchen müssen. Wenn es geschafft war, dann würde er den beiden Mädchen die Tore überlassen. Mary sollte nicht zurückbleiben und Jenna neben Mary eine faire Chance auf das letzte Tor haben.

Aber zunächst einmal musste er weiter. Jeb leckte sich über die trockenen Lippen. Der Staub hatte sich auf seine Zunge gelegt, die sich inzwischen wie ein Stück Holz anfühlte. Er hatte einen unbändigen Durst.

Er war noch keine fünf Meter weit gegangen und schon fühlte sich sein Mund wie eine Sandgrube an. Verwundert blieb er stehen und leuchtete auf den Boden zu seinen Füßen.

Der Staub lag wie ein grauer Teppich auf dem Stahlboden.

Kleine Wolken stoben auf, sobald er sich bewegte. Wieder kitzelte es in seiner Nase.

Sein Blick fiel auf einen kleinen Stein, der neben seinem rechten Schuh lag. Jeb bückte sich und hob ihn auf. Im Licht der Lampe drehte er ihn hin und her. Unter seinen Fingern zerbröselte er.

Das war kein Stein. Dazu war er viel zu porös.

Was ist das?

Er ging in die Knie. Erst jetzt entdeckte er, dass zwischen all dem Staub unzählige dieser Steine in allen möglichen Formen lagen. Alle waren sie klein, kaum daumennagelgroß und von einer Konsistenz, die ihn an gebackenes Mehl erinnerte. Erneut zerrieb er einen kleinen Stein. Dann roch er an seinen Fingern.

Er kannte diesen Geruch.

Er hatte mit seinem Großvater die heiligen Stätten besucht und dort die alten Rituale miterlebt.

Das waren keine Steine.

Das war Knochenstaub.

7.

Mary blickte nach oben. Sie hatte Jenna nicht gefunden. Nun stand sie auf Deck am Fuß der Steuerzentrale und sah, wie sich der Schatten ihres Vaters hin und her bewegte. Wie oft schon hatte sie ihn heimlich beobachtet, wenn er unruhig auf und ab ging, so als riefen ihn die Geister des Meeres und als fahre ihm das Schiff nicht schnell genug, um sie hinter sich zu lassen. Mary glaubte, dass ihr Vater tief in seinem Herzen die See fürchtete. Ihre unbändige Kraft, die alles und jeden in die Tiefe reißen konnte.

Ihr Vater hatte ihr einmal gesagt, dass er niemals Kapitän werden wollte, aber seit der Zeit der Teeklipper war ihre Familie im Frachtgeschäft und so war ihrem Vater als einzigem Sohn nichts anderes übrig geblieben, als die Tradition fortzuführen. Mary hatte ihn einmal gefragt, was er gerne geworden wäre, und er hatte, ohne zu zögern, »Kunstmaler« geantwortet, danach aber nie wieder davon gesprochen.

Von ihrer Mutter wusste sie, dass ihr Vater ein Jahr lang in London Kunst studiert hatte. Dort waren sie sich begegnet, denn ihre Mutter war im selben Seminar gewesen. Sie hatten sich ineinander verliebt. Als ihr Vater von der Familie gezwungen wurde, sein Studium zu beenden und sein Erbe anzutreten, war sie ihm gefolgt, aber ihr Herz war in London geblieben. Wenige Jahre später kam Mary auf die Welt und ihr Vater hatte dieses Schiff nach ihr benannt, aber da war schon etwas in ihrer Mutter zerbrochen. Sie war für das Leben auf hoher See oder für das Zusammenleben mit einem Kapitän, der Monate nicht zu Hause war, nicht gemacht und so war sie nur ein Häuflein Elend, wenn sie allein mit Mary und David an Land zurückgeblieben war. Sobald ER wieder an ihrer Seite stand, war sie regelmäßig geradezu aufgeblüht.

In welcher Realität auch immer sich Mary hier und jetzt befand, es war Zeit. Nun war er dort oben und sie hier unten. Mary glaubte fast, seinen Blick zu spüren, aber es konnte sein, dass er sie in der Dunkelheit des Decks gar nicht sehen konnte.

Mary hatte das Ende des Schiffes erreicht. Nachdem sie Jenna nirgends entdeckt hatte, konnte sich das blonde Mädchen nur im Inneren des Schiffes aufhalten. Die Spanierin hatte sich getäuscht oder gelogen. So oder so, der Wind wurde immer stärker. Mary musste wieder unter Deck und die anderen über den aufkommenden Sturm informieren.

Sicher war Jeb schon zurück. Die halbe Stunde war vermutlich schon lange vergangen. Und bestimmt wartete dort auch Jenna.

Jeb hörte jetzt ein leises Schlurfen und blickte auf. Vor ihm stand jemand. Schemenhaft erst, dann konnte er erkennen, dass es ein Mann war. Sein Blick wanderte über abgewetzte Militärstiefel hinauf zu tarnfarbenen Hosen, die wiederum in eine tarnfarbene Jacke überging.

Ein Soldat!

Abrupt erhob Jeb sich und richtete den Strahl der Lampe auf das Gesicht des Mannes. Dieser schloss geblendet die Augen, kam näher und schob die Lampe in Jebs Hand beiseite, sodass sie ihn nicht direkt anstrahlte.

Jeb hatte diesen Mann noch nie zuvor gesehen. Er sah in ein abgemagertes Gesicht, das zum größten Teil von einem struppigen schwarzen Bart bedeckt war. Die Wangen waren eingefallen, die dunklen Augen lagen in tiefen Höhlen. Fettige Haare fielen unter einer schwarzen Wollmütze hervor. Das hier war kein regulärer Soldat, das war Jeb sofort klar. Die Uniform war derartig abgetragen und das Gesicht des Mannes sah krankhaft bleich aus. Jeb wurde von einem intensiven Blick aus den dunklen, fiebrig glänzenden Augen erfasst.

Insgesamt war der Fremde dermaßen ungepflegt, dass keine Armee der Welt ihn so herumlaufen ließe. Nein, der Typ vor ihm wirkte eher wie ein Rebell. Wie jemand, der im Untergrund lebte und kämpfte. Jebs Blick fiel auf die rechte Hand des Mannes, die fast verborgen an der Seite herabhing. Jetzt erst bemerkte er die stummelläufige Maschinenpistole, die der Mann in der Hand hielt. Gleich daneben, am Gürtel befestigt, entdeckte er zwei Handgranaten. Bedrohlich schimmerte das matte Metall im düsteren Licht.

Jeb spürte, wie sein linkes Augenlid zu zittern begann. Er hoffte, der andere sah es nicht. Er durfte nicht wissen, dass er sich fürchtete.

»Ich bin Jeb«, sagte er betont langsam und war froh, dass seine Stimme einigermaßen sicher klang.

Der Mann sah ihn stumm an. Dann legte er sich die flache Hand an die Brust. »Karnejew.« Ein Schwall tiefer gutturaler Laute folgte, die Jeb nicht verstand.

Jeb runzelte lächelnd die Stirn. »Entschuldigung, wer sind Sie? Was machen Sie hier?«

Die Worte des anderen erstarben abrupt. Sein Blick brannte sich in Jebs Augen. Dann sagte er mit hartem Akzent: »Dschochar Karnejew. Ich bin Tschetschene.«

»Ich verstehe nicht ... was machen Sie hier? Warum sind Sie bewaffnet?«

Der Fremde sah ihn stirnrunzelnd an.

Jeb deutete auf ihn, dann auf das Schiff und die Waffe in seiner Hand.

Karnejew musterte ihn lange. Jeb dachte an die Mädchen im Aufenthaltsraum und fragte sich, wie er sie vor einem schwer bewaffneten Kämpfer beschützen sollte.

Wenn doch nur León hier wäre. Er würde wissen, wie man sich in einer derartigen Situation verhält.

Der Mann beendete sein Schweigen und sagte hart: »Wo ist er?«

In Jebs Kopf purzelten die Gedanken durcheinander. »Ich verstehe nicht ... Wen meinen Sie?«

»Den Sohn. Wir sind im Kampf. Mein Volk leidet.«

Jeb verstand immer weniger. Wovon sprach Karnejew nur?

Der Rebell bückte sich und fasste nach unten, als er sah, dass Jeb nicht begriff. Als er sich wieder erhob, war seine hohle Hand gefüllt mit dem bleichen Staub. Langsam öffnete er die Faust und blies in den Staub hinein, der in einer Wolke davonstob.

»Das sind die Knochen unserer Kinder. Staub.«

Der Satz war so klar ausgesprochen, dass Jeb diese Tatsache mehr ängstige als die Worte des Mannes. Karnejews Augen waren zu lodernden Feuern geworden. Sein Gesicht verzog sich hasserfüllt.

»Wir töten sie alle. Alle Russen werden sterben.«

Jeb wich einen Schritt zurück. Der Fremde war fanatisch und gefährlich, und das an einem vollkommen unpassenden Ort. An Bord eines Frachters mitten auf dem Ozean!

Jeb hatte plötzlich wieder das schreckliche Gefühl, seine Lungenflügel würden sich zusammenziehen. Er bekam keine Luft mehr. Ein Hustenreiz ließ ihn aufkeuchen. Beide Hände auf den

Brustkorb gepresst, versuchte er zu atmen, aber es wollte ihm nicht gelingen. Panik befiel ihn und dann waren da die Augen des Fremden. Sie starrten ihn an.

Der Mann sagte etwas.

Jeb verstand nicht.

Der Rebell wiederholte es.

Es war eine Frage.

»Bist du ein Russe?«, fragte er.

Jeb wollte antworten, aber er konnte nicht. Keine Luft. Er schüttelte den Kopf.

»Nein«, wollte er aufbrüllen. »Ich bin Amerikaner«, aber die Worte verließen seinen Mund nicht.

Der andere schrie jetzt. »Bist du ein Russe? Gehörst du zu ihnen?«

Jeb sackte auf die Knie.

»Antworte!«

Vor ihm wurde der Lauf der Maschinenpistole angehoben. Die Mündung war wie ein schwarzer Tunnel, der sich auf ihn richtete. Jeb wusste, dass er sterben würde, wenn er jetzt nicht antwortete.

Jenna richtete sich mühsam auf. Entweder das Schiff schwankte oder sie. Oder beides. Sie taumelte vor und zurück. Sie hielt die Hände an die Schläfen gepresst, als könne sie so den Schmerz aus ihrem Schädel verdrängen. Plötzlich wurde ihr übel. Jenna beugte sich nach vorn und erbrach sich aufs Deck. Als der Anfall vorbei war, wischte sie mit dem Handrücken über den Mund. Ihr Kopf wurde etwas klarer und sie tastete ihren Schädel ab. Kein Blut. Jemand hatte sie niedergeschlagen, aber als sie sich umsah, entdeckte sie niemanden. Das Schiff lag verlassen vor ihr, von Mary keine Spur.

Der Wind frischte in einer Bö auf und etwas bewegte sich vor ihr, flog zischend an ihr vorbei. Es dauerte einen Moment, aber dann erkannte Jenna, dass es sich um eine schwere Kettenwinde handelte, die dort im Wind baumelte. Niemand hatte sie niedergeschlagen. Es war die Winde gewesen, die sie getroffen hatte, und Jenna wurde bewusst, wie viel Glück sie gehabt hatte, das Ding hätte ihr auch den Kopf abreißen können. Kaum fähig, sich zu bewegen, stöhnte Jenna auf, als erneut ein zuckender Schmerz durch ihren Schädel jagte.

Ich muss zurück, dachte sie. Im Inneren des Schiffes gibt es bestimmt einen Notfallkasten. Dort werde ich etwas gegen die Schmerzen finden.

Sie wollte sich gerade umwenden, als sie die Gestalt von vorhin ausmachte. Unbeweglich stand sie nahe der Reling, halb verborgen durch den Schatten eines Containers. Jenna hatte das Gefühl, dass sie beobachtet wurde. Vorsichtig hob sie die Hand. Die Gestalt tat es ihr nach und Jenna fasste Mut. Vielleicht würde diese Frau ihr mehr erzählen können als Szu.

Langsam machte sie den ersten Schritt, und als die andere Person nicht zurückwich, ging Jenna zu ihr hinüber. Wenige Meter bevor sie die Gestalt erreichte, trat diese aus dem Schatten heraus und Jenna erstarrte.

Dünn.

Ausgemergelt.

Die langen schwarzen Haare von grauen Strähnen durchzogen, das Gesicht vom Schmerz gezeichnet, aber noch immer war diese Frau schön. Sie hatte bronzefarbene Haut und Jenna erinnerte sich an einen Gedanken, den sie zuvor, in einem anderen Leben, schon einmal gehabt hatte.

Nichts und niemand, nicht einmal der Krebs kann ihrer Schönheit etwas anhaben.

Jenna entspannte sich.

Vor ihr stand Jebs Mutter.

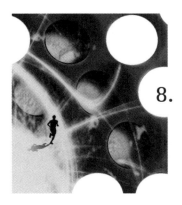

8.

Mary blickte zum Himmel und bekam Angst. Die Nacht um sie herum schien dunkler geworden zu sein. Schwarze Wolkenwände türmten sich am Horizont auf, verdeckten den Stern, der sie führen sollte.

Sie wusste, was die Wolken zu bedeuten hatten. Sie hatte es schon einmal erlebt. Dort draußen über dem Meer braute sich ein mächtiger Sturm zusammen und bald würde er über das Schiff herfallen. Dann konnte man nur noch eines tun. Sich irgendwo festhalten und beten, dass der Kapitän sein Handwerk verstand.

Verdammt sollst du sein, Dad, aber jetzt brauchen wir dich, wenn wir das überstehen wollen.

Mary wollte ihm gegenübertreten, mehr denn je. Ihm all das sagen, vorwerfen, was sie schon längst hätte aussprechen sollen, aber bei einem aufkommenden Sturm musste sie sich schleunigst unter Deck zurückziehen.

Ob Jeb bereits mit ihm gesprochen hatte?

Unruhe erfasste sie und veranlasste Mary, so schnell wie möglich in den Aufenthaltsraum zurückzukehren. Noch einmal blickte sie nach oben, aber das Licht in der Steuerkabine war erloschen, nur noch das geisterhafte grüne Sturmlicht schimmerte hinter den Scheiben.

Mary drehte auf dem Absatz um und ging mit raschen Schritten über das Deck. Der Wind zerzauste ihr Haar, brachte Kühlung für ihr schweißnasses Gesicht, aber sie konnte das Gefühl nicht genießen. Sie musste Jenna und Jeb vor dem Sturm warnen.

Die Spanierin fiel ihr wieder ein, und während Mary über das Deck schritt, grübelte sie angestrengt darüber nach, warum ihr die Frau so bekannt vorkam. Sie kramte in ihrer Erinnerung. Hatte ihre Familie eine spanische Haushälterin angestellt? War sie vielleicht eine Erzieherin und Lehrerin? Ihr wollte einfach nicht einfallen, woher sie die Frau zu kennen glaubte. Schließlich erreichte sie die Tür, die ins Schiffsinnere führte, und schob den Gedanken beiseite.

Marys Hand legte sich auf die Klinke und drückte sie hinab, gleichzeitig drückte sie dagegen. Nichts geschah. Verblüfft hielt sie inne. Noch einmal versuchte sie es, aber der Widerstand blieb der gleiche.

Die Tür ist abgeschlossen, schoss es ihr durch den Kopf. Wer zum Teufel hatte die Tür von innen verschlossen?

Mary fluchte laut. Dann trat sie ärgerlich gegen die Stahltür.

Jetzt musste sie auf die andere Seite des Schiffes. Dort gab es einen weiteren Zugang zum Inneren.

»Hallo Mrs Lawson«, sagte Jenna leise. »Erkennen Sie mich noch?«

Die Frau vor ihr lächelte und nickte. »Du bist das deutsche Mädchen, die Freundin meines Sohnes.«

In Jennas Kopf wirbelten die Gedanken wild durcheinander. Nicht nur, dass sie Jebs Mutter kannte, offensichtlich kannte Mrs Lawson sie ebenfalls. Jenna dachte zunächst, dass sie Jebs Mutter wegen seiner Ähnlichkeit erkannt hatte. Aber warum fiel ihr dann wie selbstverständlich sein Nachname ein?

Tief in sich spürte Jenna, wie ein Bild entstand, wie ein Puzzlespiel, bei dem noch einige Teile fehlten, war das Motiv noch undeutlich ... aber sie merkte, dass sie näher denn je davor war, ihre Erinnerungslücke zu schließen, die sich im Laufe der letzten Labyrinthwelten in ihr Innerstes gefressen hatte.

Wie hat sie mich genannt? Jebs Freundin?

Das stimmte, aber woher wusste seine Mutter das? Wenn sie Jeb doch erst hier kennengelernt hatte.

Dann fiel Jenna ein, dass sie sich von Anfang an in seiner Nähe geborgen gefühlt hatte.

Und als ich sah, wie Kathy ihn küsste, war ich eifersüchtig. Damals hielt ich es noch für eine übertriebene Reaktion, aber jetzt weiß ich, warum ich so empfunden habe.

Bilder über Bilder stürmten auf Jenna ein. Erinnerungen drängten heran. Alte Gefühle erwachten in ihr. Noch konnte sie die nicht fassen.

Aber.

Dann.

Der erste Tag.

Der Tag, an dem sie Jeb zum ersten Mal gesehen hatte.

Noch lange bevor sie in der Steppe erwacht war.

Natürlich. An der Highschool in Oregon. Dort, wo sie als Austauschschülerin zur Schule ging. Jenna überfluteten die Bilder regelrecht und sie musste sich an der Reling abstützen, so heftig waren die Gefühle, die sie nun überwältigten.

Jeb. Seit dem Moment, als sie Jeb zum ersten Mal gesehen hatte, teilte sich die Zeitrechnung in eine Periode vor und nach dem Kennenlernen von Jeb ein.

Jenna schloss die Augen.

Sie vergaß Jebs Mutter.

Das Schiff. Den aufkommenden Sturm und das Labyrinth der Welten. Sie sah Jeb. Sah ihn lächelnd auf sie zukommen, als sie in der Schulpause an der White Falcon High auf einer Bank Platz genommen hatte und einen Apfel aß.

»Du musst das deutsche Mädchen sein, über das alle an der Schule sprechen.« Er grinste schelmisch.

Jenna nickte. »Und du bist der Indianer, der allen Mädchen den Kopf verdreht. Habe schon von dir gehört.«

»Nur Gutes, hoffe ich.«

Jenna lächelte und deutete auf eine Gruppe Mädchen, die nicht weit entfernt zusammenstanden und sie heimlich beobachteten. »Welche davon ist deine Freundin? Oder sind es alle?«

Er lachte laut. Seine Augen blitzten vor Vergnügen. »Die meisten gehen in dieselbe Klasse wie ich. Aber mehr als Worte wechsele ich nicht mit ihnen.«

»Und das soll ich glauben?« Jenna biss in den Apfel und wartete ab, wie Jeb reagieren würde.

Jeb legte sich die flache Hand auf die Brust. »Großes Indianerehrenwort.«

»Mhm«, machte Jenna. »Soweit ich weiß, bist du nur Halbindianer, also ist die Hälfte deiner Aussage wahrscheinlich gelogen.«

Jeb lachte noch mal. »Sind alle Deutschen so?«

»Nein, eigentlich nur ich.«

»Dann muss ich dich näher kennenlernen. Und Deutschland gleich dazu.«

»Du würdest ganz schön auffallen.«

Jeb tat verblüfft, fasste in seine langen schwarzen Haare und wickelte sich eine Strähne um den Finger.

»Ich könnte ja die Haare abschneiden«, sagte er ernst.

»Bloß nicht«, lachte nun Jenna. »Die weibliche Bevölkerung dieser Stadt würde mir das niemals verzeihen. Wahrscheinlich käme es sogar zu politischen Verwicklungen zwischen unseren beiden Ländern.«

Jeb grinste. »Heißt es nicht, Deutsche hätten keinen Sinn für Humor?«

»Ist nur ein Gerücht, das wir in die Welt gesetzt haben, damit wir nicht über schlechte Witze lachen müssen.«

Jeb grinste noch breiter, dann wurde er ein wenig ernster. »Du bist Austauschschülerin?«

»Ja, für ein Jahr.«

»Ein Jahr«, wiederholte er nachdenklich. »Das gibt uns viel Zeit.«

»Zeit wofür?«, fragte Jenna.

Er beugte sich ein wenig vor. »Um uns kennenzulernen.«

Jenna erinnerte sich so klar, als würde sie einen Film vor ihrem inneren Auge sehen. Sie hatte nach dieser ersten Begegnung zunächst Abstand gehalten zu dem Jungen, der sie schon an ihrem ersten Tag einfach angesprochen hatte. Warum sollte sie sich in jemanden verlieben, der nach einem Jahr in den USA zurückbleiben würde? Zudem hatte wirklich die halbe weibliche Schülerschaft der White Falcon High ein Auge auf Jeb geworfen, aber er schien das gar nicht wahrzunehmen. Jenna wollte vernünftig sein. Und doch schaffte es Jeb, sich immer wie selbstverständlich in ihrem Umfeld aufzuhalten. Er war aufmerksam und, ja, sie genoss seine Gegenwart.

Jenna war, sosehr sie auch vernünftig sein wollte, mit jeder Begegnung klarer geworden, dass sie schon mitten dabei war, sich Hals über Kopf zu verlieben.

Jeb war ein ungewöhnlicher Junge, der oftmals von einer Ernsthaftigkeit war, die über seine Jahre hinausging. Jenna wusste, es lag an seinen Eltern. Jenna war Jebs Mutter nur einmal begegnet – bis jetzt –, als sie Jeb mit einem alten verrosteten Pick-up von der Schule abgeholt hatte, damit er seine Mutter ins Krankenhaus begleiten konnte. Obwohl das Fahrzeug wie ein

Haufen Schrott auf Rädern ausgesehen hatte, war ihr Anblick von einer natürlichen Eleganz gewesen, die von großer innerer Ruhe zeugte.

Jenna sah sie nur einen Augenblick. Sie bekam keine Gelegenheit, Jebs Mutter zu begrüßen, aber die Frau mit den schwarzen Haaren winkte ihr freundlich zu.

Später, als die Nacht hereingebrochen war, hatte sie sich mit Jeb getroffen. Hand in Hand waren sie durch den Park gegangen. Vor ihnen zeichnete das Licht der Straßenlampen Muster auf den Kies, der leise unter ihren Schuhen knirschte. Und da hatte Jeb erzählt. Von seiner Familie. Er vertraute ihr an, dass seine Mutter Krebs hatte, sein Vater nur schwer damit klarkam und trank. Dass es eigentlich an Jeb war, die Familie zusammenzuhalten. Er erzählte vom Stamm seiner Mutter und den Ferien bei seinem indianischen Großvater im Warm-Springs-Reservat, die er so sehr liebte. Jagen und Fischen. Durch die unendlichen Steppen wandern und dem Geist der Natur zu lauschen. In diesem Moment hatte sich Jebs Gesicht entspannt und Jenna sah den kleinen Jungen in ihm, aber dieser Junge war zu schnell erwachsen geworden. Während Jeb sprach, ging Jenna schweigend neben ihm. Ihr Herz klopfte so stark, dass sie glaubte, er müsse es spüren, und sie wusste, dass sie Jeb über alles liebte und dass er ebenso empfand.

Zwei Monate später hatten sie in Jennas Zimmer auf dem Bett gelegen. Nackt. Jennas Gastfamilie war zum Bowlen gegangen und so hatten Jeb und sie die Gelegenheit genutzt, ein paar Stunden allein zu sein.

Sie hatten sich atemlos geliebt, die Nähe des anderen genossen. Nun schuf der gleiche Rhythmus ihres Atems endgültig ein Band zwischen ihnen. Jenna hatte ihren Kopf auf Jebs Brust gelegt und lauschte dem Schlag seines Herzens. Er streichelte ihren Arm, doch plötzlich hielt er inne und richtete sich überrascht auf.

»Was ist das?« Er blickte verblüfft auf die Innenseite ihres Handgelenks. »Du hast dich tätowieren lassen?«

»Ja, vor drei Tagen.«

Jebs Finger fuhren die noch frischen Linien der Nadeln nach. »Ein Stern? Warum ausgerechnet einen Stern?«

Sie lächelte ihn an. »Damit du mich wiederfindest. Wohin du auch gehst, ich will dein Stern am Himmel sein, dem du folgen kannst und der dich heimführen wird.«

Jenna war wie erstarrt. Über ihr brach eine ganze Wahrheit zusammen und nahm ihr den Atem. Aber sie hatte nun zum ersten Mal, seit sie im Labyrinth war, wieder das Gefühl, festen Boden unter den Füßen zu spüren. Und trotzdem lief ihr ein eiskalter Schauer über den Rücken.

Was hatte das alles dann zu bedeuten? Das Labyrinth, die Suche nach den Toren, all ihre verzweifelten Versuche zu überleben – wohin führten sie?

Da hörte sie plötzlich eine leise Stimme, die der Wind zwar immer wieder verwehte, aber Jenna konnte sie genau hören. *»Jeb! Jeb!«*

Jenna schlug die Augen auf und schreckte endgültig aus ihren Gedanken auf. Sie sah sich hektisch um, aber da war niemand.

Jebs Mutter war verschwunden.

Sie war nicht wirklich hier. Mein Kopf hat mir etwas vorgespielt, damit ich mich erinnern kann.

Aber ...

Wer rief da Jebs Namen? Das war doch Mary?

»Mary, hier bin ich!«, erwiderte sie den Ruf.

»Jeb, komm zu mir, ohne dich habe ich Angst!«

Jenna wollte gerade wieder ansetzen und nach Mary rufen, aber sie zögerte. Etwas stimmte nicht ...

Wenn das Mary war, warum rief sie nach Jeb? Sie wusste doch, dass er unter Deck war. Warum rief sie nicht nach ihr, Jenna?

Sie machte einige Schritte zurück, bis sie sich in den Schatten eines der riesigen Container verbergen konnte.

»*Jeb, Jeb* ...« Die Stimme war nun in ein unheimliches Wimmern verfallen ...

... da begriff Jenna.

Ein Schauer überlief ihren ganzen Körper. Diese Stimme. Sie hatte sie schon einmal gehört ... und es gab nichts, was ihr mehr Angst einjagte. Denn sie verstand nicht, wie es sein konnte, dass sie nun hier wieder auftauchte. Die Stimme aus der Steppe.

9.

»Ich ... bin ... kein ... Russe«, ächzte Jeb unter Aufbietung seiner ganzen Kraft. »Ich ... bin ... Amerikaner.« Sein Brustkorb war wie in einem eisernen Käfig eingezwängt, aber er hatte es geschafft, die Worte herauszupressen. Er hob den Kopf und blickte wieder in die schwarze Mündung, die noch immer reglos und unerbittlich auf ihn gerichtet war. Er hatte die Hoffnung gehabt, dass sich der Lauf der Waffe gesenkt haben könnte, aber offenbar war Karnejew noch nicht überzeugt.

Der Mann starrte auf ihn herab. Seine Augen loderten vor Hass. Dann hob er einen Fuß, stellte ihn auf Jebs Schulter und stieß ihn rückwärts zu Boden. Jeb schlug mit dem Rücken auf und um ihn herum fegten Staubwolken auf, die ihm erneut in die Nase drangen und das Atmen noch zusätzlich erschwerten. Er keuchte. Seine Lunge brannte. Aber nun tobte in ihm auch Zorn.

Niemand tritt mich wie einen Hund.

Er ballte die Fäuste. Ächzend und stöhnend richtete sich Jeb auf.

»Was soll das? Was wollen Sie von mir?«, keuchte er.

Der Mann sah ihn verächtlich an. »Von dir? Nichts! Du bist ein amerikanischer Hund. Einen Dreck wert.« Er spuckte ärgerlich auf den Boden.

Jeb spürte bei aller Ohnmacht, die sich in ihm breitmachen wollte, wie die Wut immer mächtiger in ihm brannte. Seine Hände ballten sich zu Fäusten.

»So sollten Sie nicht mit mir reden.«

Karnejew schien belustigt. »Was willst du machen, Junge?«

Er hob den Lauf der Maschinenpistole an.

Ich muss cool bleiben, meine Chance kommt.

Jeb beruhigte sich wieder ein wenig. Bei allem Zorn durfte er die Nerven nicht verlieren. Oben im Aufenthaltsraum warteten Jenna und Mary auf ihn und der Tschetschene war eine Gefahr für sie.

Ich brauche mehr Informationen, damit ich die Situation einschätzen kann.

»Was machen Sie hier?«, fragte Jeb.

Augenblicklich trat Misstrauen in Karnejews Augen. »Warum willst du das wissen?« Seine Haltung nahm etwas Lauerndes an.

Er wirkt wie ein hungriger Wolf, der seine Beute einkreist.

Instinktiv spürte Jeb, dass der Mann nichts von den Mädchen erfahren durfte. Langsam und mit erhobenen Händen richtete er sich auf. »Wo sind wir hier?«, fragte Karnejew.

Jeb sah ihn verblüfft an. »Das wissen Sie nicht?«

»Junge, zeig ein bisschen mehr Respekt oder ich werde ihn dir einprügeln.«

»Das hat mit fehlendem Respekt nichts zu tun, es war eine einfache Frage.«

Karnejew runzelte die Stirn und Jeb fragte sich, ob er zu weit gegangen war. »Wir sind in Moskau. 14. November, es ist 18:23 Uhr. Soeben wurde der russische Präsident von den tschetschenischen Freiheitskämpfern getötet.«

Er sprach die Worte schnell und nicht ohne Stolz. Jeb vermochte das Ausmaß der Worte kaum zu begreifen. Aber dann ...

Eine Gänsehaut kroch über seinen Rücken. Und eine Erkenntnis machte sich in ihm breit. Der Tschetschene glaubte sich an einem vollkommen anderen Ort. Wie war er hierhergekommen? Was war hier los? Und was zum Teufel hatte es zu bedeuten? Irgendwie hing das Ganze mit Mischa zusammen. Jeb spürte, dass es so sein musste, aber es ergab alles keinen Sinn und in seinem Kopf hämmerte ein pochender Schmerz, der es ihm unmöglich machte, länger darüber nachzudenken.

»Sie irren sich«, sagte Jeb. »Ich kenne das Datum nicht, aber wir befinden uns auf einem Schiff mitten im Ozean.«

Der andere fixierte ihn. »Das ist Unsinn!«

»Merken Sie nicht, wie der Boden sich bewegt?«

Der Tschetschene schien nun zu stutzen.

Jeb deutete auf die hohen Stahlwände um sie herum. »Das hier ist der Frachtraum.«

Karnejew bückte sich, ohne Jeb aus den Augen zu lassen. Er wischte mit den Fingern seiner linken Hand über den Boden und leckte ihn anschließend ab.

»Staub. Und Salz.« Er richtete sich wieder auf und schaute Jeb eindringlich an.

»Das kommt vom Salzwasser um uns herum.«

Karnejew war jetzt genauso verwirrt, wie Jeb es war. Und leider machte ihn das umso gefährlicher.

»Was ist hier los?« Mit einem lauten Ratschen lud der Rebell die Waffe durch. Jedes Gefühl war aus seinem hageren Gesicht gewichen, aber seine dunklen Augen brannten.

»Ich gebe dir zehn Sekunden, um mir zu sagen, was das alles zu bedeuten hat und wo meine Männer sind.«

Wie soll ich ihm das erklären, wenn er nicht mal ahnt, wo er ist? Nicht weiß, dass er sich im Labyrinth befindet.

»Eins ...«

Jeb schüttelte stumm den Kopf, unfähig, die richtigen Worte zu finden, die sein Schicksal nicht endgültig besiegeln würden.

»Zwei ...«

Er musste Karnejew das Gefühl nehmen, bedroht zu werden, und vor allem musste er Zeit gewinnen.

»Drei ...«

»Vielleicht kann ich Ihnen helfen, Ihre Kameraden zu finden. Woran erinnern Sie sich?«

Karnejew starrte ihn an. Die Mündung seiner Maschinenpistole war auf einen Punkt zwischen Jebs Augen gerichtet. Zunächst dachte Jeb, der andere würde ihn jetzt erschießen, aber dann ließ Karnejew die Waffe sinken und sprach doch.

»Wir hatten den Konvoi des russischen Präsidenten überfallen. Es gab eine wilde Schießerei und Explosionen, ich dachte, ich wäre vielleicht verletzt worden und meine Kameraden hätten mich in Sicherheit geschleppt. Wo sind meine Männer?«

Jetzt fiel auch der letzte Stein an den richtigen Platz in Jebs schwer zu fassenden Gedankenstrom. Nach Karnejews Worten tobte in Jeb die Erkenntnis, dass vor ihm der Mann stand, der Mischas Vater erschossen hatte. León hatte ihm davon erzählt, woran sich Mischa im weißen Labyrinth erinnert hatte. Von diesem Anschlag war die Rede gewesen. Mischas Vater, der russische Präsident, war gestorben, Mischa selbst hatte das Attentat irgendwie überlebt und war ins Labyrinth geraten. Jeb kniff seine Augen zusammen und fixierte Karnejew. »Sie haben Mischa versucht zu töten?«

»Mischa, wer ist Mischa?« Karnejew blickte ihn aus nachtschwarzen Augen an.

»Er ist ... war ein Freund. Und Ihretwegen ist er hier gelandet. Nun ist er tot und es ist Ihre Schuld. Sie sind ein feiges Schwein.«

Augenblicklich ruckte die Mündung der Waffe hoch. »Sag das noch einmal«, forderte der Tschetschene Jeb auf. Sein Mund war nicht mehr als ein dünner Strich, wie eine Narbe in diesem ausgezehrten Gesicht.

»Sie haben gehört, was ich gesagt habe!« Jeb wusste, dass er mehr als unvernünftig handelte, aber nun gab es kein Zurück mehr. Es war wie damals, als er bei seiner sterbenden Mutter war. Der Zorn überrollte ihn, riss ihn mit sich und ließ ihn jede Vorsicht vergessen.

»Du bist also ein Freund der Russen, kleiner Amerikaner?«, sagte Karnejew leise und bedrohlich. Die Mündung der Maschinenpistole legte sich kalt an Jebs Wange.

»Wo hast du meine Kameraden hingeschafft, wo sind sie?« Karnejew brüllte nicht, aber die leisen Worte gellten in Jebs Ohren.

Jeb schwieg.

»Du wirst jetzt reden oder sterben«, meinte Karnejew ruhig.

Jeb wollte ihm drohen, ihn anschreien, ihn verdammen dafür, dass er womöglich der Grund dafür war, dass Mischa hier gelandet war. Dass sie alle hier gelandet waren. Auch wenn Jeb wusste, das war Unsinn, zum ersten Mal hatte er einen konkreten Feind vor sich.

Einen Feind, der bewaffnet war. Also besann er sich. Es würde Mary und Jenna nicht helfen, wenn er sich jetzt erschießen ließe.

Du musst dich beruhigen.

Aber so einfach war es nicht.

In Jeb tobte der Zorn, forderte, dass er die Waffe ignorierte und sich auf den Tschetschenen stürzte, aber er durfte nicht auf diese Stimme hören.

»Was ist jetzt?«, fragte Karnejew. »Wo sind sie?«

Jeb traf eine Entscheidung. Er leuchtete mit der Sturmlampe in Richtung der Metallsprossen, die er hinuntergeklettert war.

»Dort geht es zu einer Tür, in den Maschinenraum. Dort sind sie.«

Der Tschetschene sah ihn eindringlich an, schließlich sagte er: »Weißt du was, Junge? Ich glaube dir kein Wort. Du lügst mich an. Ich werde selbst herausfinden, was hier los ist.«

Ohne Vorwarnung schlug er den Lauf der Waffe hart gegen Jebs Kopf. Zum zweiten Mal innerhalb kurzer Zeit sackte Jeb zu Boden. Vor seinen Augen wurde es schwarz, aber er wurde nicht bewusstlos. Sein Körper fiel auf das harte Metall. Kopfschmerzen jagten durch seinen Schädel und glitzernde Flecken zuckten hinter seinen geschlossenen Lidern.

Ich muss aufstehen.
Ich darf nicht ohnmächtig werden.
Jenna.
Mary.
Steh jetzt auf.
Ich kann nicht.
Keine Kraft. Keine Kontrolle.
Du musst.

Mühsam schaffte es Jeb, den Oberkörper anzuheben. Mit beiden Händen stemmte er sich hoch. Er spürte, er hatte nur diesen einen Versuch, danach wäre er zu schwach, um es erneut zu probieren. Jeb atmete tief ein und richtete sich auf.

Als er endlich auf wackligen Beinen stand und die Sturmlampe auf die Stelle richtete, wo der Tschetschene gestanden hatte, fiel der Lichtstrahl ins Leere.

Der Mann war verschwunden.

Lediglich die Fußspuren im Staub zeugten davon, dass sich Jeb den Rebellen nicht eingebildet hatte.

Jeb fluchte stumm. Sein Kopf schmerzte, aber wenigstens konnte er wieder freier atmen. Er dachte an Jenna und Mary.

Waren sie in Sicherheit? Den Gedanken, dass sich der Rebell auf den Weg zum Aufenthaltsraum gemacht haben könnte, verwarf Jeb gleich wieder, denn die Fußspuren im Staub gingen in die entgegengesetzte Richtung. Er beschloss, ihnen zu folgen.

Denn die Spuren führten zum Steuerhaus.

Der Wind wehte ihr Haar über das Gesicht, aber sie stand noch immer ganz starr.

Jenna musste dringend ins Schiffsinnere kommen. Jeb warnen. Und Mary. Ob Mary, wenn sie wirklich hier draußen an Deck gewesen war, die Stimme gehört hatte? Jenna nutzte einen Moment, in dem die Windböen nachgelassen hatten. Sie hielt sich, so gut es ging, in den Schatten der Container und huschte mit wackelnden Beinen zu der Tür und dem Gang zur Kombüse.

Plötzlich bewegte sich der Schiffsboden unter ihr. Der Seegang hatte zugenommen. Mächtige Wellen rauschten heran, prallten gegen den Bug des Schiffes, hoben ihn an und ließen ihn wieder fallen. Krampfartig hielt sich Jenna an dem Türknauf fest. Sie musste nur noch die Tür öffnen und sie wäre – vorerst – in Sicherheit.

Der Gedanke beruhigte sie merkwürdigerweise und der heftige Wind tat sein Übriges dazu, dass sie zurück in die Wirklichkeit fand. Sie durfte sich nicht einfach gehen lassen. Sie wollte daran glauben, dass sie es schaffen konnte.

Entschlossen wandte sich Jenna um. Sie musste Jeb und Mary finden.

Jenna öffnete die Tür, trat ein und stemmte sich mit aller Kraft dagegen, um sie gegen den heftigen Wind wieder zu schließen. Es dauerte einige Versuche und viel Energie, das Schloss einrasten zu lassen. Dann herrschte völlige Stille und Dunkelheit.

Und die Bilder von Jeb und ihr kehrten mit aller Macht zurück.

War all das, was sie gerade in sich hatte wachrufen können, wahr? Konnte es wirklich sein, dass Jeb und sie ...?

Noch erinnerte sie sich nicht an alle Details, aber es war, als hätte jemand das Tuch weggezogen, das ihre Erinnerung bedeckte. Die Lösung, die Lösung für das Geschehene lag in greifbarer Nähe, aber noch konnte sie den Gedanken nicht fassen.

Ich brauche Zeit. Und Ruhe. Alles wird zurückkommen.

Ich kenne Jeb, ich liebe Jeb – und ich liebte ihn schon lange vor dem Labyrinth. Dieser Gedanke gab ihr Kraft und sie wusste, dass sie ihn finden musste, jetzt. Es ging um ihrer aller Leben. Dieser Gedanke lag mit einer ungeheuren Klarheit in ihrem Kopf und es gelang ihr, alle anderen Ängste für einen Moment zu verdrängen.

Der Sturm hatte endgültig die Herrschaft übernommen. Aber Mary ahnte, dass dies noch längst nicht alles war. Im Gegenteil, ihre Probleme hatten gerade erst begonnen.

Der Wind peitschte ihr die Haare ins Gesicht. Es war kühler geworden, aber kein Regen fiel. Noch nicht. Blitze tobten über den finsteren Himmel, schufen gleißende Abdrücke am dunklen Himmel. Die Luft schmeckte nach Salz.

Immer wenn ein Blitz die Nacht erleuchtete, hastete Mary vorwärts, wurde es wieder dunkel, blieb Mary stehen. In der Dunkelheit sollte man sich nicht auf einem Schiff bewegen, denn weder sah man Hindernisse auftauchen noch die nächste Welle heranrollen. Jederzeit bestand die Gefahr zu stolpern und dann würde man über das Deck schlittern, gegen einen Container prallen oder über Bord gehen.

Als sie für einen Moment still hielt und Kraft für den nächsten Sprint schöpfte, hörte sie es.

Ein unheimliches Knirschen und heulendes Schaben. Mary erschrak, aber dann wurde ihr bewusst, dass dies nur Wind und Wellen waren, die die Container bewegten. Sie zwang sich zur Ruhe. Sie nutzte das Licht der Blitze am Himmel, um weiterzukommen Richtung Tür, die unter Deck führte.

Gehen.

Stehen.

Gehen.

Stehen.

Mary konnte die Tür nun erkennen, sie nahm ihren Mut zusammen und stürzte los.

Sie warf sich gegen das Metall und fand nach hastigem Abtasten der kalten Wand endlich den Türgriff. Ihr Herz klopfte wild bei dem Gedanken, dass diese Tür womöglich abgeschlossen war, aber sie war unversperrt. Mary riss sie auf, folgte dem Gang an der Toilette vorbei, die sie zuvor benutzt hatte, durchschritt die Kombüse und betrat den Aufenthaltsraum. Das Licht in der Decke flackerte, aber auch so erkannte Mary, dass sich niemand im Raum befand. Nicht einmal die spanische Frau, mit der sie gesprochen hatte.

Wo sind die alle?

Jeb mochte noch bei ihrem Vater auf der Brücke sein, aber wo war Jenna?

War sie ihm nachgegangen?

Es musste so sein, denn eine andere Erklärung gab es nicht. Wahrscheinlich war auch die fremde Frau inzwischen tiefer unter Deck.

Was mache ich jetzt? Ihnen nachgehen oder warten, dass sie zurückkehren?

Mary hatte gehofft, die anderen hier vorzufinden. Dass niemand da war, ängstigte sie und raubte ihr die Kraft. Sie fühlte, wie sich Müdigkeit in ihrem Körper ausbreitete. Es war, als sacke der Magen in sich zusammen, und ihre Beine waren plötzlich schwer wie Blei.

Reiß dich zusammen, Mary. Es ist nicht der Zeitpunkt, jetzt auszuruhen. Du musst die anderen vor dem Sturm warnen. Sicherlich haben sie bemerkt, dass der Seegang zugenommen hat, aber sie kennen das Ausmaß dessen nicht, was da auf uns zukommt. Wir müssen auf alles gefasst sein.

Sie ächzte, holte tief Luft und stieß den Atem wieder aus. Dann ging sie zum Treppenabgang hinüber. Erst jetzt fiel ihr auf, dass das Licht auf dem Weg ins Innere des Schiffes brannte. Wer hatte es eingeschaltet? Jeb war mit der Sturmlampe losgezogen. Blieb nur Jenna, oder?

Und dann kam ihr der Gedanke, dass ihr Vater dort oben auch das Licht im Schiff kontrollierte. Er hatte es angeschaltet und er konnte es auch jederzeit wieder ausschalten.

Jeb folgte im Licht der Sturmlampe den Spuren im weißen Staub zu seinen Füßen. Immer wieder leuchtete er nach vorn, aber der Fremde war verschwunden. Wie es aussah, hatte dieser sich auf den Weg zum Führungshaus gemacht. Dort würde er auf Marys Vater treffen, was dann geschehen konnte, mochte Jeb sich gar nicht vorstellen.

Plötzlich fiel Jeb der Stern ein. Er musste ihn finden, wenn er das nächste Mal an Deck ging. Denn egal, wo sie waren, er würde ihnen den Weg zu den Toren weisen. Zwei von ihnen hatten die Chance, in die nächste Welt zu gelangen.

All dies sollte er beachten, wenn er auf die Kommandozentrale des Schiffes gelangte. Er musste dort sofort nach dem Stern Ausschau halten. Jeb vermutete, dass sie wie immer zweiundsiebzig Stunden hatten, um die Tore zu erreichen, aber vielleicht waren es auch weniger. Wesentlich weniger. So wie im weißen

Labyrinth. Und sie saßen auf einem Schiff fest, das antriebslos im Meer dümpelte. Ohne Maschinen.

Da spürte Jeb plötzlich, dass sich der Boden zu seinen Füßen stärker bewegte, sich auf und ab senkte. Draußen schien der Seegang zugenommen zu haben.

Nun, dies war ein riesiger Frachter, etwas höhere Wellen konnten dem Schiff nichts ausmachen. Viel schlimmer war der Umstand, dass ein schwer bewaffneter Rebell auf dem Weg zu Marys Vater war.

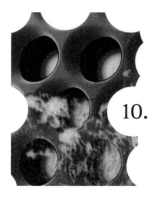

10.

Plötzlich und unvermittelt ging sich das Licht an. Jenna schloss geblendet die Augen und wartete einen Moment ab, bis die weißen Flecken in ihrem Blick verschwanden, dann lief sie durch den langen Gang, der sie zum Aufenthaltsraum führte, den sie mit Jeb und Mary vor nicht allzu langer Zeit durchschritten hatte. In ihrem Kopf hämmerte der Schmerz, aber sie vergaß ihn, als sie bemerkte, dass die ehemals verschlossenen Kabinentüren jetzt offen standen. Jenna sah kleine Räume mit schmalen, an der Wand festgeschraubten Liegen, winzigen Schränken, jeweils einem Tisch und einem Stuhl darin. Alle Kabinen waren leer.

Wer hatte die Türen geöffnet und warum?

Dann kam ihr der Gedanke, dass Jeb mit Marys Vater zurückgekehrt sein konnte. Vielleicht hatte er die Türen entriegelt. Sie atmete erleichtert auf, aber die Erleichterung verflog im Nichts, als sie den Aufenthaltsraum erreichte und dort niemanden vorfand. Sofort wanderte ihr Blick zur Uhr, die weiterhin unermüdlich runterzählte: 32:02:29 Uhr. Sie war fast zwei Stunden weg gewesen? Das war nicht möglich. Niemals konnte so viel Zeit vergangen sein und weder Jeb noch Mary und nicht einmal die alte Chinesin und Tians Schwester waren da.

Mit klopfendem Herzen sah sich Jenna im Schein der Deckenlampe um. Noch nie zuvor war ihr ein Raum so leer und verlassen vorgekommen.

Wo sind sie alle hin?

An Deck konnten sie nicht sein, denn von dort kam sie ja gerade, also blieb nur die Möglichkeit, dass alle tiefer ins Schiff vorgedrungen waren. Jenna nahm den Treppenabgang ins Auge, der dunkel vor ihr lag.

War Jeb inzwischen zurückgekehrt und hatte sich wieder auf den Weg nach unten gemacht, nachdem er Mary und sie nicht gefunden hatte?

Jenna biss sich auf die Lippe. Es klang unlogisch, aber da Jeb nicht hier und auch nicht an Deck war, gab es kaum eine andere Möglichkeit. Sie beschloss, ebenfalls in die Tiefe zu gehen, aber wie sollte sie sich zurechtfinden, der Gang lag dunkel vor ihr und Jeb hatte die einzige Sturmlampe?

Der Gedanke war noch nicht zu Ende gedacht, als auch hier die Gangbeleuchtung zuckend ansprang und den kahlen Flur in ein diffuses Licht tauchte. Im gleichen Moment begann die Deckenlampe im Aufenthaltsraum zu flackern und erlosch.

Panik ergriff Jenna. *Wer schaltet das Licht an und aus?*

Eine Sekunde später schimpfte sie innerlich mit sich. Natürlich gab es hier irgendwo einen Bewegungsmelder.

Dieses neue Wort löste etwas in ihr aus. Jenna wunderte sich, warum manche Begriffe oder Erinnerungen ihr plötzlich einfielen. Sie überlegte, an wie viele Dinge sie sich inzwischen erinnerte. In der ersten Welt war da kaum etwas gewesen. Gerade mal an ihren Namen hatte sie sich erinnern können. Nach und nach waren Begriffe hinzugekommen, Vergessenes war wach geworden und inzwischen glaubte Jenna, alles wieder zu erkennen, was ihr in ihrem früheren Leben begegnet war.

Hoffentlich war dies ein gutes Zeichen. Vielleicht war es ja so, dass mit jedem Durchschreiten der Tore, mit jeder Annäherung an ihre wahre Welt, die Erinnerungen wiederkehrten. Es schien ihr fast, als folge sie einem Fluss zum Ursprung seiner Quelle. Je weiter sie vordrang, desto klarer wurde das Wasser.

Ob es Mary und Jeb ebenso ging?

Dann schob sie alle Überlegungen beiseite und konzentrierte sich auf den Gang vor ihr. Er würde sie zu den anderen führen, da war sie sich sicher. Sie musste mit ihnen über ihre wiederkehrenden Erinnerungen sprechen. Mit Jeb, unbedingt. Vielleicht würde es ihm helfen, sich ebenfalls zu erinnern?

Das Schiff schwankte inzwischen beachtlich und Jenna griff nach der Haltestange, die neben der Treppe in die Tiefe führte. Zögerlich setzte sie einen Fuß vor den anderen und ging nach unten.

Als sie den Absatz am Ende der Treppe erreicht hatte, stand sie vor zwei verschlossenen, identisch aussehenden Türen. Hinter einer der Türen hörte Jenna das Arbeiten der Schiffsmotoren. Offenbar hatte der Frachter, seit sie drei an Bord gegangen waren, wieder Fahrt aufgenommen. Bei dem Schwanken in den Wellen hatte Jenna dies gar nicht wahrgenommen. Und der laute Sturm an Deck hatte die Motorengeräusche des Schiffes übertönt. Da das Schiff nur langsame Fahrt machte, waren die Geräusche nicht besonders laut.

Wenn links der Maschinenraum war, dann ging es rechts zum Frachtraum, überlegte Jenna. Mary hatte gesagt, den Zugang zur Steuerkanzel erreiche man nur über den Frachtraum. Um sicherzugehen, dass Mary und Jeb nicht im Maschinenraum waren, entschied sich Jenna nachzusehen, aber die Tür ließ sich nicht öffnen. Jemand hatte sie abgesperrt.

Okay, dann ist klar, welchen Weg sie genommen haben.

Jenna trat vor die rechte Tür und drückte die Klinke herab.

Mühelos schwang die Metalltür in ihrem Scharnier auf und gab Jenna den Blick auf eine gigantische Halle aus Stahl frei. Im Licht der Neonlampen, das von der Decke herabstrahlte, ließ Jenna ihren Blick durch den sauberen, aber leeren Raum streifen. Von Mary und Jeb keine Spur. Auch nicht von Tians Großmutter und seiner Schwester.

Vor ihr führte eine eiserne Sprossenleiter nach unten und Jenna folgte ihr in die Tiefe. Als sie den Boden erreichte, legte sie den Kopf in den Nacken und konnte kaum glauben, was sie sah. Die Halle wirkte mit ihren hohen Decken wie ein Dom, die sich nun mehrere Meter über ihr erstreckte. Die Wände an Bug und Heck waren mindestens achtzig Meter von ihr entfernt. Die gegenüberliegende Wand mindestens fünfzig.

Erst hier unten erkannte sie die wahre Dimension des Frachters. Das Schiff war so groß, dass kein Sturm ihm etwas anhaben konnte. Die Wellenbewegungen waren zwar spürbar, aber längst nicht so stark wie zuvor an Deck.

Jenna blickte sich um. Links von ihr, am Bug des Schiffes, sah sie nur nackte Wände. Ihr gegenüber auf der anderen Seite endete der Frachtraum vor einer Stahlwand, in der sich eine Tür befand. Dorthin musste sie, denn nur diesen Weg konnten Mary und Jeb genommen haben. Wahrscheinlich waren Tians Großmutter und seine kleine Schwester bei ihnen. Jenna wandte sich nach rechts und durchquerte den Frachtraum in zügigen Schritten. Es dauerte einige Minuten und eine gefühlte Ewigkeit, bis sie den kahlen Raum durchschritten hatte. Vor der schweren Tür blieb sie stehen. Sie wollte gerade die Tür öffnen, als sich von hinten eine Hand auf ihre Schulter legte.

Stufe um Stufe erklomm Jeb die unendlich lange Metalltreppe, schließlich hatte er den letzten Absatz erreicht. Vor ihm lag die

Tür zur Steuerkanzel des Schiffes. Er wappnete sich, holte tief Luft und drückte die Klinke herab.

Seine Augen brauchten einen Moment, um sich auf das grüne Licht einzustellen, in das die Kanzel getaucht war. Der Raum vor ihm war leer. Keine Menschenseele befand sich darin. Jeb stieß den angehaltenen Atem aus. Ihm wurde bewusst, dass niemand das Schiff steuerte, aber wie auch, es gab ja keine Maschinen, die es antreiben konnten. Dennoch hatte Jeb erwartet, hier Marys Vater vorzufinden. Sie hatten doch seinen Schattenriss hinter dem Fenster gesehen, als sie an Bord gekommen waren, und wenn er die Steuerkanzel verlassen hatte, müsste er ihm begegnet sein.

Schwindel erfasste ihn. Seit sie auf diesem Schiff waren, liefen merkwürdige Dinge ab. Der unbemannte Kran, der sie an Deck gezogen hatte. Der leere Maschinenraum. All der Knochenstaub im Frachtraum. Der Soldat mit der Waffe? Wo war der Tschetschene? Gab es ihn? Gab es ihn wirklich oder begann er, nach all der Erschöpfung zu halluzinieren? Und nun auch das leere Führerhaus. Der Boden unter seinen Füßen wankte, als eine kräftige Welle das Schiff anhob. Jeb verlor beinahe das Gleichgewicht. Als er sich wieder gefangen hatte, ging er zum Fenster hinüber und starrte hinaus auf Deck und auf das offene Meer.

Er suchte verzweifelt den Himmel nach dem Stern ab, doch riesige Wolkentürme bedeckten diesen, der Stern war nicht auszumachen. Stattdessen tobten Blitze über den Himmel, als ging es darum, ihn mit Tausenden leuchtenden Schwertern zu zerteilen. Donner dröhnte, wurde aber durch die dicken Glasscheiben gedämpft. Jeb erschrak, als er sah, wie heftig sich das Unwetter schon entwickelt hatte. Gigantische Wellen mit weißer Gischt rollten heran, ließen den Frachter erzittern. Die nächste Welle prallte gegen das Schiff. Jeb musste sich festhalten, damit er nicht zu Boden geworfen wurde.

Ich muss zu den anderen zurück. Ihnen berichten, dass ich nichts und niemanden gefunden habe. Wir müssen uns auf den Sturm vorbereiten, auch wenn ich noch keine Ahnung habe, was wir tun können.

Seine Hände krallten sich in die Steuerkonsole des Schiffes. Jebs Blick fiel auf die Armaturen des Schiffes. Die Anzeigen waren ausgeschaltet und glänzten matt im grünen Licht, aber etwas anderes hatte seine Aufmerksamkeit erregt. Eine Fotografie war mit einem kleinen Magneten am Pult befestigt. Jeb griff danach und betrachtete das Bild.

Vier Personen waren darauf abgebildet. Sie standen nebeneinander. Zwei Erwachsene, Mann und Frau, und zwei Kinder, ein Junge und ein Mädchen. Die Eltern hatten die Hände auf die Schultern der Kinder gelegt und alle vier blickten starr in die Kamera.

Niemand lächelte auf diesem Bild. Die ganze Aufnahme wirkte auf Jeb, als habe jemand eine Familie kurz vor ihrer Hinrichtung abgelichtet.

Im Hintergrund war das Schiff zu sehen, auf dem er sich jetzt befand. Er konnte deutlich den weißen Schriftzug am Bug erkennen: MARY. Stolz verdeckte es einen Teil des Hafens, während Mary mit ihren Eltern und ihrem Bruder sich fotografieren ließen.

Jeb betrachtete nachdenklich das Bild. So sah also Marys Familie aus. So ihr Vater, den er auf dem Schiff vermutete, aber nicht gefunden hatte.

In seinen Händen lag der erste wirkliche Beweis, dass es eine Welt gab, aus der sie alle stammten. Hier sah er einen Teil davon. Das hier war ein Teil aus Marys Vergangenheit. Ein winzig kleiner Teil, aber dadurch nicht weniger real. Seine Finger zitterten, während er das Foto hielt.

Vielleicht war dies tatsächlich ihre Heimat.

Jenna zuckte zusammen und wirbelte herum. Vor ihr stand Mary. »Gott sei Dank, du bist es!«, stöhnte Jenna auf, als sie das dunkelhaarige Mädchen erkannte. Sie fiel der anderen um den Hals und drückte sie fest. Lange standen sie so da. Schließlich ließ Jennas Zittern nach und sie löste sich aus der Umarmung. Was Jenna sah, erschreckte sie. Mary wirkte geisterhaft bleich und über alle Maßen erschöpft.

»Hast du Jeb gefunden?«, fragte Mary und hielt dabei noch immer Jennas Hand fest umklammert.

Keine Sorge, noch mal lasse ich dich nicht alleine, Mary.

»Nein, ich glaube, er ist noch oben im Führerhaus. Aber wo bist du gewesen, ich habe dich überall gesucht.«

»Du wolltest doch vor der Toilette auf mich warten.« Mary sah sie verblüfft an.

»Das habe ich auch, aber als du nicht wieder herausgekommen bist, habe ich nachgeschaut und der Raum war leer. Ich weiß nicht, wie, aber irgendwie ...«

Mary riss die Augen auf. »Das kann nicht sein. D... du warst nicht mehr da!«, stotterte sie.

»Ich verstehe das nicht«, sagte Jenna.

Plötzlich erzitterte der Boden unter ihren Füßen. Das Schiff hob sich. Dann sackte es wieder nach unten. In Jennas Magen breitete sich ein flaues Gefühl aus.

»Da draußen tobt ein mächtiger Sturm«, sagte Mary. »Und er wird noch viel schlimmer werden.«

»Ich weiß, ich war an Deck«, antwortete Jenna.

»Du warst draußen?« Mary blinzelte verwirrt. »Ich auch. Aber ... aber ich habe dich nicht gesehen. Die Spanierin hat mir gesagt, dass du rausgegangen wärst, aber ich konnte dich nicht finden.«

Jenna horchte auf.

»Was für eine Spanierin?«

»Na, im Aufenthaltsraum. Als ich von der Toilette zurückkam, saß sie am Tisch und betete.«

»Was redest du da?«, fragte Jenna überrascht. »Dort waren Tians Großmutter und seine kleine Schwester.«

Mary klappte den Mund auf und wieder zu. »Unmöglich.«

»Glaub mir, es war so.« Jenna nickte vehement.

»Woher willst du wissen, dass sie zu Tian gehören, und wie sind sie auf das verdammte Schiff gekommen?«

»Das Mädchen, Szu, hat es mir gesagt. Wie sie hierhergekommen sind, keine Ahnung. Es war eher so, als glaubten sie, sie wären hier zu Hause.«

Mary zögerte. »Du musst dich irren. Da war diese Spanierin, die hat einen Rosenkranz gebetet ... und dann bin ich raus ...« Sie stockte, dann leuchteten Marys Augen kurz auf. »Wir machen einen Uhrenvergleich, okay? Als ich von der Toilette wiederkam, war es ...« Mary dachte kurz nach. »... ungefähr zwanzig nach vier.«

In Jennas Ohren schrillten nun die Alarmglocken und sie hielt erschrocken die Luft an. »Das ist nicht dein Ernst, Mary.«

»Doch, deswegen habe ich mich doch so ...«

Doch Jenna unterbrach sie: »Als ich wieder in den Aufenthaltsraum kam ...« Sie schluckte. »... Da hatte gerade wieder der Countdown eingesetzt. Es blieben noch vierunddreißig Stunden, um die Tore zu erreichen. Und als ich vorhin wieder unter Deck kamen, waren es noch etwa zweiunddreißig Stunden.«

Mary schüttelte den Kopf. Sie sah in Jennas Augen so aus wie ein kleines Kind, das nicht hören wollte. »Der Countdown läuft? Wieso so plötzlich? Und wieso hast nur du ihn gesehen?« Mary lachte laut auf, sodass Jenna erschrocken zurückzuckte.

»Aber wie kann man unsere unterschiedlichen Wahrnehmungen erklären? Wir sehen Menschen, die der andere nicht gesehen hat. Für dich war die Toilette leer, obwohl ich mich darin befunden habe. Dafür habe ich dich nicht auf dem Gang gesehen. Hinzu kommen fremde Menschen, die irgendetwas mit unserer Vergangenheit zu tun haben. Oder mit der von den anderen aus dem Labyrinth. Sie tauchen auf und verschwinden wieder.«

»Ich ... ich weiß nicht, was ich davon halten soll.«

Jenna schaute sie ernst an. Ihr Hals schnürte sich zu. Sie spürte sofort, in dieser Welt ging es dem Ende entgegen – und Jeb war nicht bei ihr. Dabei musste sie ihm doch erzählen, was sie gesehen hatte. Was sie erfahren hatte! Sie musste, denn sie hoffte, mit ihrer Erkenntnis, dass sie Jeb schon vor dem Labyrinth gekannt hatte, sie alle retten zu können. Dass der Stern am Himmel etwas mit ihr zu tun hatte.

Sie musste es ihnen sagen. Es konnte das große Rätsel des Labyrinths lösen und sie heimführen. Dies war eine verzweifelte Hoffnung, das wusste Jenna, aber die einzige, die ihnen blieb.

»Ich will dir ganz dringend noch etwas erzählen. Als ich draußen auf Deck war und nach dir gesucht habe, bin ich ...«

Plötzlich wurde das ganze Schiff hochgehoben, dann krachte es mit nie da gewesener Wucht herab. Ein fürchterliches Kreischen erklang. Ohrenbetäubend fuhr es Jenna durch den ganzen Körper.

Doch ihr blieb kaum Zeit, den Schrecken zu verarbeiten, da krachte das Schiff auch schon wieder auf das Wasser. Der Aufprall war so hart, dass sie und Mary mehrere Meter weit durch die Luft geschleudert wurden, bevor sie zu Boden prallten.

Der Schiffsboden unter ihrem Körper ächzte. Das Metall zitterte so sehr, dass es Jennas Körper in Schwingung versetzte. Es ertönte ein lautes Schrammen, so als zerreiße jemand ein gigantisches Stück Papier. Das ganze Schiff wirbelte um seine Achse, senkte sich nach links.

Jenna rappelte sich auf. Sie stolperte zu Mary hinüber und zog sie auf die Füße.

»Komm, wir müssen sofort nach oben. Wir dürfen keine Sekunde mehr verlieren.«

»Was ...?«

»Komm mit!«

Jenna wartete nicht länger, sondern setzte sich in Bewegung. Mary taumelte hinter ihr her.

Der Schiffsboden hob und senkte sich unentwegt, machte das Gehen schwer, aber sie erreichten die Sprossenleiter.

Jenna schob Mary vor. Sie griff nach der Metallstange. Gleich hatten sie es geschafft.

Dann ging das Licht aus.

11.

Der Stoß hatte Jeb zu Boden gerissen. Schmerzhaft war er zunächst mit dem Knie gegen die Steuerkonsole geprallt, dann hart aufgeschlagen.

Hinter seinen Augenlidern tanzten zuckende Lichter. Jeb schüttelte den Kopf, aber als er die Augen aufschlug, war alles dunkel und verschwommen. Der Strom war ausgegangen und somit leuchtete auch das grüne Sturmlicht in der Kabine nicht mehr. Draußen vor dem Fenster tobten die Blitze über den finsteren Himmel.

Jeb fasst nach dem Steuerrad und zog sich hoch. Greller Schmerz zuckte durch sein Bein. Ihm wurde schwindelig.

Verdammt, ich bin verletzt. Das Knie ist hin.

Vorsichtig bewegte er es. Der Schmerz war atemberaubend, aber offensichtlich war das Knie nur verdreht, denn mit einem schmatzenden Geräusch schnappte es mit einem Mal zurück ins Gelenk. Jeb stieß den Atem aus und japste nach Luft. Übelkeit stieg in ihm auf, aber er schluckte den bitteren Geschmack hinunter.

Zitternd richtete er sich auf.

Als er nach draußen blickte, wurde ihm das ganze Ausmaß der Katastrophe bewusst. Das Schiff hatte eindeutig Schlagseite und krängte zur linken Seite. Auf dem schrägen Deck war ein Großteil der Container verschoben, manche von ihnen ragten über die Reling, wie viele schon darübergerutscht waren, war schwer zu sagen. Die Wellen überspülten in immer kürzer werdenden Abständen das Deck, zogen und schoben an den noch befestigten Containern und so war es nur eine Frage der Zeit, bis auch sie über Bord gehen würden.

Auf der anderen Seite des Frachters schwang der Arm des Lastkrans gefährlich hin und her. Jedes Mal, wenn er sich in Bewegung setzte, gab es ein metallisches Kreischen. Auch die Container selbst, die sich im Rhythmus des Wellengangs bewegten, machten scharrende, jaulende Laute, die Jeb sogar durch das dicke Glas der Steuerkabine hören konnte. Dem Führerhaus gefährlich nah schwang die Spitze des Kranes mit der nächsten Welle zurück. Zwar konnte der Kran ihn hier oben nicht erreichen, aber er konnte am Fuß der Aufbauten großen Schaden anrichten.

Während Jeb nach draußen starrte, wurde ihm bewusst, dass sie verloren waren. Das Schiff würde untergehen. Schon jetzt hatte der Frachter eine gefährliche Neigung, aber Jeb vermutete, dass das Gewicht der Container das Schiff auf kurz oder lang zum Kippen bringen würde. In unregelmäßigen Abständen lief ein Zittern durch den Frachter, ächzte Metall, wackelte der Boden unter den Füßen.

Jeb schaltete die Sturmlampe ein.

Ich muss zurück zu Jenna und Mary. Wir müssen runter vom Schiff, bevor der Kahn absäuft.

Jeb machte einen Schritt in Richtung Tür und belastete vorsichtig das verletzte Bein. Das Knie schmerzte, war zittrig, aber er konnte gehen. Die Krängung des Schiffes war so stark, dass er fast die Tür nicht aufbekam, da sie immer wieder von ihrem eigenen Gewicht ins Schloss gezogen wurde. Schließlich zwängte er sich hindurch und machte sich an den Abstieg.

Stufe um Stufe legte er zurück, bis er den Frachtraum erreichte. Ein kühler Luftzug wehte ihm entgegen, als er die riesige Halle betrat. Das Schiff hatte sich wieder beruhigt, aber noch immer ächzte es unter der Belastung des Sturmes. Jeb blickte sich im Schein der Lampe um. Er entdeckte zwei neue Spuren in der weißen Staubschicht und fragte sich, ob sie von Mary und Jenna stammten. Waren sie hier unten gewesen? Er hastete zügig auf die Leiter zu, so schnell es ihm sein verletztes Knie erlaubte.

Unter enormer Kraftanstrengung kletterte er schließlich die ersten Sprossen der Metallleiter empor, indem er nur das linke, unverletzte Bein benutzte, um seinen ganzen Körper eine Stufe höher zu stemmen.

Jeb war keine zwei Meter mehr vor dem Ende der Leiter entfernt, wie er mit dem Sturmlampe kontrollierte, als er leise Rufe hörte. Sofort beeilte er sich unter Schmerzen, die Stiegen hinter sich zu lassen. Mit einem Stöhnen zog er die Tür auf. Er sank keuchend zu Boden, holte kurz Luft und ließ dann den Lichtstrahl wandern.

Da entdeckte er Jenna – keine drei Meter entfernt. Sie hockte auf dem Boden, das Gesicht schmerzverzerrt und presste sich eine Hand in die Seite. Jeb ging neben ihr in die Hocke und leuchtete ihr ins Gesicht.

»Bist du verletzt?« Er musste fast schreien, denn das Knirschen und Knacken des Schiffrumpfes übertönte fast alles.

Ihre Hand schob die Sturmlampe ein wenig von sich und sie sagte etwas. Jeb konnte sie nicht verstehen, aber als sie einen Schlag auf ihre Taille andeutete und dann eine Hand zum Hals führte, verstand er. Jenna hatte Schwierigkeiten beim Atmen.

Jeb rief: »Wo ist Mary?«

Jenna zeigte hinter sich und Jeb strahlte mit der Lampe in die Richtung. Da sah er Mary. Sie stand gerade auf und kam auf sie zu. Jeb bemerkte, dass auch sie leicht humpelte.

Prima, draußen tobt ein Sturm und wir sind alle drei verletzt.

»Was ist mit deinem Fuß?«, fragte er.

»Weiß nicht, bin durch die Luft geflogen und blöd aufgekommen.« Sie hockte sich neben Jenna. »Aber da ich noch gehen kann, ist wohl nichts gebrochen.«

Er nickte und wandte sich an Jenna. »Lass mal sehen.«

Jenna schob ihr T-Shirt hoch. Im Licht der Lampe waren erste dunkle Blutergüsse deutlich zu erkennen. Jeb legte vorsichtig die Finger darauf und tastete den Brustkorb und die Hüfte ab. Jenna sagte nichts, aber er spürte, wie sie sich unter seiner Berührung verspannte.

»Kommt mir irgendwie bekannt vor«, presste Jenna zwischen den geschlossenen Lippen hervor. »Ist noch nicht lange her, dass du genau wie jetzt neben mir gesessen und mich untersucht hast.«

Er grinste. Wenigstens hatte Jenna ihren Humor noch nicht verloren.

»Tut das weh?«, fragte er und drückte gegen eine weitere sich bildende Schwellung.

»Was glaubst du denn?« Jenna lächelte ihn dabei an.

»Sieht aber nicht so aus, als wäre etwas gebrochen, könnte eine Rippenprellung sein. Kannst du aufstehen?«

Statt einer Antwort reichte ihm Jenna die Hand und ließ sich auf die Füße ziehen. Sie zog das Shirt herunter und stand nach vorn gebeugt da, als wolle sie sich übergeben, aber Jeb wusste, dass sie nur nach Luft schnappte. Schließlich richtete sich Jenna auf.

»Und?«, fragte Jeb.

»Geht schon.« Jenna sah entschlossen aus und Erleichterung

durchströmte ihn. Sie würde es schaffen. Den Willen hatte sie nicht verloren, das war das Wichtigste.

»Jeb ... ich muss dir ...«

Eine neuerliche Welle prallte gegen den Rumpf, ließ das Metall erzittern.

Als sich Jenna wieder gefangen hatte, legte sie ihre Hand an Jebs Unterarm. »Jeb, ich liebe dich. Schon lange. Weißt du das, erinnerst du dich?«

Jeb streichelte über ihre Hand. »Ja, natürlich weiß ich das. Aber jetzt müssen wir los. Wir müssen runter vom Schiff«, sagte Jeb und versuchte, nicht panisch zu klingen, sondern beruhigend auf Jenna und Mary zu wirken.

»Was? Bist du verrückt?«, ächzte Mary. »Bei diesem Sturm?«

»Aber das Schiff wird untergehen. Die Container ziehen uns langsam auf die Seite ... und dann kann es ganz schnell passieren.«

Jeb wandte sich von Jenna ab. Mary sah ihn an, als hätte er den Verstand verloren. Sie deutete um sich. »Aber ... aber ... Dieses Schiff ist unsinkbar!« Dann fügte sie leise hinzu: »Das hat mein Dad immer gesagt ...«

»Das ist kein normaler Sturm.« Was er damit meinte, sagte er nicht. »Wir sollten mit allem rechnen.«

»Hast du meinen Vater gefunden?«, brüllte Mary gegen den Lärm des Schiffes an.

»Nein, dort oben war niemand«, schrie er zurück. »Er hat sich wohl verzogen, bevor ich ihn finden konnte.«

Jeb sah, wie sich Marys Gesicht in eine starre Maske verwandelte.

»Er muss da sein«, sagte sie so leise, dass es kaum zu hören war.

Jeb schüttelte den Kopf.

»Die Kabine war leer.«

Mary stand nur stocksteif da, als könne sie so verhindern, das Gehörte akzeptieren zu müssen.

»Ich bin einem Mann begegnet. Einem Tschetschenen ...«

Bevor er weitersprechen konnte, wurde das Schiff von einer weiteren Welle erfasst. Ein unheilvolles Kreischen erklang und der Boden unter ihren Füßen kippte weg. Alle drei fielen zu Boden, wurden aber gleich weitergeschleudert, als sich der Frachter plötzlich in einem atemberaubenden Tempo um sich selbst zu kreisen begann.

Jeb konnte es nicht sehen, aber er spürte es. Es drehte ihm beinahe den Magen um. Das Schiff trieb im Tosen des Meeres umher und verlor an Stabilität. Überall knackte es jetzt unheilvoll. Jeb ahnte, dass der Frachter trotz seiner Größe den Kräften, die an ihm rüttelten, nicht mehr lange standhalten konnte. Vor ihm rollte die Sturmlampe in der Bewegung des Schiffes auf und ab. Sie war nicht zu Bruch gegangen und leuchtete noch immer.

Jeb richtete sich auf. Neben ihm erhob sich Mary. Gemeinsam halfen sie Jenna aufzustehen.

»Jeb, ich ...«, hörte er Jennas Stimme. Dann stöhnte sie leise auf und sackte zwischen ihm und Mary zusammen. Im letzten Moment fing Jeb sie auf. Sie durften keine Zeit verlieren, sie mussten an Deck. Entschlossen, wenn auch langsam und mühselig, setzte Jeb einen Schritt vor den anderen. Er ignorierte sein schmerzendes Knie.

Ich muss nach oben. In das Auge des Sturms.

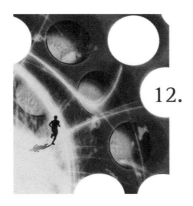

12.

Sie kämpften sich Meter für Meter voran. Immer wieder sackte der Boden unter ihnen weg, aber jedes Mal gelang es ihnen, das Gleichgewicht zu halten. Durch die dauernden Auf-und-ab-Bewegungen spielte Marys Magen verrückt. Ihr war übel und sie hatte das Gefühl, sich jeden Moment erbrechen zu müssen.

Und das, nachdem ich schon so oft auf diesem verfluchten Schiff war.

Sie wollte sich gar nicht ausmalen, wie es Jenna gehen möchte. Es sah so aus, als würde sie jeden Moment das Bewusstsein verlieren. Immer wieder rollten ihre Augen nach hinten, doch zum Glück führte das Rütteln und Zerren des Schiffes dazu, dass sie jedes Mal wieder zu Sinnen kam.

Neben der Übelkeit machte Mary auch der Gedanke zu schaffen, ihrem Vater nicht begegnet zu sein. Sie verstand nicht, wie es ihm gelungen war, ihr und den anderen aus dem Weg zu gehen.

Oder war er vielleicht doch nicht auf dem Schiff?

Nein, er war hier. Sie hatte seine Silhouette deutlich im Führerhaus gesehen.

Wie schon so oft. Ich schaue nach oben und er blickt auf mich herab.

Neben ihr stöhnte Jenna auf. Mary fasste nach ihrer Hand und drückte sie tröstend. Jenna erwiderte den Griff mit einem schwachen Druck. Und doch ließ sie Marys Hand nicht los und auch Mary sah keinen Grund, es zu tun. Neben Jenna ging Jeb. Er stützte Jenna von der anderen Seite.

Kurz stieg Bitterkeit in Mary auf. Jeb kümmerte sich um Jenna, nach ihrer Verletzung hatte er gar nicht richtig gesehen. Als sie ihm gesagt hatte, dass alles okay war, galt seine ganze Aufmerksamkeit einzig Jenna.

Sei ehrlich, Mary. Wenn León noch am Leben wäre und du hättest dich so wie Jenna verletzt, wäre es genau andersherum gewesen.

Trotzdem und vielleicht auch deshalb fühlte sich Mary elend. León war nicht mehr bei ihr, ihren Vater hatte sie nicht gefunden und das hier war alles andere als ihr Zuhause.

Für einen Moment dachte sie darüber nach, was ihr Jenna über die Begegnung mit Tians Großmutter und seiner kleinen Schwester erzählt hatte.

Immer noch fragte sich Mary, warum sie die beiden nicht gesehen hatte. Und warum war Jenna nicht der spanischen Frau begegnet, mit der sie gesprochen hatte?

Irgendetwas geschieht mit uns. Und es ist nicht gut.

Das Schiff schien noch immer um die eigene Achse zu kreisen, wenn nun auch weniger heftig als zu Beginn. Zusätzlich hoben es die Wellen in nicht vorhersehbaren Bewegungen an. Als wieder einmal eine Woge den Frachter herumwirbelte, konnte Mary die Übelkeit nicht zurückhalten. Sie erbrach sich.

Jeb und Jenna blieben stehen. Mary spürte Jebs Hand auf ihrem Rücken, während sie das wenige herauswürgte, das sich noch in ihrem Magen befand. Schließlich wischte sie sich mit dem Handrücken über den Mund und richtete sich auf. Eine unnatürliche Stille hatte sich über alles gelegt.

»War ja klar!«, fluchte Mary und betrachtete ihre Schuhe. Sie hatte es tatsächlich geschafft, mitten darauf zu kotzen.

»Mary ...«, versuchte Jeb anzusetzen, aber konnte sich ein Grinsen offenbar nicht verkneifen. »Wir müssen weiter ...«

»Was für eine Scheiße ist das hier eigentlich! Es ist doch wahr! Das Labyrinth kann mich mal. Hungern, Frieren, Schmerzen, Durst, totale Erschöpfung und jetzt noch ein Sturm auf einem untergehenden Schiff ... und ich kotze mir auf die Schuhe. Herrlich! Ich habe wirklich keinen Bock mehr.«

»Mary ...«, setzte Jeb erneut an.

Sie ließ Jeb nicht aussprechen. »Ist schon gut. Ich komme mit euch mit, hier unten allein abzusaufen, ist nichts, was ich mir vorstellen möchte. Ich habe alles verloren, was man verlieren kann, mein Leben, meine Liebe und das hier. Ich habe eine ganze Welt verloren.«

»Wir auch, Mary«, flüsterte Jenna.

»Ja, ich weiß. Und es tut mir auch leid, dass ich alles an euch auslasse, aber hier sonst niemand.« Sie schniefte. »Meine Schuhe sind ruiniert.« Dann lachte sie. Es war ein befreiendes Lachen. »Das sind mal *richtige* Probleme.«

Sie sah, wie sich Jenna und Jeb im Schein des wenigen Lichts angrinsten.

»Können wir weiter?«, fragte Jeb.

Mary nickte.

»Lasst uns gehen.«

Sie hatte die Worte kaum ausgesprochen, als ein Ächzen die Metallwände erzittern ließ. Wasser sickerte aus den sich öffnenden Schlitzen zwischen den Stahlwänden hervor. Ein faustgroßer Bolzen wurde herausgesprengt und zischte pfeifend durch die Luft.

Alle drei hatten den Kopf angehoben und sahen, wie ein ständig stärker werdender Strom kalten Meerwassers die Wände herabfloss.

»Überflüssig zu sagen, aber wir sollten uns beeilen«, meinte Jeb.

Aus irgendeinem Grund, den Jeb nicht kannte, hatte sich die Bewegung des Schiffes kurz darauf wieder beruhigt. Vielleicht hatte es etwas mit dem volllaufenden Maschinenraum zu tun, der jetzt für eine vorübergehende Stabilität sorgte. Der Boden unter ihren Füßen wies nun eine starke Neigung auf, sodass es allerdings noch schwieriger wurde voranzukommen. Das einströmende Wasser machte alles spiegelglatt und sie mussten kämpfen, um auf den Füßen zu bleiben.

Jeb machte sich große Sorgen. Um das Schiff, um Jenna, die immer wieder das Bewusstsein verlor, und Mary, der anscheinend alles egal geworden war. Er wollte etwas tun, fühlte sich aber angesichts der Situation ohnmächtig gegenüber ihrem Schicksal. Und das nicht zum ersten Mal. Es blieb ihm nichts anderes übrig, als Jenna und Mary mitzuziehen. Sie mussten das verdammte Deck erreichen, dort würden sie weitersehen.

Inzwischen fluchte er ohne Unterbrechung. Stumm, die Kiefer aufeinandergepresst.

Jenna hing auf seiner Schulter und schien plötzlich eine Tonne zu wiegen. Alle hatten auf ihrem Weg durch das Labyrinth Opfer gebracht oder ihr Leben gegeben, aber er selbst schien im Gegensatz zu den anderen statt stärker immer schwächer zu werden. Ein gewisses Selbstmitleid war dabei, sich einzuschleichen, und das musste er unbedingt verhindern. Es hieß nun kämpfen, weitermachen, koste es, was es wolle.

Gott sei Dank lassen mich die Panikattacken für einen Moment in Ruhe.

Wenn ihn in dieser Situation die körperliche Schwäche und die Schwindelgefühle überrollen würden, wären sie verloren.

Ich muss durchhalten!

Um ihn herum herrschte nun eine unheilvolle Stille, die nur von den herumfliegenden Metallbolzen unterbrochen wurde, die der zischende Wasserdruck aus den Wänden herauspresste und wie Geschosse durch den Raum jagte und somit für zusätzliche Gefahr sorgte. Fast klang es wie das Jaulen der Seelentrinker, und jedes Mal, wenn es passierte, lief Jeb ein Schauder über den Rücken.

Wie viele Bolzen noch, bis die ganze Stahlwand aufplatzte?

Wie viel Zeit blieb ihnen noch, um an Deck zu gelangen, bevor das Wasser den Frachtraum überspülte?

Die Luft fühlte sich kühl auf seiner Haut an. Sie roch nach Fisch und Algen. Ein salziger Geschmack hatte sich auf seine Zunge gelegt und der Durst brannte in ihm.

Endlich erreichten sie den Treppenaufgang, der nach oben führte. Jeb blieb stehen, zog Mary heran und schob sie voran.

»Du zuerst!«

»Soll nicht ...«

»Mach jetzt!«

Mary umschloss das Geländer zu ihrer Linken und zog sich hoch. Sie humpelte mit ihrem verletzten Fuß mühsam die ersten Stufen hinauf. Jeb leuchtete ihr den Weg. Nachdem Mary ein paar Meter zurückgelegt hatte, wandte er sich an Jenna, die sich momentan aufrecht hielt. Sie war nun schon eine Weile nicht mehr ohnmächtig geworden, sodass Jeb hoffte, sie könne wieder selbstständig laufen.

»Jetzt du.«

Jenna schüttelte den Kopf und legte ihre beiden Hände auf seine Schultern. »Jeb, ich muss dir etwas Wichtiges sagen. Ich erinnere mich an vieles vor unserer Zeit im Labyrinth. Ich glaube, ich habe eine Ahnung davon, was mit uns geschieht.«

Ein lautes Knarren ertönte, dann verabschiedete sich ein weiterer Bolzen.

»Dafür ist jetzt keine Zeit, Jenna.«

Jenna drückte ihn zurück, als er sie vor sich her zur Treppe schob. »Ich muss es dir sagen, vielleicht habe ich später keine Gelegenheit mehr dazu.« Im Lichtschein der Sturmlampe wirkte ihr Gesicht unnatürlich bleich und maskenhaft angespannt.

»Erzähl es mir beim Hochgehen, aber überanstrenge dich nicht!«, schlug Jeb vor.

Jenna wandte sich zur Treppe und fing an zu erzählen: »Wir kennen uns schon von vorher, Jeb. Von vor dem Labyrinth. Wir waren ... wir sind ein Paar gewesen.«

Jeb begriff nicht, was sie da sagte, und wollte gerade nachfragen, woher sie dieses Wissen nahm, als das Schiff plötzlich in die andere Richtung wankte.

Jeb wusste sofort, dass ihnen nun neue Gefahr drohte. Eine große Welle musste den Frachter herumgedrückt haben und das Wasser im Maschinenraum schwappte jetzt zur anderen Seite, wenn es zurückfloss, würde es die gesamte Stahlwand aus der Verankerung sprengen.

Er beugte sich zu Jenna. »Renn um dein Leben. Schau nicht zurück, halte nicht inne, was auch immer geschieht. Ich bin hinter dir.«

Jenna zögerte »Geh du zuerst, dann erzähle ich, wen ich auf Deck ...«

»Du sollst jetzt losmachen!«, brüllte er und alle Panik darüber, was gleich passieren könnte, platzte aus ihm heraus. »Oder wir sterben beide!«

Jenna schaute ihm noch einmal tief in die Augen, dann nahm

sie Stufe um Stufe nach oben. Jeb spürte, wie sich das Unheil hinter der Stahlwand zusammenbraute. Ihnen blieben nur noch Augenblicke.

Über ihnen entschwand Mary aus seinem Blickfeld und auch Jenna bewegte sich endlich schneller die Treppe hinauf. Aus den Nieten an den Wänden sprühte Wasser hervor, durchnässte ihn und ließ die Sprossen glitschig werden. Immer wieder drohte er abzurutschen oder den Halt zu verlieren, und über alldem lag nun diese bedrohliche Stille.

Diese beschissene Stille.

13.

Jenna erreichte den Absatz und sie standen jenseits des Aufenthaltsraums in dem dunklen Gang, den sie vorhin durchquert hatten. Kurz zuckte der Schmerz durch ihre Hüfte, aber dann nahm eine dumpfe Taubheit von ihrer linken Seite Besitz.

Hinter ihr kam Jeb ins Licht, das aus dem Treppenaufgang nach unten fiel. Aus irgendeinem Grund funktionierte hier die Deckenbeleuchtung, obwohl der Rest des Schiffes im Dunkeln lag.

Ein kühler Wind wehte durch den Gang. Erst jetzt bemerkte Jenna, dass sie vollkommen durchnässt war. Ihre Hände zitterten, als sie sich gegen die Wand lehnte und zusah, wie Jeb ebenfalls den Absatz erreichte. Von draußen erklang Donner, zudem konnte man die heranwogenden Wellen hören, die sich krachend gegen das Schiff warfen. Metall kreischte auf. Jenna vermutete, dass das die Container waren, die es aus ihren Verankerungen gerissen hatte und die nun unkontrolliert mit ihrer Fracht über das Deck rutschten. Wenn sie nach oben kamen, würden sie höllisch aufpassen müssen, nicht von einem dieser Metallungetüme überrollt zu werden.

Während sie sich langsam vorankämpfte, dachte sie an die Vergangenheit. Es war ihr nicht gelungen, Jeb davon zu berichten, wie lange sie sich schon kannten. Dass sie sogar ein Liebespaar gewesen waren.

Darum habe ich mich bei ihm stets sicher gefühlt, und dass ausgerechnet er sich um mich gekümmert hat, als ich mir in der Steppe den Fuß verstaucht habe, war auch kein Zufall.

Dieses Band zwischen ihm und mir ... nicht einmal das Labyrinth hat es lösen können.

Wird er mir glauben, wenn ich ihm davon erzähle?

Ich werde es ihm beweisen können. Der Stern am meinem Handgelenk wird für sich sprechen. Jeb wird sich erinnern. Er muss sich einfach erinnern.

Sie blickte auf ihren Arm und erschrak.

Der Stern war verschwunden.

Wieder einmal.

Er tauchte auf oder verschwand, ohne dass sie wusste, warum und wie das möglich war.

Plötzlich endete die Stille im Frachtraum. Ein gewaltiger Schlag ließ das Schiff erzittern, dann hörte Jenna ein tiefes Rauschen. Der Boden unter ihren Füßen, die Handläufe an den Treppen, ja die Wände selbst schienen zu vibrieren.

Das in den Maschinenraum eingedrungene Wasser hatte vermutlich nun auch den Frachtraum erobert und dabei alles aus dem Weg geräumt, was an Stahlwänden noch vorhanden gewesen war. Für ihren Untergang waren nun Tür und Tor geöffnet.

Neben ihr keuchte Mary auf. Jebs Augen waren weit aufgerissen, so als könne er nicht glauben, was geschah. Seine Lippen wirkten zerbissen, die Anspannung hatte sich selbst einen Weg gesucht, sich stumm zu entladen. Als Jennas Blick auf ihn fiel, fühlte sie die tiefe Liebe, die sie für ihn empfand.

Sie sah seine zerzausten, nassen schwarze Haare. Die gebleckten Zähne, seine Ernsthaftigkeit und der gnadenlose Wille, aber als er ihren Blick bemerkte und ihr tief in die Augen schaute, zerfiel die Angespanntheit in seinem Gesicht und er war nur noch Jeb. Ihr Jeb.

Sie musste ihn retten und koste es ihr Leben. Sonst wäre alles umsonst gewesen!

Jeb schaute Jenna an. »Lasst uns weitergehen«, sagte er ruhig.

Mary und sie nickten gleichzeitig. Als sie den Aufenthaltsraum erreichten, erkannte Jenna, welchen Schaden der Sturm hier angerichtet hatte. Was sich zuvor noch an den Wänden befunden hatte, lag nun auf dem Boden verstreut. Pfannen und Töpfe aus der Kombüse hatten ebenfalls ihren Weg hierher gefunden. Ein roter Feuerlöscher rollte mit den Bewegungen des Schiffes hin und her.

Jennas sorgenvoller Blick wanderte zur Wanduhr.

28:42:10.

Ist das jetzt viel Zeit oder wenig? Welcher Weg liegt noch vor uns?

Jenna schüttelte alle Gedanken ab. Nun galt es erst mal, dass sie vom Schiff herunterkamen und den Sturm überlebten.

Vorsichtig bahnten sie sich einen Weg durch das Chaos. Als sie den Kabinengang erreichten, blieb Jeb stehen. Durch das Bullauge in der Tür konnte Jenna Wellenberge sehen, die das Deck überspülten, aber auch die Schatten der wild durcheinanderstehenden Container waren auszumachen. Dort draußen musste der Lärm ohrenbetäubend sein, denn selbst hier drin hörte Jenna kaum ihre eigenen Worte, als sie Jeb fragte, was los sei.

»Mary!«, brüllte er. »Weißt du, wo sich die Rettungsboote befinden?«

Sie schüttelte den Kopf. »Ich war vorhin auf Deck, ich habe keine gesehen. Normalerweise befinden sich je drei Boote auf Backbord und Steuerbord, aber die Befestigungen waren leer.«

Mary schien kurz zu überlegen. »Aber es gibt Rettungsinseln an Bord.«

»Was?«, fragte Jenna.

»Rettungsinseln, selbstaufblasend, für Notfälle wie diesen. Die sind unter den Aufbauten am Heck. Wenn sie der Sturm nicht weggeblasen hat, sind sie unsere einzige Chance, vom Schiff runterzukommen.«

Jeb übernahm die Führung. »Okay, dann müssen wir dahin.«

»Ich gehe vor«, rief Mary gegen den Krach an.

Jenna spürte die Adern an ihrer Schläfe pochen, bei dem Versuch, Furcht und Angst zurückzudrängen. Dort hinaus in den Sturm zu gehen, war der Wahnsinn. Der Wind konnte sie vom Schiff werfen, eine Woge übers Deck spülen und die rutschenden Container sie zermalmen. Ihr wurde schlecht bei dem Gedanken daran, über das Deck zu stolpern, aber was blieb ihnen anderes übrig?

Wasser drang ins Schiff ein und es war nur eine Frage der Zeit, bis das Gewicht den Frachter in die Tiefe zog. Allein bei der Vorstellung verkrampfte sich Jennas Magen.

Dann lieber unser Glück mit einer Rettungsinsel versuchen.

Jeb gab sich gewohnt ruhig. Dabei konnte Jenna sich ausmalen, wie es in ihm aussah. Er war verletzt, das sah sie, auch wenn er kein Wort darüber verloren hatte. Er hinkte. Sein sonst bronzener Hautton wirkte fahl. Jebs Kieferknochen mahlten unablässig und seine Augen huschten suchend hin und her. Jeb war mindestens genauso verängstigt und orientierungslos wie sie und Mary.

Noch hatte keiner von ihnen die Tore erwähnt oder den Stern. Aber Jenna wusste, sie alle hielten verzweifelt Ausschau nach dem einen Fixpunkt, den sie im Labyrinth hatten.

Bevor Jenna weiter darüber nachdenken konnte, schob Mary

vor ihr die Tür auf und der Schrecken begann. Der Wind jaulte und sofort packte sie eine Windbö, wollte sie mit sich reißen. Jenna zog den Kopf ein, krümmte sich zusammen, um dem Sturm keine Angriffsfläche zu bieten, und fasste nach Jebs und Marys Händen. Eisern umfasste er sie und auch Mary klammerte sich an ihr fest. Jenna war dankbar für den Halt, auch wenn sie das Gefühl hatte, ihre Hand würde zwischen zwei Backsteinen zermalmt.

Im Licht der über den Himmel zuckenden Blitze lief Mary unvermittelt los, sodass Jenna und Jeb plötzlich von ihr mitgerissen wurden. Der Wind rüttelte an ihr und der glitschige Boden ließ Mary ausrutschen, aber Jenna merkte sofort, dass sie es gewöhnt war, sich auch bei Sturm auf einem Schiff zu bewegen. Jenna hingegen hatte große Mühe, auf den Füßen zu bleiben, während sie sich Meter um Meter vorankämpfte, und nur dem festen Griff ihrer beiden Gefährten war es zu verdanken, dass sie nicht wie ein Blatt im Wind davongewirbelt wurde.

Vor ihr ging Mary plötzlich in die Hocke. Ihr Kopf ruckte herum und mit einer Handbewegung forderte sie Jeb und Jenna auf, unten zu bleiben. Jeb zog Jenna auf die Knie und dann rollte eine mächtige Welle über sie hinweg, überspülte das Deck und riss mehrere Container mit sich, die bereits an der gegenüberliegenden Reling gelegen hatten.

Nachdem die Woge auf der anderen Seite des Frachters sich mit dem Meer vereinigt hatte, richtete Mary sich auf und mit ihr tat es das ganze Schiff.

Grauenhaftes Knirschen erklang, als die übrig gebliebenen Container nun wieder zur Gegenseite rutschten. Ein Kreischen ertönte kurz darauf und Jenna durchrieselte ein eiskalter Schauer, aber sie war unfähig, sich zu bewegen. Ein dunkler Schatten, riesenhaft, gigantisch, raste auf Jenna zu. Sie schrie auf, wurde im letzten Moment von Jeb zur Seite gerissen und fiel hart auf den nassen Boden. Gleich darauf zog Jeb sie wieder auf die Beine. Ihr Brustkorb schien explodieren zu wollen und ihre linke Hüfte brannte wie Feuer, aber Jeb gab ihr keinen Moment, sich auszuruhen.

Als die roten Schleier vor Jennas Augen sich wieder lichteten, beobachtete sie Mary, die nun voranging. Geschickt wich sie den Containern aus und auch der Sturm schien ihr nichts anhaben zu können. Es gab einen heftigen Ruck in ihrem Arm, als Jeb, so schnell er konnte, nachhastete. Jenna dachte gar nicht mehr darüber nach, wo sie ihren nächsten Schritt hinsetzte, sie folgte mit den Blicken Mary und tat es ihr nach.

Das Knirschen wurde lauter, als das Schiff sich nach einer Woge wieder in die andere Richtung warf. Jenna hielt sich dank Jebs festem Griff mühsam auf den Beinen.

Obwohl der Wind noch zuzunehmen schien und immer neue Wassermassen das Schiff überrollten, fand Mary einen Weg durch das Chaos. Manchmal blieb sie stehen, dann wieder machten sie einen weiten Satz, oftmals ging sie in die Hocke und immer war der Zeitpunkt gut gewählt, um eine Welle über sich rollen zu lassen. Trotz der Schmerzen in ihrer Seite und der großen Angst, die Jenna empfand, funktionierte ihr Körper. Denn sie vertraute Mary. Sie hatte ein einzigartiges Gefühl für das Schiff und die Wogen des Meeres. Fast schien es, als könne sie alle Bewegungen im Voraus erahnen, denn manchmal war es fast unheimlich, wie sicher und ohne zu zögern sie sich vorwärts bewegte.

Neben ihr ging Jeb auf die Knie und zog sie herunter. Mary hockte zwei Meter vor ihnen ebenfalls am Boden. Kurz bevor eine weitere Welle über sie hereinbrach, hatten sie es geschafft.

Jenna konnte nicht sagen, wie es geschehen war, aber allen Gefahren zum Trotz hatten sie die Aufbauten des Schiffes erreicht. Dort lag ein weißer Kasten, fest verankert und unangetastet. In seinem Schutz standen sie zusammen und drückten sich kurz an den Händen. Schließlich löste sich Mary von ihnen.

Sie deutete auf den Kasten von etwas einem Meter Kantenlänge, der ziemlich schwer aussah.

»Wir müssen das Ding über Bord werfen und im richtigen Moment hinterherspringen. Die Rettungsinsel bläst sich automatisch auf, aber wir müssen sehr schnell sein und hineinklettern, bevor sie abtreibt. Wenn die Insel von einer Welle gepackt wird, erreichen wir sie niemals wieder und ... na ja, wir müssen sie einfach erreichen.«

Jenna hielt den Atem an, dann stieß sie die Luft wieder aus. »Klingt nicht besonders vertrauenerweckend«, meinte sie.

Mary nickte. »Ja, das kostet echt Überwindung. Aber es ist unsere einzige Chance.«

»Was, wenn ich an Bord bleibe und die Rettungsinsel sichere, bis ihr es geschafft habt hineinzugelangen?«, fragte Jeb.

Mary wurde plötzlich nachdenklich. »Das ist eine gute Idee, wenn wir ein Seil finden, das lang genug ist, damit du uns halten kannst.«

In Jenna machte sich ein mulmiges Gefühl breit, bei dem, was Jeb vorschlug. »Ich ... ich will nicht, dass du länger an Bord bleibst als nötig. Alle gemeinsam oder keiner. Können wir das Seil nicht an der Reling befestigen?«

Mary schüttelte den Kopf. »Wenn das Schiff kippt oder sinkt, zieht es uns mit in die Tiefe. Jeb wird uns helfen, in die Rettungsinsel zu kommen. Wir sorgen dann mit den Paddeln dafür, dass wir nicht abtreiben, und er springt hinterher. Ich denke, wir sollten es versuchen.«

Jenna wollte etwas erwidern, aber da legte sich Jebs Zeigefinger auf ihre Lippen. »Es wird gut gehen.«

Gut gehen? Was redet er da? Wir können bei dem Sturm und

dem Seegang die Rettungsinsel keine Sekunde auf Position halten. Das ist vollkommener Blödsinn!

Alles in Jenna schrie danach, Jeb zur Vernunft zu bringen, ihn nicht loszulassen, nicht zurückzulassen. Als sie in Jebs Augen sah, wurde ihr bewusst, dass Widerstand sinnlos war. Sein Entschluss stand fest. Er würde es so machen. Jenna bekam beinahe keine Luft bei dem Gedanken daran, dass Jeb zurückbleiben könnte. Sie rang nach Luft und ein heftiges Schluchzen kam ihr über die Lippen, aber niemand hörte es. Mary und Jeb waren bereits damit beschäftigt, die Rettungsinsel aus ihrer Verankerung zu hieven. Sie zwang sich, den Gedanken daran zu verdrängen. Jeb hatte es verdient, dass sie an ihn glaubte.

Dann stand er mit einem Mal vor ihr.

»Wir sind so weit. Die Rettungsinsel ist bereit.«

»Jeb, ich muss dir etwas sagen!«

»Nein, Jenna, dafür ist ...«

»Jetzt! Oder ich springe nicht runter.«

Sie beugte sich vor, sprach laut und langsam.

»Jeb wir kennen uns schon aus einer Zeit vor dem Labyrinth. Wir waren ein Paar. In unserer richtigen Welt waren wir zusammen. Es ist mir wieder eingefallen, als ich deiner Mutter begegnet bin.«

»Meiner Mutter?«

»Ja, sie war vorhin hier auf dem Schiff oder zumindest hatte ich eine Vision von ihr.«

»Sie ist tot!«, brüllte Jeb. »Was erzählst du da?«

»Jeb, glaube mir, bitte. Ich weiß, dass es so ist, wie ich sage.«

Er schwieg. Jenna sah, wie er die Lippen aufeinanderpresste.

»Deine Mutter nannte mich das ›deutsche Mädchen‹.«

Jeb wirkte plötzlich verwirrt, aber im Schein der Sturmlampe erkannte Jenna, dass er begann, sich zu erinnern. Sein Mund formte unausgesprochene Worte, seine Hände öffneten sich, nur um sich sofort wieder zu Fäusten zu ballen.

»Ich erinnere mich«, sagte er schließlich so leise, dass Jenna die Worte kaum verstand. »Nur sie nannte dich so. Das ›deutsche Mädchen‹. Aber du und ich ... da sind keine Bilder, keine Worte. Ich finde nichts. Wenn es stimmt, was du sagst, dann müssen wir unsere Geschichte neu schreiben.«

Für einen Moment schien die Welt stillzustehen. Es gab nur sie beide: Jenna und Jeb. Er sah direkt in ihre Augen.

»Ich liebe dich, Jenna.«

»Ich weiß«, antwortete sie schlicht.

Plötzlich stand Mary vor ihnen. Wie ein Geist war sie aus den Schatten der Aufbauten getreten.

»Wir brauchen ein Seil. Und wir müssen uns beeilen.«

Die Blitze tobten über den nachtschwarzen Himmel, zerrissen die dunklen Wolken mit ihrem gleißenden Licht und sorgten dafür, dass es im Sekundentakt fast taghell wurde.

Jeb nickte ihr zu und sie nickte zurück. Dann ging er zur Rettungsinsel hinüber. Jenna folgte ihm.

Mary war hinter dem Behälter der Rettungsinsel verschwunden, sie schien in einer Kiste zu kramen, schließlich hob sie triumphierend ein aufgerolltes Seil hoch.

»Das sollte reichen!«, rief sie gegen den Sturm an.

Gemeinsam mit Jeb befestigte sie das Tau an der Rettungsinsel. Dann blickte sie auf und Jenna direkt in die Augen.

»Das wird kein Kinderspiel. Wir haben nur wenige Sekunden, um hineinzukommen, dann müssen wir sofort die Paddel einsetzen, damit wir nicht abtreiben.« Sie wandte sich auffordernd an Jeb. »Sobald wir die Rettungsinsel erreicht haben, springst du hinterher. Warte nicht, bis wir da drin sind, wir kriegen das schon hin. Du wirst nicht weit von uns entfernt landen, aber je länger du wartest, desto größer ist die Gefahr, abgetrieben zu werden. Alles klar?«

»Ist klar«, rief Jeb zurück.

»Okay, gehen wir es an«, sagte Mary. »Lasst uns das Ding zur Reling schleppen.«

Jenna packte mit an und gemeinsam hoben sie den Plastikkasten hoch. Tatsächlich war er nicht so schwer, wie er aussah, und sie hatten keine Mühe, ihn zu tragen. Selbst die Natur schien plötzlich auf ihrer Seite zu sein, denn für einen Moment ließ der Sturm nach und sie gelangten ohne Schwierigkeiten zur Backbordreling.

Wassergischt sprühte ihnen entgegen, klatschte wie ein nasser Waschlappen in ihr Gesicht. Das Wasser war kalt, aber es half Jenna, sich zu konzentrieren. Die Blitze zuckten noch immer über den Himmel. In ihrem Licht beugte sich Jenna vor und blickte auf die brodelnden Wogen, die das Schiff anhoben und wieder absinken ließen. Es sah schlimm aus, aber Jenna hatte das Gefühl, dass sie eine Chance hatten.

Eine winzige Chance, aber immerhin.

Mary drückte inzwischen das Seil in Jebs Hände. »Lass es nicht los. Auf keinen Fall.«

»Du kannst dich auf mich verlassen. Was auch immer passiert, ich halte das Seil fest«, sagte er ruhig. Bei diesen Worten fasste eine eiskalte Hand nach Jennas Herz.

»Jeb, bitte komm sofort nach. Riskier nichts.«

Er schaute sie an, lächelte, dann beugte er sich vor und küsste sie sanft auf den Mund. »Alles wird gut.«

»So gut, wie es einmal war?« Jenna sah ihn flehentlich an, dass er verstehen möge, was sie meinte. Ihre gemeinsame Zeit vor dem Labyrinth.

»So gut, wie es einmal war.« Jeb schaute ihr fest in die Augen und legte seinen Kopf an ihre Stirn. Für einen Moment war Jenna davon überzeugt, dass auch er sich an sie beide erinnerte ...

»Seid ihr so weit?«, fragte Mary.

Als Jenna und Jeb noch einen Blick getauscht hatten und nickten, packte sie die Kiste an. »Dann rüber mit dem Ding.«

Gemeinsam hievten sie den weißen Kasten über die Reling. Auf ein Zeichen von Mary ließen sie die Rettungsinsel fallen, die auf die Meeresoberfläche klatschte und sich wie auf ein geheimes Kommando zu entfalten begann.

Jeb stand breitbeinig, einen Fuß gegen die Bordwand gestützt, und hielt das Seil fest. Obwohl der Wind gerade nicht so stark blies, merkte man ihm die Anstrengung an. Sein Gesicht war verzerrt, die Zähne gebleckt.

»Los jetzt!«, knurrte er. Mary fasste nach Jennas Hand. Beide kletterten über die Reling. Jenna warf noch einen letzten Blick auf Jeb, der bei aller Anstrengung ein Lächeln für sie zustande brachte.

Los, spring, sagte dieses Lächeln. *Ich bin gleich bei dir.*

Jenna wagte nicht, nach unten zu sehen. Sie hielt Mary fest, und als diese ihre Hand drückte, schloss sie die Augen und sprang.

Für einen Moment war es, als würde sie schweben, aber dann ging es abwärts. Sie schrie. Unter ihr erwartete sie eine stahlfarbene Oberfläche, und noch bevor Jenna sich darauf vorbereiten konnte, dass sie gleich aufkommen würde, schlug sie schmerzhaft auf und geriet unter Wasser. Es war eiskalt und schwarz. Alle Luft wurde aus ihren Lungen gepresst. Marys Hand entglitt ihr und sie begann, wild zu strampeln. Unter Wasser war es finster, aber die Luftblasen um sie herum strebten in eine bestimmte Richtung. Sie wusste, dass sie ihnen folgen musste, um nicht Gefahr zu laufen, in die falsche Richtung zu schwimmen.

Schließlich durchbrach sie die Wasseroberfläche und schnappte schnaufend nach Luft. Neben ihr bewegte sich der Schatten der Rettungsinsel, die sich inzwischen vollkommen entfaltet hatte. Marys Kopf hob und senkte sich davor. Sie hatte es also auch geschafft. Jenna schwamm zu ihr hinüber, und obwohl die Wellen sie anhoben und ihr entgegenschwappten, schaffte sie es in wenigen Zügen.

»Mary!«, rief sie gegen das Meeresrauschen an. Mary drehte sich um.

»Ich hab's gleich«, antwortete Mary, ohne dass Jenna wusste, was sie meinte, aber dann beobachtete sie, wie Mary eine Lasche aufriss und sich am Rand der Rettungsinsel hochzog. Wie eine Robbe schlüpfte sie durch den Eingang, wandte sich aber sofort um und streckte Jenna die Hand entgegen.

Jenna blickte nach oben. Zu Jeb, der anscheinend noch immer das Seil festhielt, denn die Rettungsinsel trieb nicht ab und die Leine war gespannt, aber sie entdeckte ihn nicht vor dem dunklen Himmel. Wahrscheinlich kämpfte er gegen die Kraft des Meeres und nun auch noch gegen Marys zusätzliches Gewicht, das jetzt ebenfalls an der Leine zog.

Jeb stand sturmumtost oben an der Reling, beide Füße gegen das Metall gestemmt und hielt unerschütterlich das Seil fest. Der Wind rüttelte an ihm, trieb ihm die Tränen in die Augen.

Seine Hände brannten wie Feuer, aber er ließ nicht los, presste die Kiefer aufeinander, bis seine Zähne zu knirschen begannen.

Ich muss durchhalten.
Ich.
Darf.
Nicht.
Loslassen.

Während er gegen die Wucht des Meeres kämpfte, kämpfte

sein Geist mit der Erinnerung. Jenna hatte gesagt, sie beide würden sich schon aus einer Zeit vor dem Labyrinth kennen, wären ein Paar gewesen. Der Gedanke machte ihn glücklich, denn nun verstand er, warum er sich vom ersten Moment an zu Jenna hingezogen gefühlt hatte.

Ich liebe dich so sehr!

Das Schiff machte einen Ruck und das Seil in seinen Händen begann, ihm durch die Finger zu rutschen. Der grobe Hanf riss augenblicklich seine Haut auf.

Jeb brüllte auf vor Schmerz, aber er packte wieder zu und es gelang ihm, den Lauf zu stoppen. Auf seinen Handinnenflächen schienen unzählige kleine Feuer zu explodieren.

Wie lange noch?, kreischte sein Hirn.

Jeb wusste, dass er das Seil jeden Moment loslassen und ebenfalls über die Reling springen musste.

Was, wenn es zu früh ist?

Ich muss ihnen doch Zeit verschaffen. Ich werde nicht aufgeben. Nicht ausgerechnet jetzt.

Seine Finger zuckten und das Seil rutschte erneut beißend durch seine Hände. Wenn er nachgab, würde er das Seil nie wieder zum Stoppen bekommen.

Ich kann nicht mehr.

Jenna rief nach Jeb, aber kaum hatten die Worte ihren Mund verlassen, wurden sie davongeweht. Und doch glaubte sie, auch Jeb rufen gehört zu haben.

Und dann erfasste sie eine neue Sturmbö.

Mächtiger als zuvor warf er sich gegen die Rettungsinsel, hob sie beinahe zehn Meter mit den Wellen hoch und schmetterte sie wieder in einen nassen Abgrund. Jenna hielt sich krampfhaft am Eingang der Rettungsinsel fest, aber ihre Hände verloren jede Kraft.

Die Meereswogen krachten wieder und immer wieder gegen das Schiff. Metall kreischte auf und der Frachter verschwand unter einer Riesenwelle.

Aber noch immer war das Seil gespannt.

Und dann verstand Jenna. Jeb würde das Seil so lange festhalten, bis er sicher sein konnte, dass sie in die Rettungsinsel geklettert waren. Er befolgte nicht die Abmachung, gleich hinterherzuspringen, sondern wollte auf Nummer sicher gehen, dass sie und Mary es schafften, sich hineinzuretten.

Der Gedanke ließ sie fast verzweifeln, aber er gab ihr auch die Kraft, sich hochzuziehen. Sie griff nach Marys Hand und Mary packte sie unter den Achseln. Jenna rutschte in die Rettungsinsel hinein. Sie verlor keinen Augenblick und wandte sich um, schob ihr Gesicht wieder hinaus und begann wild, nach Jeb zu schreien.

Aber dann raste eine neue Welle heran. Größer, mächtiger und schwerer als je zuvor.

Sie besiegelte das Schicksal des Frachters.

Das Schiff wurde auf die Seite geworfen und begann augenblicklich zu sinken. Jenna sah nur das Seil herabfallen.

Keine Spur von Jeb.

Sie brüllte auf, versuchte, aus der Rettungsinsel herauszukriechen, aber da warf sich Mary auf sie und drückte auf den Plastikboden. Gerade rechtzeitig, denn die nächste Welle schleuderte die Rettungsinsel durch die Luft. In ihrem Inneren wurden Mary und Jenna übereinandergeworfen und schlugen mit den Köpfen zusammen. Verzweifelt und schreiend mussten sie mitverfolgen, wie der gigantische Frachter binnen weniger Minuten sank. Schließlich waren nur noch Wellen übrig, die sich zu immer neuen Formen aufwarfen, aber das Schiff war verschwunden. Vom Meer verschlungen.

Ebenso wie Jeb.

Er hatte es nicht geschafft.

Jenna starrte hinaus auf die tobende See. Wellenberge rollten von allen Seiten heran, schoben sich auf- und übereinander.

Sonst gab es da nichts.

Es war, als ob das Schiff nie existiert hatte.

14.

Stunden waren vergangen. Das Meer hatte sich inzwischen beruhigt und der Sturm war weitergezogen. Die aufgehende Sonne warf ihr Licht dumpf ins Innere der Rettungsinsel, auf deren Plastikboden eingedrungenes Meerwasser und Erbrochenes schwappten. Mary hatte sich während des Sturms übergeben müssen – und Jenna war es nicht anders ergangen. Mary versuchte, mit Meerwasser das Erbrochene zu entfernen, aber ein säuerlicher Geruch in der Luft blieb.

Sie krabbelte nach vorn und zog die Abdeckung über dem Eingang hoch. Sonnenstrahlen leuchteten ihr entgegen, wärmten ihr Gesicht nach der Kälte der Nacht und gaben ihr etwas Hoffnung. Doch als sie sich nach Jenna umblickte, erstarrte ihr Herz. Sie saß zusammengekauert, die Arme um die angezogenen Knie geschlungen. Spuren von Tränen auf ihrer Haut waren zu erkennen, aber anscheinend waren sie längst versiegt. Sie hatte stumm geweint, seit das Schiff untergegangen war. Auch Mary hatte anfangs, nach dem unheimlich rasanten Untergang des Frachters, noch gehofft, dass Jeb es geschafft haben könnte. Jeden Moment hatte sie erwartet, seine vertraute Stimme vom Eingang der Rettungsinsel zu hören. Hatte erwartet, dass er sie mit einem blöden Spruch aufforderte, ihn in die Insel hochzuziehen. Doch umsonst.

Jenna hatte nur anfangs, als sie noch Hoffnung gehabt hatte, Worte mit Mary gewechselt. Nun sprach sie nicht mehr, gab keinen Laut von sich. Mary kroch zu Jenna hinüber und legte ihren Arm um sie.

Ich weiß, dass sie nichts trösten kann. Nichts kann Jenna über Jebs Verschwinden hinwegtrösten, so wie kein Wort meinen Verlust von León mildern kann. Wir haben überlebt, aber diejenigen, die wir lieben, sind gestorben.

Was bleibt, ist die Erinnerung an sie. An ihre Liebe zu León und Jeb.

Es war inzwischen eine lange Liste derer, deren Leben das Labyrinth gefordert hatte. Fünf Namen standen darauf.

Tian. Kathy. Mischa. León. Und nun auch Jeb. Das Labyrinth hatte sie geholt.

Es kennt keine Gnade. Wer von uns wird die Nächste sein?

Mary verdrängte jeden weiteren Gedanken daran, schaute auf Jennas zerzaustes Haar. Sie spürte, dass, da Jeb nicht wieder aufgetaucht war, in Jenna jeder Lebenswille erloschen war. Sie hatte so gekämpft, schien von unbeugsamen Willen geprägt zu sein, aber nun war sie dabei aufzugeben.

Das Labyrinth hat gewonnen. Wir werden alle draufgehen. Aber ich möchte meinen Tod selbst bestimmen. León soll bei mir sein. Ich will nicht mehr fliehen, hungern, frieren, Angst und Schmerzen erleiden.

Mary spürte, wie ein Lächeln über ihr Gesicht glitt. Ja, so würde sie es machen. Jenna sollte überleben.

Ihr Blick fiel auf Jennas Unterarm. Deutlich war dort eine Tätowierung zu sehen. Ein Stern. In dunkelblauer Farbe gestochen.

Habe ich das Tattoo schon einmal gesehen?

Mary wusste es im Moment nicht. Wenn ja, hatte sie es nicht beachtet oder es war ihr entfallen.

Ich muss Jenna fragen, was es damit auf sich hat.

Sie drückte Jenna etwas fester an sich und das andere Mädchen blickte auf. Ihre Augen waren verquollen und gerötet. Ein trotziger Ausdruck lag auf ihrem Gesicht, als sie sich mit der Hand über das Gesicht fuhr.

»Er lebt«, sagte Jenna mit fester Stimme.

»Jenna ...«

»Ich weiß, was du sagen willst, Mary. Du musst nicht meinetwegen lügen. Ich bin vollkommen klar im Kopf. Auf dem Schiff habe ich mich an so vieles aus meiner Vergangenheit erinnert, auch an Jeb, verstehst du? Er ist Teil meines echten Lebens. Er ist es immer noch und wird es immer sein. Ich weiß jetzt, dass wir schon vor der Zeit im Labyrinth ein Paar waren.« Sie sah Mary eindringlich an. »Wie wir ins Labyrinth gelangt sind, verstehe ich nicht. Noch nicht, aber es war von Anfang an klar, dass Jeb überleben sollte. Er war der Erste von uns, der im Labyrinth aufgetaucht ist. Er hat die Botschaft gefunden. Ich glaube, er war schon immer ausgewählt.«

Mary zögerte, dann fasste sie sich ein Herz. »Jenna, ich glaube dir, dass du dich erinnern kannst, aber vielleicht täuschen dich deine Erinnerungen. Das Labyrinth spielt mit dem, was wir für unsere Vergangenheit halten. Wir können nichts als gegeben oder wahr annehmen. Ich glaube nicht, dass Jeb ...«

Jenna lächelte ein bisschen. »Er lebt, ich weiß es, Mary. Weil er einfach überleben *muss*.«

Mary war froh, dass sich Jenna ein wenig gefangen hatte, aber sie versuchte, Jenna keine falschen Hoffnungen zu machen.

»Wir sind jetzt auf uns alleine gestellt, Jenna.« Sie strich ihr über das Haar, während Jenna vehement den Kopf schüttelte.

Mary blickte sie ruhig an. »Ich weiß, dass du das nicht hören willst, aber Jeb hätte niemals auf deine Kosten überlebt. Er hätte sich in jedem Fall für dich geopfert. Ich glaube, genau das hat er getan. Er hat bis zum letzten Atemzug gekämpft, um dich zu beschützen, um dich bis hierher zu bringen. Er selbst wäre nicht durch das letzte Tor gegangen.«

Jenna schwieg eine Weile, dann sagte sie: »Ja, du hast recht. Trotzdem habe ich das Gefühl, dass ich aus den falschen Gründen hier bin. Dass eigentlich Jeb an meiner Stelle sein sollte.«

»Ja, das Gefühl habe ich auch – gegenüber León.«

Jenna nahm nun Marys Hand in ihre. »Sie sind beide nicht mehr bei uns. Hast du nicht manchmal die Hoffnung, dass León noch am Leben ist?«

Mary sah sie an. »Nein, er ist in der letzten Welt gestorben, damit wir leben können.«

Stille kehrte ein, dann sagte Jenna: »Draußen scheint die Sonne. Kein Sturm mehr, oder?«

»Hat sich verzogen. Der Himmel ist wolkenlos. Leider ist es auch zu hell, um den Stern auszumachen. Solange wir den nicht entdecken, müssen wir uns wohl oder übel treiben lassen und Kräfte sparen.«

»Hast du Land gesehen?«, fragte Jenna und Mary hörte Hoffnung aus ihrer Stimme heraus.

»Wir treiben in östliche Richtung, dort ist ein breiter Schatten auszumachen, ob das Land ist, weiß ich nicht, könnte ebenso eine neue Sturmfront sein.« Sie seufzte.

»Noch so einen Sturm überlebe ich nicht«, meinte Jenna.

Mary drückte ihre Hand.

Wir schaffen das.

Jenna schaute sich um. »Haben wir eigentlich Vorräte?«

»Hast du denn Hunger?«, fragte Mary, aber Jenna schüttelte den Kopf.

Mary öffnete eine Lasche in der Seitenwand und zog eine flache Plastikflasche heraus, die sie Jenna reichte. »Trink wenigstens etwas.«

Als Jenna ihr die Flasche zurückgab, fragte sie: »Was machen wir jetzt?«

»Nichts. Hoffen, dass der Stern auftaucht.«

»Worauf willst du warten?«

»Dass etwas geschieht. Bisher ist immer irgendetwas passiert.«

»Und wenn sich nichts ereignet, wir kein Land finden oder von jemandem gerettet werden?«

Mary schaute sie ruhig an. »Dann sehen wir León, Jeb und die anderen wieder.«

Die Zeit verstrich quälend langsam. Mit der aufsteigenden Sonne kam die Hitze. Die Luft in der Rettungsinsel wurde stickig.

Feuchtigkeit rann unablässig die Plastikplanen hinunter, sammelte sich in kleinen Pfützen und sorgte für fast unerträgliche Bedingungen.

Mary zog immer wieder die Luke auf und hielt sie hoch, damit frische Luft ins Innere gelangen konnte, aber da nahezu Windstille herrschte, gab es keinen Luftaustausch. Jenna hatte sich mit dem Kopf zum Ausgang gelegt und starrte auf die glitzernde Oberfläche des Meeres. Still lag es da und nichts erinnerte an die Vorkommnisse der letzten Nacht. Es war fast so, als hätte es den Sturm nie gegeben.

Wir müssen in den Tropen sein, überlegte sie. *Nur hier schlägt das Wetter so rasch um.*

Für einen Moment war sie versucht, darüber nachzugrübeln, was sie über die Tropen wusste, aber was sollte ihnen das bringen?

Jennas Blick glitt in die Ferne. Inzwischen war sie fast davon überzeugt, dass Jeb überlebt hatte. Irgendwo. Irgendwie. Bestimmt war es ihm gelungen, von Bord zu kommen, bevor der Frachter gesunken war. Es war durchaus möglich, dass er eine weitere Rettungsinsel entdeckt hatte. Oder vielleicht etwas anderes, an dem er sich festklammern konnte. Irgendwo da draußen trieb er im offenen Meer und Jeb war zäh, er würde überleben. Er war auserkoren dafür zu überleben.

Jeb schafft es. Gib nicht auf, Jeb. Kämpfe. Für mich.

Dann kamen ihr Marys Worte in den Sinn. Sie hatte gesagt, Jeb würde keinesfalls auf ihre Kosten überleben, so oder so würde er im Labyrinth zurückbleiben.

Aber das werde ich nicht zulassen. Dafür bin ich hier.

Sie wusste tief in sich drin, dass dies stimmte. Sie warf einen kurzen Blick zu Mary hinüber. Mary lag mit geschlossenen Augen an der Luke und schnappte nach Luft.

Noch war Jeb nicht gerettet, aber die Zeit würde kommen. Es konnte noch lange dauern, bis sie ihn fand, und da sie nicht mal erahnen konnte, wie dann sein Zustand war, musste sie mit ihren Kräften haushalten.

Ich muss positiv denken. Darf mich nicht von Marys Pessimismus herunterziehen lassen. Sie mag Jeb aufgegeben haben, ich werde das niemals tun.

Schweiß lief über ihr Gesicht. Ein Tropfen landete auf ihren Lippen.

Salz. So schmeckt das Leben.

Wenn sie doch nur nicht solche Kopfschmerzen hätte. Ihr Schädel fühlte sich an, als würde er zusammengepresst, und sie hatte immer mehr Mühe, einen klaren Gedanken zu fassen. Vielleicht würde es ein wenig besser werden, wenn sie etwas schlief. Mary konnte ja so lange nach Jeb Ausschau halten. Bestimmt würde sie es tun, wenn Jenna sie darum bat.

Ja, ein wenig schlafen, das würde helfen.

Ihre Lider wurden schwer.
Ich muss Mary ...
Die Welt um Jenna wurde schwarz.

Mary hatte Jenna die letzten Stunden beobachtet. Unter zusammengekniffenen Augenlidern hervor hatte sie mit angesehen, dass etwas mit Jenna geschah. Ihr Mienenspiel änderte sich ständig. Mal wirkte sie todtraurig und im nächsten Moment glaubte sie fast, Jenna strahle innerlich vor Seligkeit. Irgendetwas stimmte nicht mit ihr.

Der Verlust des Jungen, den sie liebte, die Erschöpfung und die unsagbare Angst, die sie hatte ausstehen müssen, forderten nun ihren Tribut.

Vielleicht fängt sie sich wieder.

Die Sonne hatte inzwischen die Rettungsinsel endgültig in eine schwimmende Sauna verwandelt. Schweiß strömte über Marys Gesicht.

Wie sollte es nur weitergehen?

Wenn Jennas Zustand sich verschlechterte und sie sich noch mehr gehen ließ – in welche Richtung auch immer: Hoffnung oder Trauer –, was würde Mary dann noch für sie tun können? Sie wollte, dass die vernünftige und gutherzige Jenna überlebte. Dass sie einander stützen würden.

Ich will doch, dass du lebst. Geh durch das letzte Tor, kehre heim und berichte der Welt da draußen, wenn es denn eine gibt, was mit uns geschehen ist. Erzähl von Tian. Von seiner ruhigen Schüchternheit. Von Kathy. Verrückt und schön. Mischa, der den Glauben an die Gruppe verloren hatte. Und sprich von León. Von seiner wilden Entschlossenheit. Erzähl von Jeb, seiner Ruhe und davon, wie er immer wieder versucht hat, uns alle zusammenzuhalten. Und sprich bitte auch von mir. Sag ihnen, dass ich am

Ende stark und frei war. Mein Schicksal selbst in die Hand genommen habe.

Neben ihr seufzte Jenna im Schlaf. Ihre Augenlider zuckten. Mary streckte ihre Hand aus und strich Jenna sanft über das Haar. Sofort beruhigte sich die andere. Ihr Schlaf wurde wieder tiefer.

Ja, schlaf, liebe Jenna. Schlaf ist gut, dann sind die Schmerzen und die Verzweiflung für einen Moment vergessen und du kannst davon träumen, bei Jeb zu sein.

Und ich?

Eine Träne rann über ihre Wange. Sie schluckte schwer. León war tot, es half nicht, sich einzureden, es könnte irgendwie anders sein. Die Zeit des Wartens hier auf den Weiten des Ozeans war unerträglich. Auf dem Frachter hatte sie noch gekämpft, nicht für sich, denn ihr Schicksal hatte sich in Los Angeles besiegelt, aber sie hatte gehofft, Jenna und Jeb würden es schaffen. Schon als sie gegen das Schiff getrieben waren und sie erkannt hatte, dass es die MARY war, war in ihr der Entschluss gereift, die letzten Tore den beiden anderen zu überlassen. Sie wollte im Labyrinth zurückbleiben.

Nun war es anders gekommen.

Jeb hatte sich geopfert. Für Jenna, aber auch irgendwie für sie. Für dieses Opfer war sie ihm dankbar, auch wenn sie es nicht annehmen konnte.

15.

Als Jenna erwachte, ging die Sonne unter. Im Licht des vergehenden Tages sah sie, dass auch Mary Schlaf gefunden hatte. Jenna streckte sich, so gut es ihre steifen Glieder zuließen, und sog tief die schwüle Luft ein. In der Rettungsinsel war es zwar nicht mehr ganz so stickig, aber ihre Kleidung war schweißgetränkt. Die Haare klebten ihr an den Schläfen und in ihrem Mund lag ein bitterer Geschmack. Sie griff nach der noch halb vollen Wasserflasche und trank einen großen Schluck. Danach fühlte sie sich besser.

Plötzlich fiel ihr alles wieder ein. Jeb. Mit einem Ruck drehte sie sich um, streckte den Kopf zum Eingang hinaus, aber das Licht war inzwischen so schlecht, dass man nichts erkennen konnte. Während sie in die beginnende Dunkelheit starrte, spürte sie, wie der Wind auffrischte. Eine Brise wehte über sie hinweg und ließ sie erschauern. Wenn sie doch nur Jeb endlich finden würde.

Das Labyrinth durfte ihn nicht sterben lassen.

Und ich bleibe zurück, so war es von Anfang an gedacht, ich hatte es nur vergessen. Wegen Jeb bin ich ins Labyrinth gekommen und ich führe ihn heim.

Jenna lächelte. Niemand sollte ihre Entschlossenheit anzweifeln, nicht einmal sie selbst.

Mary rekelte sich. Mühsam öffnete sie die Lider und schaute auf.

»Wind ist aufgekommen. Ich spüre es an der Bewegung der Wellen«, stellte sie fest. »Hast du was gefunden?«

Jenna schüttelte den Kopf. »Jeb ist nicht zu entdecken.«

Mary zögerte kurz, dann fragte sie: »Ich meine nicht Jeb, hast du Land entdeckt? Oder den Stern?«

»Oh, nein, daran habe ich nicht gedacht.«

Mary fluchte leise, dann kletterte sie an Jenna vorbei und streckte ihren Kopf hinaus. Es war tatsächlich schon ziemlich düster, aber noch konnte man genug erkennen. Allerdings störte das Notlicht im Inneren der Rettungsinsel, da es sie blendete. Sie schirmte ihre Augen ab und dann sah sie ihn. Nah und doch so fern, blinkte er fast direkt über ihnen. Das bedeutete, die Tore waren nicht mehr fern, aber wie sollten sie abschätzen, wie viel Zeit ihnen noch blieb?

Dort sind die Tore. Wir müssen versuchen, dahin zu kommen.

Sie dachte an die kurzen Paddel, die zur Notfallausrüstung der Rettungsinsel gehörten. Kaum vorzustellen, dass man es mit den Dingern irgendwohin schaffen konnte. Allerdings trieb sie der aufkommende Wind in die richtige Richtung und eines wollte Mary auf keinen Fall: auf diesem verfluchten, endlosen Meer sterben.

»Und?«, fragte Jenna von drinnen. Ihre Stimme klang wieder normal, nicht mehr so überdreht und krächzend wie noch vor wenigen Stunden.

Vielleicht kriegt sie sich wieder ein.

»Der Stern steht fast direkt über uns. Irgendwo vor uns muss es Land geben. Oder jedenfalls die Tore.« Mary sah zu Jenna nach drinnen, die übers ganze Gesicht strahlte. »Das ist eine gute Nachricht. Vielleicht ist Jeb dort gestrandet.«

Mary wandte sich ab. Sie wollte nicht, dass Jenna ihren bitteren Gesichtsausdruck sah. Sie war sich ziemlich sicher, dass es für Jeb keine Hoffnung mehr gab. Aber solange die Vorstellung, ihn wiederzusehen, Jenna funktionieren ließ, würde Mary sie in dem Glauben lassen. Besser so als die grausame Wahrheit.

»Wir müssen so schnell wie möglich dahin«, sagte Jenna.

Mary pflichtete ihr stumm bei und kroch dann wieder ins Zelt zurück. Sie beschloss, die Führung zu übernehmen.

»Immer nur einer von uns kann paddeln, indem er sich aus der Öffnung beugt und versucht, die Rettungsinsel voranzubringen. Mehr Platz ist nicht. Das Problem wird sein, die Richtung zu halten. Auch im Dunkeln, wenn man nichts sieht, muss man abwechselnd auf beiden Seiten paddeln, denn sonst treiben wir für alle Ewigkeit im Kreis. Der Wind bläst in die Richtung, in die wir wollen. Wir wechseln uns alle dreißig Minuten ab, okay?«

Mary versuchte sich an einem Lächeln, um sich selbst und Jenna aufzumuntern. Wie hatte Jeb das nur immer geschafft, so eine Kraft auszustrahlen? »Wenn wir länger als eine halbe Stunde paddeln, werden deine Arme weich wie gekochte Spaghetti.«

»Ich habe genug Kraft.«

»Ja, das packen wir schon«, meinte Mary betont optimistisch, auch wenn es in ihr drin ganz anders aussah. Sie reichte Jenna ein Plastikpaddel.

Jenna quetschte sich an Mary vorbei. »Ich fange an, du kannst mich ja dann ablösen.«

Mary nickte und beobachtete, wie sich Jenna in Position brachte und dann das Paddel tief ins Wasser tauchte. Mit mehr Kraft, als ihr Mary zugetraut hätte, zog sie durch. Die Rettungsinsel machte einen Ruck und schob sich dann vorwärts. Das Schaukeln im Inneren nahm sofort zu, Kondenswasser sickerte über den Plastikboden. Weitere Paddelzüge folgten. Sie mussten einen Wettlauf gegen die Zeit gewinnen.

Zu Marys Erstaunen paddelte Jenna eine gefühlte Stunde lang. Unermüdlich, ständig im gleichen Rhythmus, tauchte sie das Plastikpaddel ein, mal rechts, mal links, und schob die Rettungsinsel so voran. Mehrfach hatte Mary gefragt, ob Jenna Land ausmachen könnte, aber es war zu düster. Außer ihrem Stern gab es nichts am Himmel und zum ersten Mal, seit es sie ins Labyrinth verschlagen hatte, grübelte Mary darüber nach, warum dem so war. Warum gab es nur diesen einen Stern? Und wo war ... der Mond?

Während Jenna sich abmühte, dachte Mary darüber nach, aber auch, nachdem sie Jenna abgelöst hatte und nun selbst paddelte, fand sie keine Erklärung dafür. Schließlich schob sie den sinnlosen Gedanken beiseite und konzentrierte sich darauf, die Richtung zu halten.

»Ich bin fix und fertig«, stöhnte Jenna von innen. »Ich muss mich ein wenig hinlegen.«

»Mach nur.«

Kurz darauf wurde es still in der Rettungsinsel. Jenna hörte auf, sich hin und her zu wälzen, und war eingeschlafen. Zeit für Mary, an León zu denken.

Irgendwann ging ihr die Kraft aus und Mary kroch zurück ins Innere. Sie schob sich neben Jenna und kuschelte sich an sie ran. Schon fielen ihre Lider zu.

Mary riss die Augen auf. Etwas war geschehen. Es hatte einen kräftigen Ruck gegeben.

Sie lauschte.

Die Rettungsinsel bewegte sich nicht mehr! Und doch war das leise Plätschern der Wellen zu hören. Neben ihr schlief Jenna. Mary fasste nach ihrer Schulter und rüttelte sie.

»Was ist?«, fragte diese verschlafen. »Hast du Jeb entdeckt?«

Mary flüstere: »Nein, aber ich glaube, wir wurden an Land getrieben. Die Rettungsinsel schaukelt nicht mehr.«

»Echt?«, rief Jenna aus, krabbelte zum Ausgang und riss die Plastikplane hoch.

Mary wollte sie ermahnen, lieber leise zu sein, schließlich wussten sie nicht, wer oder was sie draußen erwartete, aber dazu war es zu spät.

Sie schob hinter Jenna vorsichtig den Kopf aus der Öffnung. Und tatsächlich. Selbst in der trüben Finsternis der Nacht leuchtete ihnen der weiße Sand des Strandes entgegen, an den der Ozean sie gespült hatte. Jenna kroch heraus. Mary tat es ihr nach und erhob sich. Sie standen knöcheltief im Wasser, aber vor ihnen lag Land. Vielleicht eine Insel, aber in jedem Fall fester Boden.

Gemeinsam stapften sie an den Strand und setzten sich in den Sand. Keine von ihnen sagte ein Wort.

Es herrschte tiefblaue Nacht und eine unheimliche Stille. Nur das Notlicht der Rettungsinsel sandte einen schmalen Streifen Helligkeit aus und so konnten sie wenigstens ein wenig von dem Land erkennen, auf das es sie verschlagen hatte.

Der Strand war ungefähr dreißig Meter breit und verschwand nach beiden Seiten im Dunkel. Dahinter ragten die schwarzen Schatten von Palmen auf, die vor dem dunkelblauen Himmel wie Scherenschnitte wirkten.

Mary lauschte nach Tiergeräuschen, Rascheln, Vogelgezwitscher oder Ähnlichem, aber außer dem leisen Rauschen der Wellen war nichts zu hören.

»Wir müssen Jeb suchen«, sagte Jenna neben ihr.

»Jenna, morgen. Es ist stockfinster.«

»Irgendwo hier wird er sein. Er braucht mich.«

Mary legte Jenna einen Arm um die Schulter. »Es muss schon

nach Mitternacht sein, lass uns im Tageslicht nach ihm Ausschau halten.«

»Nein.« Jennas Stimme klang unnachgiebig. »Vielleicht ist er verletzt und braucht unsere Hilfe. Morgen kann es zu spät sein.« Jenna erhob sich. Sie stapfte zur Rettungsinsel hinüber.

»Was hast du vor?«, fragte Mary.

»Ich hole das Notlicht.«

»Das ist in die Plastikplane eingenäht.«

Sie bekam keine Antwort, stattdessen hörte sie nach einer Weile ein lautes Ratschen. Jenna kehrte zurück und in ihrer Hand leuchtete das kaum fingergroße Notlicht. Die Helligkeit der Lampe reichte gerade aus, einen Radius von wenigen Metern auszuleuchten. Damit konnte sie zwar durch die Nacht stapfen, aber die Gefahr bestand, dass sie an Jeb vorbeiging, ohne es zu bemerken, sollte er es wider allen Erwartens doch hierher geschafft haben.

»Das bringt doch nichts, Jenna«, versuchte es Mary erneut. »Es ist zu dunkel. Morgen früh helfe ich dir bei der Suche.«

»Ich werde nicht sinnlos hier herumsitzen, wenn es eine Chance gibt, Jeb zu finden.«

»Okay, ich verstehe dich ja. Aber kannst du nach den Toren Ausschau halten? Eigentlich hatte ich erwartet, dass wir ihr Leuchten sehen, aber vielleicht verbergen irgendwelche Bäume die Portale.«

Jenna hörte ihr schon kaum mehr zu, das merkte Mary ihr an. Aber sie nickte abwesend. »Mach ich. Aber ohne Jeb gehe ich so oder so nicht hindurch.«

Mary schnappte nach Luft.

Im Licht der Lampe wirkte Jennas Gesicht geisterhaft, ihre Augen starr und entschlossen. »Da gibt es nichts zu bereden. Ein Tor gehört Jeb, das andere kannst du haben.«

Jenna drehte sich zu ihr um und Mary lief ein Schauer über den Rücken, als sie in ihre Augen sah. Jennas Pupillen waren groß, aber sie wirkten leer, so als habe das Leben sie verlassen.

Da sagte Jenna: »Mary, kleine Mary. Du musst es doch ahnen: Ich gehe nirgends mehr hin. Jeb ist alles, was zählt. Wenn er im Labyrinth zurückbleibt, dann tue ich es auch. Wenn ich ihn finde, bleibe ich hier. Dass Jeb auf der Insel ist, daran möchte ich glauben, auch wenn ich doch weiß, wie unwahrscheinlich ...« Sie musste hörbar schlucken. »... das ist. Trotzdem glaube ich daran. Ganz fest. Jeb ist der Auserwählte. Das Tor gehört ihm.«

Mary spürte Trotz in sich aufsteigen. Warum glaubten eigentlich alle, immer am besten zu wissen, was passieren würde? Jenna ließ ihr nicht mal eine Wahl. Wer sagte denn, dass nicht Jeb und Mary, sondern Jeb und Jenna durch das Tor gehen sollten? »Und wenn ich nicht will? Wenn ich ebenfalls im Labyrinth zurückbleiben möchte?«

»Du musst gehen, Mary«, verlangte Jenna.

»Warum? Dann würden euch beide Tore auf dieser Insel gehören.« Mary legte Jenna einen Finger auf die Brust. »Schon mal darüber nachgedacht: Ihr könntet in der nächsten Welt zusammen sein.«

»Du verstehst nicht, obwohl du es mir selbst gesagt hast. Jeb würde sich in jedem Fall für mich opfern und mir das einzige Tor in der letzten Welt überlassen. Niemals würde er zulassen, dass ich zurückbleibe.«

Mary schnaubte, weil sie nicht wusste, ob sie lachen sollte oder Jenna vor Wut schütteln. »Ach, jetzt kapiere ich es. Du denkst, wenn Jeb und ich es zum letzten Tor schaffen, wird vielleicht *sein* Überlebenswille siegen und er wird es mir wegnehmen. So hast du es dir gedacht, aber du täuschst dich, das würde Jeb nicht tun.«

Jenna lächelte sie nur an. Dann erwiderte sie: »Ich weiß das,

Mary, aber auf dem Frachter sind mir viele Dinge wieder eingefallen. Jeb ahnt bereits davon, und wenn ich ihm erzähle, was in der wirklichen Welt geschehen ist, wird er vielleicht seine Meinung ändern.«

Mary wandte sich ab. »Ich hätte nie gedacht, dass du so sein kannst.«

»Du glaubst, ich wäre egoistisch, und ich kann das nachvollziehen, aber so ist es nicht. Jeb ist die Hoffnung.« Einen Moment schwieg sie. »Für uns alle.« Sie stand auf.

»Wie meinst du das?«, fragte Mary. »Für uns alle? Die anderen sind tot. Es gibt keine Hoffnung mehr. Ich bin nicht mal sicher, ob ich den letzten von uns vor dem letzten Tor beneiden soll darum, dass er eine zweifelhafte Hoffnung hat auf ... ja, worauf eigentlich?!«

Mary schrie nun beinahe. Sie schrie ihre Hoffnungslosigkeit hinaus, warf sie Jenna an den Kopf, die eine schreckliche Ruhe auszustrahlen schien. So einfach wie Jenna sagte, konnte es nicht sein. Nicht nach all den Strapazen.

Bevor Mary ihre Worte zurücknehmen konnte, hatte sich Jenna umgedreht und war in der Dunkelheit verschwunden. Sie spürte, es war zu spät, um noch etwas zu sagen, das alles besser machen würde. Mary beobachtete, wie sich Jenna entfernte. Das kleine Licht in ihrer Hand tanzte bei jedem ihrer Schritte auf und ab. Es sah aus, als würde ein Glühwürmchen durch die Nacht schweben.

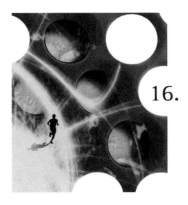

16.

Als die Sonne aufging, war Jenna noch immer nicht zurück. Mary war inzwischen fast wahnsinnig vor Angst um sie. So viel konnte geschehen sein. Möglicherweise war sie im Dunkeln gestürzt und hatte sich verletzt. Außerdem gab es hier vielleicht Gefahren, von denen sie noch nichts wussten. Das Labyrinth war gefährlich und so unwahrscheinlich es auch sein mochte ... selbst die Seelentrinker konnten wieder auftauchen.

Mary lauschte, aber nur Stille umgab sie. Kein Geräusch. Nicht mal das Gezwitscher von Vögeln lag in der Luft.

Sie blickte sich um.

Sand in beide Richtungen, so weit sie sehen konnte. Vor ihr das endlose Meer, an dessen Horizont sich Himmel und Wasser zu vereinen schienen.

In ihrem Rücken lag dicht bewuchertes Land. Hohe Palmen, aber auch dichtes Gestrüpp und großblättrige Büsche bildeten eine grüne Wand, die im ersten Moment undurchdringlich schien.

Sich da durchzuschlagen, macht keinen Sinn. Ohne ein scharfes Buschmesser kommt man nicht weit. Es muss andere Wege ins Landesinnere geben.

Ob hier Menschen leben?

Mary überlegte, ob sie nach Jenna rufen sollte, aber das konnte mögliche Feinde auf sie aufmerksam machen. Auch wenn die Insel noch so paradiesisch wirkte, es konnte etwas Unbekanntes auf sie lauern. Besser war es, Jennas Fußspuren zu folgen, die sich deutlich im Sand abzeichneten.

Die Luft war noch frisch. Mary fröstelte trotz der ersten Sonnenstrahlen. Sie hatte die ganze Nacht gefroren und nun zitterten ihre Glieder. Müde und erschöpft erhob sie sich, doch schon nach den ersten Bewegungen merkte sie, dass sie Durst hatte. Mary stapfte zur Rettungsinsel und suchte nach der Trinkflasche. Die war zwar fast leer, aber es reichte, um sich zumindest die Kehle zu befeuchten.

Mary hatte den Rest der Nacht über Jennas merkwürdige Aussage, Jeb wäre ihrer aller Hoffnung, nachgegrübelt, aber der Sinn dieses Satzes wollte sich ihr nicht erschließen. Auch wenn sie es nur ungern vor sich selbst zugeben wollte: Jenna war übergeschnappt. Nicht nur, dass sie glaubte, Jeb wäre noch am Leben, nun dachte sie auch noch, er könne sie alle erretten.

Wovor denn zum Teufel? Das Labyrinth hat schon vier, mit Jeb fünf, von uns geholt. Es gibt nur noch eine Welt. Und so oder so am Ende nur ein Tor. Wovor soll uns Jeb retten?

Mary zog die Nase hoch und spuckte in den Sand. Die Sonne stieg weiter zum Himmel hinauf und langsam wurde es warm.

Das wird ein heißer Tag. Ich muss unbedingt Wasser finden.

Sie sog tief die Luft ein. Es roch nach nassem Sand, Meer, aber auch ein zarter Blütenduft lag in der Luft. Leider gab es keine Gerüche, die auf Menschen schließen ließen. Feuer, Rauch, Müll, Benzin oder Ähnliches. Obwohl sie nur einen kleinen Teil des Strandes überblicken konnte, hatte Mary das Gefühl, dass die Insel, wenn es denn eine war, menschenleer war.

Ihr Magen meldete sich mit einem Knurren und erinnerte sie daran, dass sie schon lange nichts mehr gegessen hatte. Mary ging durch den Sand zur Rettungsinsel und kramte aus einem kleinen Fach einen Einweißriegel hervor. Die Verpackung aufzureißen, war gar nicht so leicht, aber schließlich gelang es ihr und sie biss ein Stück ab. Es schmeckte nach Pappe und Erdnüssen. Am liebsten hätte sie alles gleich wieder ausgespuckt, aber sie brauchte Nahrung. Wenn sie hier schon sterben musste, wollte sie wenigstens nicht, dass ihr hungriger Magen sie die ganze Zeit ablenkte. Und wenn sie jetzt noch nicht starb, brauchte sie Kraft, um nach Jenna zu suchen.

Sie aß den Riegel auf, obwohl sie den letzten Bissen regelrecht herunter würgte. Mary schnappte sich die leere Wasserflasche. So ausgerüstet stapfte sie los. In die Richtung, in die Jenna verschwunden war.

Zwei Stunden später war die Hitze brütend. Mary hatte weder Jenna noch Wasser gefunden. Erschöpft folgte sie Jennas Fußabdrücken im Sand und fragte sich, wie es das blonde Mädchen geschafft hatte, so lange durchzuhalten. Und das mitten in der Nacht.

Der Strand folgte einem Bogen und Mary war sich nun sicher, dass sie auf einer Insel gelandet waren. Die Landschaft blieb die gleiche, egal wie lange sie lief. Sand, hohe Palmen, dichtes Buschwerk und Stille. Es gab außer dem Rauschen des Meeres und dem leichten Plätschern der Wellen keine Geräusche. Kein Tier gab einen Laut von sich. Kein Rascheln in den Büschen, keine Vogelrufe.

Es war unheimlich.

Mary blickte zum wolkenlosen Himmel. Suchte nach Kondensspuren von Flugzeugen. Nichts. Der Himmel war so leer wie das endlose Meer, auf dem, so weit das Auge reichte, kein Schiff auszumachen war. Sie wischte mit dem Arm über ihr Gesicht. Ihr

Kopf schmerzte und ihre Haut glühte. Sie musste damit rechnen, einen heftigen Sonnenbrand zu bekommen.

Eine weitere Stunde später stieß Mary auf einen kleinen Fluss, der sich aus dem dichten Grün des Dschungels herausschlängelte und in einem Wäldchen neben dem Strand in einer Kuhle versickerte. Mary beschleunigte ihre Schritte, kniete sich nieder und schöpfte mit beiden Händen Wasser in den Mund, über ihren Kopf und durchnässte ihre ganze Kleidung.

Das Gefühl war unbeschreiblich. Trotz ihrer düsteren Gedanken genoss sie die erfrischende Kühle auf ihrer Haut.

Mary trank gierig. Dann spülte sie sich den Schmutz vom Leib und kämmte ihre Haare mit den Fingern durch. Als sie nach einer Weile wieder aus dem Wasser stieg, fühlte sie sich etwas erholt und blickte sich um.

Jennas Spuren waren noch immer deutlich auszumachen. Sie hatte den Fluss durchwatet und ihre Wanderung auf der anderen Seite wieder aufgenommen. Mary füllte die Wasserflasche und ging ihr nach.

Sie war noch nicht weit gekommen, als sie ein heiseres Krächzen vernahm.

Jenna?

Ja, das war sie. Sie rief Jebs Namen, aber es war kaum zu verstehen. Mary beschleunigte ihre Schritte. Ihre Augen hielten nach Jennas blonden Haaren Ausschau ... und dann entdeckte sie Jenna endlich. Sie saß am Rand des Dschungels im Schatten einer Palme.

Als Mary sie betrachtete, erschrak sie. Jennas Augen waren fast zugeschwollen. Sie musste stundenlang geweint haben. Das Gesicht war von der Sonne verbrannt. Die Arme waren fürchterlich gerötet. Jenna hockte zusammengekauert wie ein verletztes Tier und schien sie nicht einmal zu bemerken.

»Jenna?«

Der Kopf hob sich an. Jenna blinzelte verwirrt, dann öffneten sich spröde, ausgetrocknete Lippen. »Mary?«

»Ja, ich bin es.«

»Was machst du hier?«

»Ich suche dich.«

»Hast du etwas zu trinken?«

Mary kniete sich neben sie und führte die Wasserflasche an Jennas Lippen. Das Mädchen trank gierig, aber ein Großteil der Flüssigkeit lief am Hals hinab. Schließlich setzte sie die Flasche ab.

»Ich habe Jeb nicht gefunden«, sagte Jenna.

»Ich weiß.« Mary sprach leise weiter: »Jenna, Jeb ist tot.«

Jennas Kopf wackelte kraftlos hin und her. Aber sie leugnete es nicht.

»Jenna, kannst du laufen?« Mary wollte ihr helfen, sich aufzurichten, aber Jenna winkte ab.

»Ich bleibe hier. Du suchst die Tore. Mary, du kannst es schaffen. Es gibt niemand, der dich daran hindern kann, in dein wahres Leben zurückzukehren. Diese Insel scheint harmlos zu sein, du musst nur noch die Tore finden.« Sie sah auf und lächelte schwach. »Du wirst es schaffen.«

Mary blickte sie an. »Ich möchte nicht mehr weitergehen. Das hier ist ein guter Platz zum Sterben.«

Jenna lachte krächzend. »Dann wäre alles umsonst gewesen. Der Tod der anderen – für nichts.«

»Was sollen wir nur tun, Jenna?«

»Such die Tore, Mary. Ich schaffe es nicht. Es gibt einen Grund, warum es einem von uns gelingen muss. Aber ... aber ich weiß nicht ... kann es nicht fassen.«

»Jenna!«

»Ich bin so müde.«

Mary packte ihre Schulter und rüttelte sie, aber Jenna fielen die Augenlider zu.

»Was willst du mir sagen?«

»Der Stern ... auf meinem Handgelenk ... ich bin gekommen, um ...«

»Was redest du da? Ich verstehe kein Wort.«

»Folge ... dem ... Stern ... rette uns ... alle.«

Jennas Kopf kippte zur Seite. Mary fasste sie an den Schultern und rüttelte sie. Als Jenna sich nicht rührte, ließ Mary sie langsam zu Boden sinken. Sie legte den Kopf auf Jennas Brust und lauschte. Ja, ihr Herz schlug. Langsam zwar und nur schwach, aber sie war am Leben. Mary setzte sich neben sie und dachte darüber nach, was sie gesagt hatte.

Der Stern. Immer wieder hat sie von dem Stern gesprochen. Auch von dem auf ihrem Handgelenk.

Mary beugte sich über Jenna, nahm beide Arme und betrachtete sie. Die Haut war gerötet, aber eine Tätowierung war nicht zu entdecken.

Wie kann das sein? Ich habe das Tattoo selbst gesehen. Und jetzt ist es verschwunden? War es vielleicht gar keine Tätowierung, sondern nur ein aufgemaltes Symbol, das durch das Meerwasser abgewaschen wurde?

Möglich war es. Mary legte Jennas Arme auf ihre Brust zurück. Sie hatte davon gesprochen, sie solle dem Stern folgen und sie alle retten.

Das ergibt keinen Sinn.

Mary fluchte leise. Seit sie auf der Insel gestrandet waren, nahmen die Dinge einen eigenartigen Lauf. Eigentlich hatte sie geplant, Jenna durch die letzten Tore gehen zu lassen, aber nun war alles anders gekommen. Das blonde Mädchen war fix und fertig, sagte Dinge, die Mary beunruhigten. Anstatt hier auf das Ende zu warten, musste sie sich nun den Kopf darüber zerbrechen, was Jenna gesagt hatte.

Die Worte ließen sich nicht zur Seite schieben. Es war gut vorstellbar, dass Jeb und Jenna sich schon vor dem Labyrinth gekannt hatten. Vielleicht waren sie tatsächlich ein Paar, so wie Jenna behauptete, denn von Anfang an war eine besondere Verbindung zwischen den beiden spürbar gewesen. Jenna sagte, sie hätte sich an Ereignisse aus ihrem früheren Leben erinnern können.

Warum auch nicht, ich kenne meine Vergangenheit zum Teil auch. Je länger wir im Labyrinth sind, je mehr wir uns dem letzten Tor nähern, desto deutlicher werden die Erinnerungen. Das bedeutet vielleicht, wir sind tatsächlich auf dem Weg nach Hause.

Aber dass Jeb alle retten konnte? Oder sie selbst?

Was meint Jenna damit?

Fragen, aber keine Antworten. Trotzdem war es plötzlich nicht mehr so einfach aufzugeben.

Was mache ich jetzt bloß?

Mary entschloss sich, noch eine Weile zu warten, ob Jenna wieder erwachte. Jenna war nicht in Ohnmacht gefallen, sie schien vielmehr in einen Erschöpfungsschlaf gesunken zu sein. Sie würde wieder erwachen, dann konnten sie alle Fragen klären. Jenna wäre dann erholt und wieder klar im Kopf.

Ja, so würde sie es machen.

Mary legte sich neben Jenna in den Sand. Einen Arm schob sie unter ihren Kopf, die Hand des anderen auf Jennas Bauch. So konnte sie selbst ein wenig ausruhen, die Augen schließen und würde spüren, wenn Jenna sich bewegte.

17.

Mary erwachte und verfluchte sich dafür, dass sie eingeschlafen war. Mit einem Ruck richtete sie sich auf. Neben ihr bewegte sich Jenna immer noch nicht. Das war nicht normal. Am Stand der Sonne erkannte Mary, dass bereits Stunden vergangen sein mussten.

Der Countdown!

Der Mittag ging langsam in den Nachmittag über. Noch immer war es heiß, aber ein leichter Wind sorgte für Abkühlung.

Mary rieb sich die Augen. Dann trank sie einen Schluck Wasser, um die Trockenheit aus ihrem Mund zu spülen. Die Flüssigkeit wurde schon wieder knapp, aber der Fluss war ja nicht weit entfernt. Für einen Moment überlegte sie, ob sie zurückgehen und die Flasche auffüllen sollte. Jenna würde Durst haben, wenn sie aufwachte, aber sie verwarf den Gedanken gleich wieder. Sie wollte das schlafende Mädchen nicht allein lassen.

Für einen Moment war sie ratlos, was sie nun tun sollte, aber dann beschloss sie, Jenna zu wecken. Vorsichtig fasste sie nach dem Arm des Mädchens und rüttelte ihn leicht.

Nichts.

Jenna zuckte nicht einmal, gab keinen Laut von sich, lag einfach nur regungslos da.

Mary rüttelte stärker, aber nichts veränderte sich. Dann schüttelte sie Jenna mit beiden Händen an den Schultern.

Keine Reaktion.

Panik stieg in ihr auf. Jenna war nicht tot, sie konnte sehen, wie sich ihr Brustkorb hob und senkte, aber sie war auch nicht wach zu bekommen. Mary vergaß alle Hemmungen. Sie brüllte Jennas Namen, rüttelte sie mit aller Kraft, aber nichts half. Aus Jennas Schlaf musste inzwischen eine tiefe Ohnmacht geworden sein.

Verzweifelt ließ sich Mary zurück in den Sand sinken.

Sie, ganz allein, mit der bewusstlosen Freundin. Mary legte ihr Gesicht in die Hände. Am liebsten hätte sie geweint, aber das half ja auch nicht weiter. Sie musste irgendetwas unternehmen.

Der Gedanke war noch nicht zu Ende gedacht, als sie spürte, dass sich etwas in ihrer Umgebung verändert hatte. Die Luft war wie elektrisiert. Zog etwa ein weiterer Sturm auf?

Erschrocken riss sie den Kopf hoch.

Links von ihr, in vielleicht dreihundert Meter Entfernung waren zwei Tore wie aus dem Nichts erschienen. Im blauen Licht pulsierend, erinnerten sie Mary daran, dass sie und Jenna sich noch immer im Labyrinth befanden und dass ein erbarmungsloser Countdown lief.

Wie viel Zeit blieb ihnen noch?

Sie hatten seit dem Countdown auf dem Schiff eine Nacht auf See und einen halben Tag auf der Insel überstanden. Das bedeutete, wenn es Nacht wurde, würden die Tore verschwinden. Was geschah, wenn man die Portale bis dahin nicht durchschritten hatte, wusste niemand, aber die Botschaft, die Jeb gefunden hatte, war eine deutliche Warnung gewesen.

Man würde für immer hier zurückbleiben. Bis in alle Ewigkeit.

Auf keinen Fall würde sie Jenna hilflos ihrem Schicksal überlassen. Und auch für sie selbst galt: Zusammen mit Jenna in dieser Welt zu verharren, war keine Option. Mary fürchtete sich vor dem, was dann geschehen mochte.

Es gab nur eine mögliche Entscheidung. Sie musste mit Jenna die Tore durchschreiten. Egal, was auf der anderen Seite lag, es war besser, als zurückzubleiben.

Als sie die schlafende Jenna betrachtete, wurde es Mary flau im Magen. Was, wenn Jenna nicht rechtzeitig erwachte? Was sollte sie dann tun?

Dann schleppst du sie zu den Toren und schiebst sie hindurch, meldete sich eine Stimme in ihr.

Jenna schleppen? Mary fühlte sich erschöpft und am Rand eines Zusammenbruchs. Die verdammte Angst um Jenna raubte ihr alle Reserven.

Mary stiegen die Tränen in die Augen, aber sie drängte alle Gefühle zurück und versuchte, klar zu denken.

Ihr war inzwischen klar, dass sie sich vergeblich Hoffnung machte, Jenna könnte aufwachen. Sie hatte mehrfach und mit allen Mitteln versucht, Jenna aufzuwecken, aber es war sinnlos.

Die Tore leuchteten noch immer. Ihr blaues Licht pulsierte bedrohlich in der nun fast finsteren Nacht. Direkt über ihnen war der Stern auszumachen. Höhnisch blinkte er auf Mary herab, als wolle er sie für ihre Schwäche verspotten.

Sie hatte kein Wasser mehr und in der Dunkelheit zum Fluss zu gehen, kam nicht infrage. Wenigstens war es nun kühl, sodass sie aufgehört hatte zu schwitzen.

Ein letztes, verzweifeltes Mal versuchte Mary, Jenna aufzuwecken. Sie schrie ihren Namen wieder und wieder.

Schließlich gab sie auf.

Müde erhob sie sich, klopfte den Sand von ihrer Kleidung. Mit einem entschlossenen Griff packte sie das Mädchen unter den

Achseln. Die Arme verschränkte sie vor Jennas Brust. Dann hob sie Jennas Körper an, richtete sich selbst auf und machte den ersten Schritt rückwärts. Hin zu den Toren.

Jenna war schlank, aber Mary kam nur keuchend voran. Sie verbot es sich, Jenna abzulegen. Sie mussten weiter. Im Licht der Tore sah sie die Spuren, die Jennas Schuhe in den Sand zogen.

Schon nach zehn Metern zitterten ihre Beine. In ihren Armen brannte es wie Feuer und sie atmete schwer. Vor jedem Schritt musste sie kurz Luft holen, die Umklammerung um Jennas Oberkörper schließen, nur um sich dann erneut nach hinten zu werfen und einen weiteren Schritt zu erkämpfen.

»Ach, Jenna, du kannst mich doch nicht alleinlassen. Bitte hilf mir«, flüsterte Mary. Es tat gut, die Worte auszusprechen.

Auf mich kommt es nun an.

Sie ging einen weiteren Schritt.

»Weißt du noch, wie wir im Labyrinth angekommen sind ...«
Heben, nach hinten stemmen und ziehen. Ein weiterer Schritt.
»... ich dachte, ich würde keinen einzigen Tag überstehen ... .«
Noch einen Schritt.
»... und schau, wie weit ich es geschafft habe. Vier Welten ... .«
Ein Schritt.
»... habe ich überstanden. Ich wusste nicht, dass ich so ...«
Ein Schritt.
»... stark sein kann.«

Mary hielt inne. Schnaufte. Reden und Jenna gleichzeitig durch den Sand ziehen funktionierte nicht besonders gut.

»Warum bist du nur so schwer?«, stöhnte Mary. Ihr Blick fiel auf Jenna, aber deren Gesicht lag im Schatten. Nur ab und zu, wenn Mary sich ein wenig zu den Portalen drehte, zuckte ein blauer Lichtfetzen über die Bewusstlose hinweg.

Mary schaute über ihre Schulter. Die Tore schienen weiter weg als jemals zuvor. Sie hatte noch nicht einmal ein Drittel der Strecke geschafft und war schon vollkommen aus der Puste. Ihre Kraft schien mit jedem Schritt schneller aus ihrem Körper zu fließen und sie hatte das Gefühl, demnächst zusammenzubrechen.

Sie musste sich ausruhen. Neue Energie schöpfen, aber sie ahnte, wenn sie Jenna jetzt absetzte, würde sie das Mädchen nie wieder anheben können.

Dann zog sie Jenna einen weiteren Schritt über den Strand.

Mary wusste nicht, wie sie es geschafft hatte, aber irgendwann leuchteten die Portale direkt vor ihnen auf. Als sie sich umdrehte, musste sie die Augen schließen, so hell war das Licht. Der Rhythmus, in dem die Tore pulsierten, war intensiver geworden. Fast wie ihr pumpender Herzschlag. Mary war klar, was das zu bedeuten hatte.

Die Zeit drängte.

Bald war Mitternacht.

Danach würden die Tore für immer verschwinden.

Ohne abzusetzen, schleppte sie Jenna vor das nächstgelegene Portal. Dort drehte sie sich, sodass Jennas Füße zum Tor zeigten.

»Gute Reise, Jenna«, sagte Mary leise.

Dann holte sie tief Luft und schob Jenna hindurch.

Nach und nach verschwand Jennas Körper im gleißenden Licht. Mary achtete darauf, sich selbst nicht zu weit vorzubeugen, auch wenn sie wusste, dass jedes Tor nur von einer Person benutzt werden konnte.

Als Jenna hinter dem Licht verschwunden war, seufzte Mary schwer auf. Das Tor pulsierte ein letztes Mal und löste sich auf. Der Strand lag nun einsam vor ihr und Mary fühlte sich alleingelassen.

Nicht weit entfernt lockte sie das zweite Tor mit seinem Licht herbei. Mary wusste, sie musste hindurchschreiten, um Jenna auf der anderen Seite beschützen zu können.

Noch einmal blickte sie sich um, sah das Meer, hörte das Rauschen der Wellen. Die Luft war kühl und es roch nach Seetang.

Ich will versuchen zu überleben. Für alle anderen, die sterben mussten.

Sie trat vor das leuchtende Tor und schritt nach einem Moment des Zögerns hindurch.

In eine andere Welt.

2. Buch

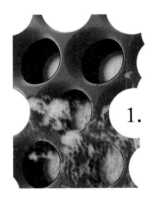

1.

Das Erste, was Mary wahrnahm, war, dass die neue Welt keine Farben hatte. Um sie herum nur Grau, Schwarz und Weiß. Der Himmel kannte keine Farben und auch die Landschaft nicht.

Die Landschaft?

Unglaublicherweise schien sie noch immer auf derselben Insel zu sein. Sie befand sich sogar an derselben Stelle, an der sie das Tor durchschritten hatte. Deutlich waren hinter ihr die Fußabdrücke und die Schleifspuren im Sand zu sehen, die darauf schließen ließen, dass sie genau an dieser Stelle Jenna durch den Sand geschleppt hatte.

Jenna.

Erschrocken sah sich Mary um.

Wo war Jenna?

Mary schaute sich suchend um, entdeckte sie aber nicht. Sie betrachtete die Spuren im Sand. Die Abdrücke waren eindeutig von ihr und endeten direkt an den beiden Stellen, an denen die Tore gestanden hatten. Es gab keine Hinweise darauf, dass Jenna in dieser Welt erschienen und weggelaufen war, denn keinerlei Spuren führten von hier weg. Mary fühlte Unruhe in sich aufkommen, aber noch gab es ja die Möglichkeit, dass Jenna an einer anderen Stelle der Insel aufgetaucht war. So ähnlich war es ihr in der Eiswelt ergangen, als sie abseits von den anderen gelandet war und die Gruppe sie erst hatte suchen müssen.

Bleib jetzt ruhig. Jenna muss hier irgendwo sein. Ich habe sie mit eigener Kraft durch das Tor gestoßen, also muss sie sich in dieser Welt befinden.

Andererseits. Was, wenn nicht? Wenn Jenna nicht hier war und auch nicht mehr auftauchen würde? Mit der Frage, wie das möglich sein konnte, zerbrach sich Mary den Kopf. Vielleicht war es nur wieder eines dieser perfiden Spielchen des Labyrinths.

Mary grübelte nach, aber kam zu keinem Ergebnis. Es blieb nur eine Frage: Was sollte sie dann tun? Sie wusste es nicht und schob den Gedanken so weit wie möglich von sich. Sie würde nicht aufgeben. Mary formte einen Trichter mit den Händen.

»Jenna«, rief sie.

Stille.

Nun betrachtete Mary zum ersten Mal ihre neue Umgebung. Es war still und es schien, bis auf die Farben, alles genau so wie schon auf der Insel, von der sie gekommen war. Und trotzdem war alles anders. Die Bäume und Büsche hatten keine Blätter mehr. Kahl ragten ihre nackten, trockenen Äste in die Luft. Die eben noch dicken Palmwedel waren verdorrt. Nirgends ein Hauch von Grün. Diese Insel war tot.

Im Hintergrund machte sie nun einen nackten, zerklüfteten Berg aus, der durch den Bewuchs zuvor nicht sichtbar gewesen war. Mächtig und schroff thronte er über der Insel. Mary glaubte, dass es sich bei dem Berg um einen erloschenen Vulkan handeln könnte, denn das Massiv hatte keinen spitzen Gipfel, sondern war am höchsten Punkt flach. Warum auch immer, der Anblick des Vulkans ließ sie erschaudern. Fast war es, als würde eine stille Bedrohung von ihm ausgehen. Dabei lag er einfach nur ruhig und verlassen da. Und dann sah sie etwas, das ihr Hoffnung gab.

Sie entdeckte den Stern. Direkt über dem Kegel stand er am Firmament und nun glaubte Mary, auch einen blauen Schimmer auszumachen, der auf dem höchsten Punkt des Vulkans pulsierte. Es war die einzige Farbe weit und breit. Marys Herz klopfte ihr bis zum Hals.

Das letzte Tor!

Mein Tor, ging es Mary traurig durch den Kopf. *Mein eigenes Tor, das einzige, das noch übrig ist – für die Einzige, die noch übrig ist.*

Dort oben stand es. Ein Versprechen auf Rückkehr ins eigene Leben. Das Ende allen Leidens. Vielleicht. Wahrscheinlich, hoffentlich.

Mit dem Leuchten des Tores schien die Umgebung noch mal eintöniger und farbloser zu werden. Der Anblick war Mary mehr als unheimlich. Es schien so, als wäre alles mit Asche überzogen ... wie in der Eiswelt, als es Asche geschneit hatte. Nur dass es hier heiß war. Aber warum fehlten plötzlich die Farben? Diese Welt war identisch mit der anderen und doch so verschieden. Es schien, als wäre sie in einem Schwarz-Weiß-Film gelandet. Wie konnte das sein? Lag es an ihr? Konnten ihre Augen nur noch Schwarz und Weiß und Grau in allen Schattierungen wahrnehmen? Andererseits, sämtliche Pflanzen schienen verdorrt zu sein und das konnte nichts mit ihren Augen zu tun haben.

Mary schaute zum strahlend weißen Himmel auf. Obwohl eine Art Zwielicht herrschte und die Insel in lange Schatten tauchte, war der Himmel weiß und grell. Sie schloss gleich wieder schmerzhaft geblendet die Augen.

Eine weitere Frage blieb hartnäckig in ihrem Kopf.

Sie drehte sich in jede Richtung, brüllte, so laut sie konnte, Jennas Namen, aber es gab keine Reaktion, kein Geräusch. Verlassen lag der Strand vor ihr.

Mary setzte sich in den warmen Sand. Sie konnte nicht abschätzen, wie spät es jetzt sein mochte. Es war dunkel und hell zugleich ... als wäre sie in einer Art Dämmerung gefangen, in der sich die Sonne keinen Raum erkämpfen konnte. Ob oder wie heiß es noch werden würde, war also nicht abzusehen. Sie zog die leere Wasserflasche aus dem Hosenbund. Wenn dies tatsächlich dieselbe Insel war, konnte der Fluss, den sie am Tag zuvor entdeckt hatte, nicht weit entfernt sein.

Sie legte eine Hand unter das Kinn und dachte nach. Wo war Jenna? Warum hatte diese Welt keine Farben? Alle Pflanzen waren abgestorben und es schien kein Leben zu geben. Warum war das so?

Und was bedeutete das für sie, Mary, die diese Welt durchqueren musste bis zu ihrem höchsten Punkt.

Auf den Vulkan. Auf seinem Gipfel leuchtete das letzte Tor. Konnte es sein, dass dieses Portal wirklich der Weg zurück ins eigene Leben war?

Jebs Botschaft hatte genau das behauptet. Sehnsucht keimte in ihr auf, aber erlosch sofort wieder, als sie an ihre Vergangenheit dachte. Für sie war der Weg dank ihrer düsteren Erinnerungen keine Reise ins Ungewisse mehr. Mary wusste, für sie gab es kein Leben ohne León, und sie wollte weder ihrem Vater noch ihrer Mutter jemals wieder begegnen. Einzig David war es wert zurückzukehren. Ihren Bruder zu beschützen, wäre eine Aufgabe, für die es sich zu leben lohnte, aber Mary spürte, dass sie kaum Kraft mehr hatte. In keinerlei Hinsicht. Jeder Lebensfunke in ihr war erloschen. Aber etwas anderes in ihr glühte auf.

War es ... Neugier? Oder Trotz, weil sie es dem Labyrinth beweisen wollte? Oder Rachelust, die sie für all die verstorbenen Freunde aufzubringen bereit war?

Sie hob den Kopf an, schaute sich um.

Ich muss Jenna finden. Sie soll das letzte Tor durchschreiten, denn im Gegensatz zu ihr glaube ich nicht, dass es Jeb vorbestimmt war zu überleben. Jenna sollte es sein.

Der schale Geschmack in ihrem Mund und ihr trockener Rachen erinnerten sie daran, dass sie unbedingt etwas trinken musste. Mühsam rappelte sich Mary auf, blickte sich noch einmal um, dann marschierte sie durch den weißen Sand, an grauem Gebüsch und schwarzen Muscheln vorbei in Richtung Fluss.

Während sie durch den Sand stapfte, wurde ihr die Trostlosigkeit der Umgebung immer mehr bewusst. Dieses Land war wie der Tod selbst, ohne ein Versprechen auf Leben. Kein Ort, um zu rasten, nur eine finstere Durchgangsstation in die nächste Welt. Die Luft roch abgestanden. Ein metallischer Geschmack legte sich in ihren Mund.

Sie war allein. Und wenn Jenna es nicht hierher geschafft hatte, das einzige Lebewesen auf der Insel.

Die Sonne, auch wenn sie keine Helligkeit, nur Hitze verströmte, stieg immer weiter am Himmel empor. Es wurde heißer. Mary fragte sich inzwischen, ob sie in die richtige Richtung ging, denn ihrem Empfinden nach hätte sie den Fluss längst erreichen müssen, aber vielleicht täuschte sie sich auch, denn heute kam sie viel langsamer voran als am Tag zuvor.

Ich verdurste.

Zehn Minuten später machte der Strand einen leichten Bogen in ein Wäldchen, das ihr bekannt vorkam, und tatsächlich: Dort plätscherte der Fluss.

Mary beeilte sich, näher zu kommen. Ihr Durst war nun kaum mehr auszuhalten. Sie beugte sich im Schatten des verdorrten Gestrüpps an sein Ufer ... da sah Mary, dass sein Wasser jetzt nicht mehr im Sonnenlicht leuchtete, sondern trüb und abgestanden wirkte. Sie warf sich trotzdem hinein, aber anstatt Kühle und Erfrischung fand sie nur eine lauwarme Brühe, die auch noch bitter schmeckte, als sie davon trank. Trotzdem war es ein gutes Gefühl, den Durst zu löschen. Auch wenn sie nach einigen hastigen Schlucken würgen musste angesichts des dumpfen Geschmacks. Sie genoss die Nässe auf ihrer Haut, auch wenn sie keine solche Erfrischung bot wie noch am Vortag.

Was, wenn sie einfach hierbliebe? In der Sicherheit des Wassers ... sie würde nicht verdursten. Sie würde das Ende abwarten. Abwarten, bis Jenna auftauchte. Oder bis das letzte Tor verschwand. Sie könnte einfach hier ...

Plötzlich spürte Mary, dass sie beobachtet wurde. Sie wirbelte herum. Da! Im Gegenlicht des hellen Himmels zeichnete sich eine Gestalt ab.

Jenna?

Nein, der Schattenriss stimmte nicht.

Sie hörte kein Flüstern und Raunen, kein Kreischen ... es konnte also auch nicht die Gestalt sein, die sie am meisten fürchtete.

Wer war das?

Ein Fremder?

Zaghaft richtete sie sich auf und sah die Gestalt herausfordernd an.

»Hallo«, sagte nun eine Stimme, die ihr bekannt vorkam. Aber es dauerte einen Moment, bis sie den Klang einordnen konnte. Und auch dann wollte sie nicht daran glauben, sie gehört zu haben. Es konnte nicht sein! Oder doch?

Mary musste sich räuspern. »Tian? Bist du das?«

Der Schemen bewegte sich, trat einen Schritt zur Seite, hinaus aus den Schatten und Mary erkannte, dass er es tatsächlich war.

Bin ich verrückt geworden? Haben mir die Hitze und diese seltsame Insel so zugesetzt, dass ich nun an Halluzinationen leide?

Das wäre ja nichts Neues, rief sie sich in Erinnerung. Schließlich hatte sie auf dem Schiff eine Spanierin getroffen, die niemand sonst gesehen hatte.

Aber ... Tian kann nicht hier sein. Er ist tot. Gestorben in der ersten Welt. Kathy hat ihn umgebracht.

»Wo sind die anderen?«, fragte der Junge, der unmöglich noch am Leben sein konnte. Vier Welten und eine erloschene Existenz trennten sie voneinander.

»Ich ... verstehe nicht«, stammelte Mary. »Wie kommst du hierher? Bist du Wirklichkeit oder halluziniere ich?«

Ein kaum hörbares Glucksen war die Antwort. Typisch für Tian. »Wenn ich eine Halluzination wäre, würde ich das wohl kaum zugeben.« Tian kam näher, ging vor ihr in die Hocke und Mary konnte endlich in sein Gesicht sehen. Es gab keine Abschürfungen und auch sein Körper schien unversehrt, wenn das, was sie vor sich sah die Wirklichkeit war, dann hatte er den Absturz unbeschadet überstanden. Aber auch das erklärte nicht, wie er hierhergekommen war.

»Ich habe Schwierigkeiten, mich zu erinnern«, sagte Tian. »Alles ist wie im Nebel verborgen. Was ist geschehen? Wo sind León, Kathy, Jeb, Mischa und Jenna?«

»Sie sind tot. Alle. Wahrscheinlich alle, denn Jenna habe ich noch nicht gefunden.«

»Tot?« Seine Stimme war leise.

»Und du müsstest auch tot sein.«

Er zuckte zurück, sah sie verblüfft an. »Wie könnte ich tot sein? Ich stehe hier vor dir. Du siehst mich doch.«

»Vielleicht bist du es, aber vielleicht spielt mir auch mein Gehirn irgendetwas vor und ich rede gerade mit einem Felsbrocken.«

Tian grinste. »Mary, das ist doch lächerlich.«

»Du hast ja keine Ahnung, was ich mitgemacht habe. Also rede nicht davon, dass irgendetwas lächerlich ist. Ich habe sie alle verloren. Kathy, Mischa, León, Jeb und Jenna. Und dich auch. Du warst der Erste und die anderen sind dir auf grausame Art und Weise gefolgt.«

»Ich fühle mich jedenfalls ziemlich am Leben.« Er beugte sich ein Stück vor. »Berühr mich. Und du wirst sehen, dass ich es wirklich bin.«

Mary schüttelte den Kopf. Vielleicht, so dachte sie, wäre es besser, im Unklaren zu bleiben. Tians Anwesenheit gab ihr Trost – und Kraft. Wenn er sich gleich bei ihrer ersten Berührung in Luft auflösen würde ... wäre sie wieder allein. »Ich *will* dir ja glauben. Außerdem wäre es doch kein Beweis. Wenn man träumt, glaubt man auch, alle wären real. Vielleicht bin ich einfach nur total verrückt.«

»Verrückte wissen nicht, dass sie verrückt sind.«

»Woran kannst du dich erinnern?«, fragte Mary nun. »Sag mir, was das Letzte ist, woran du dich erinnern kannst.«

Tian zuckte mit den Schultern. »Der Abgrund. Die Schlucht. Ich auf dem Seil. Ich hangele mich entlang, habe panische Angst, aber ich werde es schaffen. Ich werde es mir und allen anderen beweisen.«

Mary nickte zustimmend, bevor sie ergänzte: »Du bist nie auf der anderen Seite angekommen. Kathy hat das Seil durchgeschnitten und du bist in die Tiefe gestürzt.«

Er schüttelte verzweifelt den Kopf. »Nein, das kann nicht sein. So einen Sturz hätte ich niemals überlebt.«

Erneut nickte Mary. »Eben. Außerdem haben wir Tore benutzt, in jeder Welt, es hätte für dich keine Gelegenheit gegeben, uns zu folgen.«

Tian sah sie nachdenklich an. »Mary, was bedeutet das denn?«

»Ich weiß es nicht«, entgegnete sie. »Ich bin einfach nur erschöpft. Eigentlich müsste ich Jenna suchen, stattdessen treffe ich dich hier, obwohl das unmöglich ist.«

Tian ließ seinen Blick über die Landschaft schweifen, bis zum Vulkan.

»Ist dort das Tor?«

»Ja, das letzte. Es ist der Zugang zu der Welt, aus der wir stammen. Kannst du dich an irgendetwas aus deinem früheren Leben erinnern?«, fragte sie ihn.

Tian runzelte die Stirn. Mit einer Hand strich er sich eine Haarsträhne aus dem Gesicht, von der Mary wusste, dass sie eigentlich blau war, doch nun wirkte sie grau und blass. Der Glanz war verschwunden.

»Wenig«, sagte Tian. »Ich habe eher nur Bilder. Meine kleine Schwester Szu, meine Großmutter.«

»Und du? Was ist mit dir?«, hakte Mary nach.

Er zögerte, schüttelte langsam den Kopf. »Ich habe gespielt.«

»Gespielt? Was soll das heißen?«

»Es war eine Art Job. Wir spielten, in einer großen dunklen Halle, lauter junge Gesichter vor Monitoren.«

»Was spielt ihr? Warum?« Mary blickte prüfend zum Himmel. Es drängte sie weiter.

»Mein Game hieß ›Last Man Standing Berlin‹. Wir sind arm und verdienen damit Geld. Was wir erspielen, verkauft der Hallenbesitzer teuer an andere Gamer weiter.«

»Verstehe ich nicht. Wozu ist das gut?«

»Man nennt das ›Goldfarming‹.«

»Nie gehört. Aber Tian, was hat das damit ...« Mary machte eine ausladende Handbewegung über die graue Landschaft hinweg. »Meine Schwester Szu«, unterbrach er sie. »Es ist meine Schuld. Ich hätte auf meine Schwester aufpassen sollen, ich sehe mich noch, wie ich stattdessen stundenlang vor der Playstation saß. Dann ist da eine Lücke in meiner Erinnerung, aber ich hatte rasende Kopfschmerzen und sie war nicht mehr da. Ich habe sie überall gesucht, sie war nirgends zu finden, auch nicht mit Polizei und allem. Jemand hat sie gepflückt wie einen Apfel vom Baum. Seit diesem Tag scheint die Sonne nicht mehr.«

»Wie schrecklich«, meinte Mary, ihre Stimme war nur noch ein Flüstern.

Tian blieb stumm und blickte mit leeren Augen umher.

Ist das die Antwort auf unsere Fragen? Sind wir im Labyrinth, weil wir eine Schuld auf uns geladen haben? Dann bin ich hier, weil ich David im Stich gelassen habe.

»Du musst zurück, denn dir scheint es ähnlich ergangen zu sein«, sagte Tian schließlich. »Du kannst dich und die, die du liebst, noch retten. Für mich ist es wohl zu spät, aber du kannst die Dinge noch hinbiegen.« Er hob die Hand, als er sah, dass sie etwas erwidern wollte. »Du kannst es nicht ungeschehen machen, aber du kannst verhindern, dass es weitergeht.«

Mary senkte den Kopf. »Du weißt nicht, was du da von mir verlangst. León ist ...«

»... tot!«

Sein Blick war hart, seine Stimme auch. »Ich weiß. Aber sieh mich an, ich habe keine Chance mehr und würde alles dafür geben. Du wirst in unserer alten Welt gebraucht.«

Sie sah ihn an, entdeckte Tränen in seinen Augen und spürte selbst einen Kloß im Hals.

»Ehrlich, Tian, ich weiß nicht, ob ich noch weiterkann.«

»Doch, du kannst. Sieh dich an. Du bist stärker, als wir alle vermutet haben, und so weit gekommen, du kannst auch noch das letzte Stück schaffen.«

»Ich habe Angst. Was wird mich hinter dem letzten Tor erwarten?«

Tian blickte sich um. »Diese Welt ist wohl alles, was mir geblieben ist. Aber du kannst noch etwas ändern, wie schwer das auch sein mag.«

Mary schwieg.

Er richtete sich auf. Klopfte mit den Händen auf die Hose, so als rufe er sich selbst zum Aufbruch. Seine Silhouette verschwamm mit dem gleißenden Weiß des Himmels.

»Du musst jetzt gehen«, hörte sie ihn noch sagen. »Du musst für uns alle weitermachen.«

Mary blinzelte.

Dann war er verschwunden.

2.

Alles, was eben passiert war, schien so real. Sie hätte nur die Hand ein wenig ausstrecken müssen, um ihn zu berühren. Aber sie hatte es nicht getan. Weil sie die Illusion, falls es eine gewesen war, nicht zerstören wollte.

Sie stieg aus dem Wasser, schaute sich um. Es war keine Spur von Tian zu sehen und auch keine Fußabdrücke im Sand gaben Aufschluss darüber, dass er wirklich hier gewesen war.

Alles hatte sich nur in ihrem Kopf abgespielt.

»Oh, mein Gott«, stöhnte Mary. Sie leckte über ihre aufgesprungenen Lippen. Sie dachte über Tians Worte nach.

Stimmte es, was er sagte? Dass es ihre Aufgabe war, durch das letzte Tor zu gehen? Um David zu helfen. Aber auch Jennas merkwürdige Aussage, Mary könne alle retten, wenn sie dem Stern folge, geisterte in ihrem Kopf herum.

Mary blickte mit zusammengekniffenen Augen zum Himmel. An den seltsamen Lichtverhältnissen hatte sich nichts verändert: Am Himmel herrschten gleißende Helligkeit, am Boden Dämmerung und Schatten. Es war eine so unnatürliche Umgebung, dass es Mary so vorkam, als wolle die Insel alles Leben auslöschen. Aber was hieß da jedes Leben, es gab ja nur noch ihres, denn dass sie Jenna noch finden würde, wagte sie nicht zu hoffen.

Sie war allein.

Mary nahm die Trinkflasche und füllte sie auf. Mit leisem Glucksen floss das trübe Wasser hinein. Plötzlich spürte sie, wie sich die feinen Haare in ihrem Nacken aufrichteten. Sie verschraubte die Flasche und erhob sich.

Dort. Nicht weit entfernt, etwas den Fluss hinauf, stand jemand im Wald. Ein Mädchen, die Silhouette war eindeutig.

Jenna! Das konnte nur Jenna sein.

Sie war also doch hier! Mary verschloss im Laufen die Flasche und hastete ein Stück ins Inselinnere. Hier war der Weg verwachsen und es war mühsam, sich durch die dornigen Büsche zu schlagen.

Aber Marys Herz jubelte, sie blieb stehen und legte eine Hand über ihre Augen. Das Licht des Himmels blendete sie so sehr, dass sie Jennas Gesicht nur als hellen Fleck vor einem dunklen Hintergrund wahrnahm.

»Jenna!«, rief sie und winkte, aber das Mädchen blickte nicht in ihre Richtung, sah an ihr vorbei zum Strand.

Hält sie immer noch nach Jeb Ausschau?

Jennas Verhalten verunsicherte sie. Warum drehte sie sich nicht um? Jenna musste sie doch hören. Hier war es totenstill und kein Windhauch ging, der ihre Worte hätte davontragen können.

Hier stimmte etwas nicht.

Ist das Jenna oder spielt mir mein Verstand erneut einen Streich? Es gibt nur einen Weg, das herauszufinden.

Mary stapfte los und schlug sich durch das Gebüsch am Ufer des Flusses. Die vertrockneten Äste ritzten ihre Haut auf, aber Mary ignorierte die Schmerzen. Es waren nur fünfzig Meter, die sie von Jenna trennten.

Während sie dem Mädchen näher kam, stellte sie fest, dass die Größe nicht mit Jennas übereinstimmte. Die Haare waren auch nicht hell wie erwartet, sondern dunkel und lockiger als die von Jenna.

Dann endlich sah sie das Gesicht der Gestalt. Der Blick des Mädchens richtete sich auf sie und Mary erschrak.

Kathy!

Zweifel gab es keine, auch wenn es unmöglich sein sollte, dass ihre alte Feindin hier aufgetaucht war. Genau so unmöglich wie Tians Erscheinen, erinnerte sie sich. Genau so unmöglich wie schon Kathys Wiederkehr im weißen Labyrinth gewesen war. Auch dort hatte sie geglaubt, Kathy gegenüberzustehen, aber wie sie später festgestellt hatte, war auch das nur eine Halluzination gewesen. Also war auch das hier nicht wirklich Kathy.

Mary blieb stehen. Kathy schaute sie an. Sie lächelte nicht, schien fast ein wenig traurig.

Etwa sieben Meter trennten sie voneinander und Mary konnte nun alle Details an dem anderen Mädchen ausmachen. Unwillkürlich blickte Mary nach unten, auf Kathys Bauch. Das T-Shirt war unversehrt. Kein Blut, kein Riss an der Stelle, an der Mary das Messer in Kathys Unterleib gestoßen hatte.

Sie atmete auf. Kathy sah so aus, wie Mary sie das erste Mal gesehen hatte. Nur dass die Jacke und der Rucksack fehlten.

»Hi Mary«, sagte Kathy.

Während sie bei Tian das Gefühl gehabt hatte, seine Erscheinung habe ihr Mut gemacht, so war sich Mary unsicher, was sie von Kathy zu erwarten hatte. Zumindest konnte sie sich beruhigen, dass das andere Mädchen unverletzt war. Sie war also vermutlich nicht auf Rache aus, dafür, dass Mary sie einmal beinahe umgebracht hatte.

»Du hast viel mitgemacht«, meinte Kathy. »Hast du es in die vierte Welt geschafft? Wo sind die anderen, die mich in der Eisstadt verstoßen haben?«

Das ist alles nicht wahr. Kathy ist nicht wirklich da und stellt dir Fragen.

»Sie sind tot.«

Kathy lachte auf.

»Kleine Mary, hör dir doch nur selbst zu. Was faselst du da? *Tot, alle tot.*«

Ein teuflisches Grinsen legte sich über das Gesicht der Rothaarigen. »Gib es doch zu, du hast zum Schluss alle anderen umgebracht, um zu siegen, nicht wahr, Little Bloody Mary?«

Mary wich zurück und schüttelte nur stumm den Kopf. Dann fing sie sich wieder: »Es macht keinen Sinn, mit dir darüber zu sprechen, du bist nicht wirklich. Auch du bist tot.«

Kathy trat einen Schritt näher.

»Ich bin also nicht wirklich. Tot sogar! Nur ein Geist. Ist es das, was du mir sagen willst?«

»Ich gehe jetzt«, erklärte Mary der Illusion.

Das andere Mädchen stellte sich ihr in den Weg.

»Schau mich an«, verlangte Kathy. Dann legte ihr Kathy eine Hand auf die Schulter. Es war ein Gefühl, als ströme flüssiges Eis durch ihren Körper.

So war es also, wenn man diese Ausgeburten ihrer Fantasie berührte.

Mary taumelte zurück.

»Was? Wie ...?«

»Nun hab dich nicht so«, sagte Kathy. »Ich will dir nichts Böses. Nicht mehr. Willst du nicht wissen, was mit mir geschehen ist?«

»Nein«, rief Mary laut. »Das will ich nicht.« Sie beugte sich vornüber und presste ihre Handflächen auf die Ohren.

»Ich sage, dir was passiert ist, nachdem ich dich befreit habe.« Sie hörte Kathys Stimme klar und deutlich, da fiel Mary eine alte Melodie ein:

One for sorrow,
Two for joy,
Three for a girl.

Mary begann, ein altes Kinderlied zu singen, um sie zu übertönen, aber Kathys Worte drangen dennoch zu ihr durch.

And four for a boy,
Five for silver.

»Ich habe die Verfolger auf meine Fährte gelockt und ich wäre ihnen entkommen, wenn mich nicht dieser Scheißköter eingeholt hätte. Das Mistvieh hat mich angesprungen, aber ich habe ihm mein Messer in den Rachen gerammt.«

And six for gold,
Seven for a secret,
Never to be told.

Kathys Gesicht war nun verzerrt und ihre Hände fuchtelten wild herum, so als kämpfe sie gegen einen unsichtbaren Gegner. »Schließlich stellten sie mich in einer Sackgasse und es gab nur noch einen Weg. In eines der Häuser. Bis zum Dach habe ich es geschafft, aber dann haben sie mich eingeholt. Bevor es zum Äußersten kam, habe ich mich in die Tiefe gestürzt.«

Eight for a letter over the sea,
Nine for a lover as true as can be.

Mary nahm ihre Hände von den Ohren.

»Dann ... bist du auf die gleiche Art gestorben wie Tian?«

»Ja, aber irgendwie habe ich überlebt und jetzt bin ich hier bei dir.«

Mary nahm nun all ihren Mut zusammen und sprach aus, was sie befürchtete. Illusion oder nicht, Kathy wäre nicht Kathy, wenn sie nicht auf ihren Vorteil bedacht wäre. Wenn sie nicht Mary daran hindern wollte, das letzte Tor zu erkämpfen. »Du bist bei mir, um mich davon abzuhalten, das letzte Tor zu durchschreiten.«

Kathy sah sie verwirrt an. »Kleine Mary. Wie könnte ich das tun? Ich bin hier, um dir ...«

»Ich will nicht mit dir kämpfen. Ich muss zum letzten Tor, bevor ich endgültig den Verstand verliere. David braucht mich. Ich bin verloren, aber ihn kann ich retten.« Mary schloss die Augen.

Stille.

Nach wenigen Sekunden öffnete sie die Lider wieder. Und tatsächlich – Kathy war verschwunden. Es hatte sie nie gegeben. Mary lächelte, aber das Lächeln erstarb auf ihren Lippen, als sie Kathys Fußabdrücke im matschigen Waldboden sah. Wenn Kathy nicht wirklich da gewesen war, wie konnte sie dann Spuren in der Erde hinterlassen? Von Tian hatte es keine Spuren gegeben. War Kathy etwa doch real? Was hatte sie vor? War Kathy etwa schon auf dem Weg zum Vulkan?

Lebens- und Kampfeswillen flammten in Mary auf. Sie fasste nach ihrem Schädel, der sich anfühlte, als platze er gleich, aber dann vergaß sie allen Schmerz ...

... als ein untrügliches Kreischen und ein Flüstern erklangen, die ihr bis in die Knochen fuhren und ihre Sorge um Kathys Vorsprung, so sie denn überhaupt da gewesen war, verblassen ließen. Die unwirklichen Laute schienen von direkt neben ihr zu kommen. Sie fuhr herum.

Nichts.

Da, da war es wieder, das Flüstern, das sie von unzähligen Nächten kannte. Beinahe meinte sie, seinen warmen Atem an ihrem Hals spüren zu können.

Meine kleine Mary, komm zu Daddy.

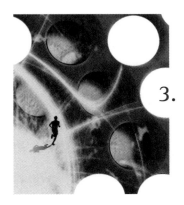

3.

Panik erfasste sie wie eine Welle. Das Jaulen ertönte. Und so begriff Mary, dass er noch fern war. Aber Entfernung bedeutete hier nichts, denn sie befand sich auf einer Insel und konnte nicht entkommen. Sie war in einer ebensolchen Sackgasse, wie Kathy es auf dem Haus in der Eisstadt gewesen war ...

Mit dem Unterschied, dass Mary eine Chance hatte. Sie musste es rechtzeitig zum letzten Tor schaffen.

Plötzlich war Wind aufgekommen und wehte Mary heiß ins Gesicht, spielte mit ihrem Haar. Ihr Herz klopfte wild, während sie versuchte auszumachen, aus welcher Richtung das Flüstern des Seelentrinkers gekommen war. Ihre Augen suchten fieberhaft die Umgebung ab, durchbohrten mit Blicken die kahlen Bäume und Büsche.

Wo war ER?

Und wie viele waren es diesmal?

Sie hatte nur eine Stimme, ein Kreischen, gehört, aber das bedeutete nicht automatisch, dass er allein war. Die anderen konnten sich hier irgendwo verstecken und ihr auflauern. Vielleicht war die Falle schon gestellt. Und in der ewigen Dämmerung dieser Welt wäre sie ihren Verfolgern zu jeder Zeit ausgeliefert. Mary brach der Schweiß aus allen Poren. Sie konnte ihre Angst riechen, auf der Zunge schmecken. Jetzt bedauerte sie, dass Kathy verschwunden war. Halluzination oder nicht, wenigstens war sie nicht allein gewesen.

– *Mary, mein Mädchen. Hast du Daddy lieb?* – erklang ein neuer, schauriger Ruf. Aber kein Heulen antwortete ihm. Das Jaulen kam von rechts, also musste sie sich auf dem Weg zum Vulkan möglichst links halten, wenn sie zum Portal wollte.

Und das will ich.

Ihm allein konnte sie vielleicht davonlaufen. Wenn sie ihm dann begegnen sollte, würde sie schon wissen, was zu tun war. Das, was schon seit so langer Zeit in ihr aufgelodert war. Sie musste sich ihm stellen. Auf dem Schiff war er entkommen, als Jeb nach ihm gesucht hatte.

Spätestens jetzt war Mary klar, dass es ein Fehler gewesen war, Jeb gehen zu lassen. Sie hätte schon an Bord der MARY damit abschließen können, wenn sie die Konfrontation mit ihren Vater gesucht hätte. Sie musste sich ihrer Vergangenheit stellen. Nicht davor davonlaufen. Sondern sie abschließen, ihren Vater von sich stoßen und bloßstellen. Ein für alle Mal.

Ich weiß, ich kann es schaffen. Aber zunächst muss ich zum Tor kommen, von dort aus sehen wir weiter, ob er mich überhaupt findet. Ich habe eine Chance, wenn ich mir einen ordentlichen Vorsprung erarbeite.

Mary wusste, es würde schwer werden, ihren Verfolger abzuhängen, denn sie hatte kaum noch Kraft für eine Verfolgungsjagd auf Leben und Tod. Keine Energie für einen Kampf gegen die Vergangenheit.

Mary lauschte. Kein Flüstern. Kein Wispern, das der Wind herantrug. Der Jäger war noch entfernt, aber er würde unaufhaltbar näher kommen, er würde wissen, wohin sie ging, daran hatte Mary keinen Zweifel.

Sie blickte sich noch einmal um. Dann stopfte sie die gefüllte Wasserflasche in den Hosenbund und marschierte los. Da das dichte Gestrüpp am Flusslauf es ihr unmöglich machte, die richtige Richtung auszumachen, entschied sie sich für einen Umweg. Vom Strand aus konnte sie, im Gegensatz zum Wald, den Stern ausmachen. Zwar hätte sie hier den Fluss als Wasserlieferant in der Nähe gehabt, aber was half ihr das, wenn sie sich nicht orientieren konnte?

Erst mal zum Strand zurück und dann dort entlang. Hier lief es sich einfacher und sie konnte vielleicht den Abstand weiter vergrößern. So könnte sie womöglich auch einen Pfad in den Wald finden, der sie zum Vulkan brachte. Dann würde sie in Richtung Vulkan abbiegen. Sie schaute zum Felsmassiv hinüber.

Wie weit das Tor wohl entfernt ist?

Zehn Kilometer schätzte sie und dann musste sie sich ja auch noch an den Aufstieg machen. Mindestens weitere eintausend Meter und die steil bergauf.

Wie soll ich das bloß schaffen?

Der Sand unter ihren Füßen knirschte. Der Strand war wie ausgebacken, mit tiefen Rissen. Es war ein unheimliches Bild, so als wäre die Insel ein riesiges verwundetes Tier, das im Sterben lag. Das Fehlen jeglicher Farben machte alles noch unwirklicher und bedrohlicher. Der Wind raschelte in den dürren Ästen und Zweigen. Ein metallischer Geruch lag in der Luft, wie bei einem Gewitter kurz vor der Entladung. Ein bitterer Geschmack hatte sich auf Zunge und Lippen gelegt, den sie nicht loswurde. Mary blickte zum Wald. Wie ein gigantischer Scherenschnitt zeichnete er sich vor dem bleigrauen Himmel ab. Bilder formten sich vor ihren Augen, wenn sie genauer hinsah. Bilder von hässlichen Menschen, die einen seltsamen Reigen aufführten, immer wenn der Wind durch die Bäume strich.

An so etwas darf ich jetzt nicht denken. Ich darf mich nicht ablenken lassen. Vorwärts. Nur immer wieder vorwärts.

Sie zwang sich, die Schmerzen in ihrem Körper zu vergessen, das Raspeln des Windes auf ihrer geschundenen Haut zu ignorieren.

Ja, so ist es richtig.

Sei ein Tier. Ein Tier auf der Flucht.

Mary machte einen Schritt nach dem anderen. Alle zwanzig Schritte blieb sie stehen und lauschte nach ihrem Verfolger, aber es blieb still. Vielleicht nahm er zunächst leise witternd ihre Spur auf? Mary schnürte es bei der Vorstellung die Kehle zu, dass er sie längst ins Visier genommen haben könnte.

Ihr Blick schweifte zum Meer, dessen Wasser ein einziger gleißender Spiegel war. Keine Welle, kein Hauch von Bewegung und gleichzeitig wehte ihr der heiße Wind entgegen. Auch das war so unnatürlich und unheimlich. Die Welten im Labyrinth hatten ihre eigenen Gesetze und Regeln. Entweder man passte sich an oder starb.

Dieser Gedanke ließ sie kurz an Jenna denken. Eine einzelne Träne lief über ihre Wange, aber Mary wischte sie nicht weg.

Während sie durch die unbarmherzige Hitze taumelte, schweiften ihre Gedanken wild umher. Sie versuchte zu verstehen, wieso ausgerechnet Tian und Kathy aufgetaucht waren, seit sie hier gelandet war. Aber all ihre Überlegungen tanzten wild durch ihren Geist, ließen sich nicht greifen.

Bald dominierte nur noch ein Wunsch ihre Gedanken: dass auch León sie auf diesem Weg begleiten möge.

Nach mehreren Stunden machte sie eine kurze Pause. Schnaufend trank sie einen Großteil des Wassers. Zurück blieb das Gefühl, niemals genug trinken zu können, um ihren Durst zu löschen. Mit einem Seufzer verstaute sie die Plastikflasche.

Plötzlich fiel ihr auf, dass ihr Schatten verschwunden war. Trotz der unnatürlichen Lichtverhältnisse hatte ihr Körper einen Schatten auf den hellen Sand geworfen, nun aber war dieser fort. Sie riss den Kopf in den Nacken. Ohne dass sie es bemerkt hatte, waren dunkle, tief hängende Wolken aufgezogen, die vom Meer kommend über das Eiland drängten. Die Düsternis auf der Insel nahm zu – und Mary wusste sofort, was das bedeutete. Sie war in unmittelbarer Gefahr.

Mary schaute den Weg zurück und glaubt,e in der Ferne einen Umriss auszumachen. Der Seelentrinker, ER, folgte ihr. Mary erzitterte innerlich. Ihre größte Angst hatte sich wie schon so oft im Labyrinth materialisiert. Sie war ihr auf den Fersen, hatte ihre Spuren entdeckt und hetzte sie nun vor sich her.

Noch war der Schattenriss kaum Daumennagel groß, aber das würde sich ändern. Während sie selbst mit jedem Schritt Kraft verlor, kam er ihr unerbittlich näher.

Mary hörte wegen des Windes kaum die geflüsterten Worte. Aber sie wusste, dass er nach ihr rief.

Wenn ihre Kehle nicht so ausgetrocknet wäre, würde sie ihn anbrüllen, ihm entgegenschleudern, dass sie es ihm nicht leicht machen werde, aber das wäre genauso dumm wie sinnlos.

»*Mary*«, wisperte es irgendwo hinter ihr. Sie stolperte voran.

Das Atmen fiel ihr in der Wärme schwer, denn obwohl der Himmel von Wolken verdeckt war, hielt die Hitze unvermindert an und auch der Wind brachte keine Abkühlung. Er trieb nur noch zusätzlich einen glühenden Hauch über das graue Land.

Mary beschloss, ins Landesinnere abzubiegen. Hier am Strand konnte ihr Verfolger sie deutlich ausmachen. Keine Möglichkeit, ihm auf Dauer zu entkommen. Sie klammerte sich an die Hoffnung, dass er vielleicht ihre Spur im Wald verlieren würde.

Sie ging noch ein Stück weiter, bis der Strand einen Bogen machte und sie ihren Verfolger kurz aus den Augen verlor, dann bog sie mit schnellen Schritten fast rechtwinklig ab und stapfte durch das Dickicht in den Wald hinein.

Hier war es wirklich duster. Die ganze Welt schien sich in Schatten aufzulösen und alle Formen flossen ineinander. Sie stolperte durch das Buschwerk, während dürre Zweige nach ihr griffen, als wollten sie ihr Vorankommen verhindern. Dornen rissen ihre Arme auf und brannten bald wie Feuer, aber Mary hatte dafür keine Zeit und stapfte voran.

Ihr war bewusst, dass sie dabei viel zu viel Lärm machte, aber das nahm sie in Kauf, wenn sie dadurch ihren Verfolger abschütteln konnte.

Ab und zu hielt Mary kurz an, trank einen winzigen Schluck aus der Wasserflasche, dann marschierte sie weiter. Zweimal prallte sie mit voller Wucht gegen einen Baum, der urplötzlich vor ihr aufzuschießen schien, aber sie fiel nicht, wankte nur und taumelte weiter, obwohl ihr Kopf dröhnte, als wäre er eine hohle Trommel, in der ein Stein herumrollte.

Drei Stunden später war Mary bereit aufzugeben. Sie sank erschöpft zu Boden. Ihr fehlte einfach die Kraft weiterzugehen.

Als sie den Kopf wandte, entdeckte sie IHN.

Er war ihr näher gekommen. Und auch wenn die dunklen Sträucher und Bäume kaum einen Umriss erkennen ließen, so sah Mary dennoch, dass etwas anders an ihm war. Sie konnte jedoch nicht genau erkennen, was es war. Noch weit entfernt, aber unerbittlich näher kommend, wankte er voran in seinem eigentümlichen Schritt.

Ihre Füße brannten in den Schuhen. Sie musste gar nicht nachsehen, auch so spürte sie die Blasen, die sie sich gelaufen hatte.

Mary hockte da, die Knie angezogen und mit den Armen umschlungen, den Kopf gesenkt, und atmete schwer. Ihr Wasservorrat war längst verbraucht.

Mein Gott bin ich müde.

Mary schaute zu ihrem Verfolger, der unerklärlicherweise ebenfalls stehen geblieben war. Sie konnte in dem Schemen keine Augen ausmachen, kein Gesicht. Er war nur eine Art Schatten, wenn auch sie seinen charakteristischen Umriss gut erkennen konnte.

Was ist los? Bist du auch erschöpft?

Mary kniff die Augen zusammen, starrte den Weg zurück, den sie schon hinter sich gelassen hatte. Lange schaute sie zu ihrem Feind, der regungslos verharrte.

Dann geschah etwas noch Merkwürdigeres. Der Seelentrinker machte eine Drehung und ging den Weg zurück, den er gekommen war.

Hat er meine Spur verloren und versucht, sie jetzt wiederzufinden?

Mary suchte den Weg hinter sich mit Blicken ab. Tatsächlich, es gab keine Fußabdrücke mehr von ihr. Der spröde Waldweg war nacktem Fels gewichen. Sie musste schon einige Hundert Meter darauf entlanggestolpert zu sein, ohne es zu bemerken.

Also kann ich gar keine Abdrücke hinterlassen haben. Keine Spur mehr preisgeben.

Hinzu kam der Umstand, dass sie sich hingesetzt und nicht mehr bewegt hatte. *Vielleicht sieht er mich nicht mehr.*

Mary hoffte es und seufzte.

Ich muss rasten. Mich ausruhen, irgendwie wieder zu Kraft kommen, dann kann ich weitergehen.

Mary schaute unverwandt in die Richtung des Schattenumrisses, der ihr eben noch gefolgt war. Er wurde immer kleiner, bis er schließlich wieder im Wald verschwand.

Mary konnte ihr Glück kaum fassen. Aber sie fühlte sich so matt, dass sie diesen Moment kaum auskosten konnte.

Nur einen Augenblick.
Nur kurz die Augen schließen.
Dann gehe ich wieder los.
Nur diesen ...

Mary lächelte, dann schlief sie ein.

Mary erwachte, ohne zu wissen, was sie geweckt hatte oder wie lange sie eingenickt war. Fluchend sprang sie auf die Füße. Wo war ihr Verfolger?

Hatte er ihre Spur wirklich endgültig verloren?

Der Gedanke war zu schön, um sich ihm hinzugeben. Irgendwann würde er sie finden, daran bestand kein Zweifel, denn obwohl sie schon Welten voneinander getrennt hatten, war er stets wieder aufgetaucht. Oftmals wie aus dem Nichts, als würde er einfach nie von ihrer Seite weichen.

Wo bist du?

Sie lauschte nach dem Wispern.

Nichts.

Auch kein entferntes Jaulen.

Die Vorstellung, dass er irgendwo auf der Insel war und auf sie lauerte, war schlimm genug, aber die Ungewissheit, ob er weit entfernt oder in unmittelbarer Nähe nach ihr suchte, machte sie richtig nervös. Vor einem Feind, den man sah, konnte man davonrennen, ihn aber nicht ausmachen zu können, mochte vielleicht bedeuten, direkt in ihn hineinzulaufen. Mary fluchte bitterlich, dann lächelte sie.

Ich muss einfach aufmerksam bleiben. Wenn ich ihn nicht sehe, höre ich ihn vielleicht rechtzeitig. Dieses unheimliche Wispern. Es scheint zwar direkt in meinen Kopf zu dringen und dort zu einer Stimme zu werden, die mir etwas zuflüstert, aber es bedeutet, dass er nahe ist. Hoffentlich ist es nicht zu spät, wenn ich es höre.

Mary blickte zum Himmel. Die schwarzen Wolken hatten sich nun zu enormen Bergen aufgetürmt und sie wusste, dass bald ein Sturm losbrechen würde. Sie spürte nun, dass es kälter wurde. Die Sonne war nicht mehr zu sehen und immer mehr dunkle Wolken schoben sich über das Meer heran. Am Horizont, den sie von ihrer leicht erhöhten Stelle sehen konnte, leuchtete zuckend der Himmel auf. Ein Unwetter zog auf und sie war auf dem Felsplateau schutzlos den Blitzen ausgeliefert.

Der Wind peitschte nun heran, zerzauste ihr Haar und dann spürte sie den ersten Regentropfen. Er klatschte auf ihre Wange, lief den Hals hinab. Weitere folgten. Und endlich, endlich regnete es.

Mary legte den Kopf in den Nacken, öffnete den Mund weit, ließ die Wassertropfen direkt in ihren Rachen fallen, leckte sich über die spröden Lippen und rieb sich das staubige Gesicht ab. Sie legte ihre Hände zusammen und trank den Regen, der sich darin sammelte.

Der Regen war kühl, fast schon kalt, erfrischend und belebend. Ganz anders als sie auf dieser tödlichen Insel erwartet hatte. Mary genoss es, mit allen Gliedmaßen von sich gestreckt, dazustehen und das Wasser auf ihrem Körper zu spüren. Im Gegensatz zum Wasser des Flusses hatte es keinen Geschmack und löschte ihren Durst. Ein kleiner Hoffnungsschimmer breitete sich in ihr aus, als sie spürte, wie die Kraft in ihren Körper zurückkehrte. Die Sorge um ihr Überleben hatte sie verlassen, die Angst war für den Moment zurückgedrängt. Ruhig hielt sie nach ihrem Verfolger Ausschau, aber er war noch immer nicht auszumachen. Sie drehte sich um und nahm den Aufstieg direkt vor ihr ins Visier. Sie hatte nun schon einige Höhenmeter hinter sich gelassen, aber den Gipfel des Vulkans konnte sie von hier unten nicht erkennen. Nur den Stern erhaschte sie mit einem kurzen Blick. Er erstrahlte direkt über ihr, das bedeutete, wenn sie sich auf dieser Route hielt, würde sie irgendwann, irgendwie, am Ziel ankommen.

Mary machte sich bereit weiterzugehen. Sie war nicht dumm, sie wusste, diese Ruhe vor dem Seelentrinker würde nicht lange währen, aber nach den Qualen und Ängsten der letzten Stunden genoss sie diesen Moment. Sie war in diesem Augenblick die Mary, die sie immer hätte sein sollen.

Vielleicht war es das, was León in ihr gesehen hatte. Eine Stärke, von der sie selbst nichts ahnte. In diesem Wimpernschlag der Zeit empfand Mary so etwas wie Glück. Sie war außergewöhnlichen Menschen begegnet, hatte selbst Außergewöhnliches geleistet.

Alles zerstob, als ein fernes Jaulen erklang.

Die Zeit der stillen Jagd war vorüber.

Die Rufe ihres Verfolgers kamen genau aus der Richtung, die Mary einschlagen musste.

4.

Der ehemals erfrischende Regen hatte sich in einen eiskalten Guss verwandelt. Unablässig trieb ihr der Wind die Tropfen ins Gesicht, die sich nun wie Nadelstiche anfühlten.

Mary fror.

Während sie den Weg entlangstolperte, hatte sie die Arme fest um ihren Körper geschlungen, aber es half nicht viel. Sie zitterte erbärmlich. Natürlich war das ein Ergebnis ihrer Erschöpfung, aber die Kraft, die ihren Körper neu durchflossen hatte, war ebenso schnell verschwunden, wie sie aufgetaucht war. Die einzige Konstante in dieser Welt war der Seelentrinker, der sie nun wieder unermüdlich suchte. Und sie lief ihm wahrscheinlich direkt in die Arme – und doch musste sie das Ziel vor Augen behalten, sonst würde sie die Tore nie erreichen.

Mary hatte es geschafft, den Anstieg mit neuer Kraft anzugehen. Aber nun kam sie nicht mehr so schnell voran, zumal ihr der Feind offensichtlich entgegenkam. Sein Rufen erklang zwar ein wenig von links zu ihr herüber, aber für Mary war klar, dass sich ihre Wege unabdingbar schneiden würden. Es war nur eine Frage der Zeit, bis das Spiel seinen Lauf nehmen würde, und letztendlich würde es nur einen Sieger geben.

»Wie geht es dir?«, fragte plötzlich eine Stimme neben ihr.

Mary zuckte zusammen. Erstarrte. Sie brauchte einen Moment, um zu erfassen, wen sie sah.

Neben ihr stand Mischa.

Mischa! Die Halluzination war so perfekt, dass sie glaubte zu spüren, wie ihr Mischa sanft über das Haar strich.

»Was ist denn, Mary? Warum bist du so traurig?«

Sie trat einen Schritt zurück und betrachtete ihn. Sein blondes Haar, das in dieser Welt weiß wirkte, glänzte und lag feucht am Kopf. Regentropfen liefen über sein Gesicht. Er lächelte auf seine unnachahmliche Weise. Die Spuren des Kampfes mit León waren verschwunden.

»Das ist egal, Mischa. Ich freue mich, dass du bei mir bist.«

Er runzelte die Stirn. »Wo sind Jeb, Jenna und León? Und wo sind wir hier überhaupt?«

Mary legte ihm eine Hand auf die Schulter. *Ich kann ihn spüren. Tatsächlich spüren. Ganz anders als bei Kathy strömte seine Haut keine Eseskälte aus.*

»Sie sind nicht hier, und wo wir sind, kann ich dir auch nicht sagen. Offensichtlich auf einer Insel.«

»Aber ich verstehe das alles nicht. Wie bin ich hierhergekommen? Das Letzte, woran ich mich erinnere, ist, wie das Labyrinth der weißen Wände einstürzte. Ich müsste eigentlich tot sein.«

Du bist tot, Mischa, und ich bin kurz vor dem Verrücktwerden, mein Kopf bringt alles durcheinander. Ich weiß nicht mehr, was real ist und was nicht. Aber es tut so gut, dich zu sehen.

»Mischa, denk jetzt nicht darüber nach. Später reden wir über alles.« In dem Versuch, einer klaren Antwort auszuweichen, deutete sie nach links und erklärte: »Irgendwo dort zwischen den Felsen lauert ein Seelentrinker. Er jagt mich schon seit Stunden und er kommt unerbittlich näher. Mischa, ich bin völlig allein und habe panische Angst vor ihm. Ganz ehrlich, so sehr wie vor diesem Monster fürchte ich mich nicht einmal vor dem Tod.«

»Dann gehen wir gemeinsam weiter. Ich helfe dir.« Mischa klang unbekümmert.

Mary sah Mischa an, und obwohl sie wusste, dass er nicht real sein konnte, berührte sie sein Anblick. Freundlich, wenn auch etwas verloren stand er vor ihr. Der Gedanke an den echten Mischa, den wahren Mischa, und das, was er durchgemacht hatte, erfüllte sie mit Mitleid. Ohne darüber nachzudenken, strich sie sanft über seine Wange.

»Das ist lieb von dir, Mischa. Dass du mir helfen willst.«

»Ich fühle mich merkwürdig und irgendwie traurig.«

»Das verstehe ich.«

Er deutete auf die Umgebung. »Alles sieht hier so düster aus.«

»In dieser Welt gibt es keine Farben«, erklärte Mary.

»Keine Farben?«, wiederholte er leise. »Dann ist es keine gute Welt.«

»Nein.« Mary verharrte einen Moment reglos.

»Können wir losgehen?« Mischa stupste sie an.

»Verdammt, ja!«

»Ich habe dich noch nie fluchen gehört.« Er sah sie aufmerksam an.

»Es ist viel geschehen. Ich habe mich verändert«, sagte Mary.

»Das denke ich auch.«

Dann ging er los.

Während Mary neben Mischa dem Weg folgte, beobachtete sie ihn aus dem Augenwinkel.

Wann wirst du verschwinden? Werde ich sehen, wie du dich auflöst?

Bei Tian und Kathy hatte sie den Moment des Verschwindens

verpasst, das sollte ihr nicht noch einmal passieren. Sie wollte es wissen und außerdem lenkte es sie von den Strapazen ab.

Mischa schritt stetig voran. Ohne zu zögern, ohne anzuhalten, ohne Ausschau zu halten nach ihrem Verfolger. Unermüdlich stapfte er bergauf und Mary hatte Mühe, ihm zu folgen.

Der Seelentrinker schwieg. Kein Heulen, kein Jaulen, kein leises Wispern, aber Mary spürte seine kalte Anwesenheit in ihrem Nacken und die Vorstellung, dass er sie erreichen könnte, bevor sie die Tore fand, trieb sie voran.

Der Regen hatte nachgelassen, ebenso der Wind und es wurde wieder etwas wärmer. Eine dichte Wolkendecke lag noch immer über der Insel und somit war auch nicht mit Sonnenschein zu rechnen, der ihr helfen konnte, den Seelentrinker loszuwerden.

Die Landschaft war noch schroffer geworden. Nach wie vor schritten sie über nackten Stein, aber um sie herum tauchten immer wieder meterhohe Felsbrocken auf, die sich wie aus dem Nichts vor ihnen auftürmten und mühsam umgangen werden wollten.

Marys Füße begannen, gefühllos zu werden, und das machte ihr mehr Sorgen als die brennenden Blasen zuvor. Wenn sie das Gefühl in den Füßen verlor, waren als Nächstes die Beine dran ... wie sollte sie dann noch laufen? Ihr Körper war inzwischen so schwach, dass er überall zitterte. Die Knie wackelten bei jedem Schritt und ihre Beine fühlten sich wie Gummi an. Mary wusste nicht, wie lange sie und Mischa gegangen waren, aber in all dem Grau schien nun die Dämmerung einzusetzen. Nicht mehr lange und Finsternis würde diese Welt regieren. In der Dunkelheit war der Weg durch die Felsen zu gefährlich, die Gefahr abzurutschen allgegenwärtig.

»Mischa, ich bin fix und fertig und muss irgendwann mal ausruhen. Meine Füße ... bringen mich um. Können wir eine Pause machen?«

Mischa verlangsamte seinen Schritt. Er runzelte die Stirn. Schließlich meinte er: »Wir müssen uns ein Versteck suchen, vielleicht verliert der Seelentrinker in der Nacht unsere Spur.«

Mary war nicht überzeugt. »Glaubst du? Ist es nicht unheimlich, wie er uns aufstöbert? Mal ist er da, dann wieder weg, aber irgendwann taucht er auf und jagt mich. Wie macht er das?«

»Ich weiß es nicht. Wie müde bist du?«

»Total am Ende.«

»Ein Stück weiter müssen wir noch, ich sehe hier nichts, wo wir uns verstecken können.«

»Okay, dann los, ein bisschen halte ich noch durch, auch wenn mir meine Füße etwas ganz anderes sagen.«

Der nächste Anstieg war steiler als zuvor. Der Weg war von Geröll übersät, und einen festen Schritt vor den anderen zu setzen, war beschwerlich. Jeder einzelne Schritt war schmerzhaft und kostete unendlich viel Kraft.

Während sie und Mischa einem kaum sichtbaren, schmalen Pfad folgten, der sie in Richtung Vulkan brachte, riss der Himmel für einen Moment auf. Mary spürte, wie Erleichterung sie durchströmte. Im Augenblick waren sie vor dem Seelentrinker sicher.

Mit der ungewohnten Helligkeit kam die Hitze zurück, aber diesmal war sie willkommen. Die Wärme durchdrang Marys Körper und zum ersten Mal seit Stunden fror sie nicht mehr so erbärmlich.

Vor ihr schritt Mischa den kargen Berg hinauf. Mary hatte es inzwischen aufgegeben, darüber nachzudenken, ob sie schon verrückt war oder erst noch verrückt werden würde. Dies war ihre Wirklichkeit, die einzige, die es für sie gab. Diejenige, die sie überleben musste. Was auch immer geschah, es würde hier geschehen.

Ein leichter Wind wirbelte Staub und Sand auf, der sich in Marys Augenwinkeln festsetzte. Ihr Mund war vollkommen ausgetrocknet. Es fühlte sich an, als wäre er mit Mehl gefüllt. Ihre Kehle brannte wie Feuer. Sie schloss die Augen, um sich gegen den Sand zu schützen.

Plötzlich stolperte sie gegen Mischas Rücken, aber als sich der Junge umdrehte, musste Mary feststellen, dass es nicht Mischa war. Mischa war verschwunden. Stattdessen stand Jeb vor ihr.

Sein schwarzes Haar wehte im Wind und er sah so aus, wie ihn Mary aus der ersten Welt in Erinnerung hatte. Kraftvoll und stark. Jeb streckte seine Hand aus und seine Finger wischten ihr den Staub aus dem Gesicht.

»Hi Mary«, sagte er ruhig.

»Hi Jeb«, krächzte sie, zu müde, um sich ernsthaft darüber zu wundern.

»Ihr habt es an Land geschafft«, stellte er fest. »Ich wusste, dass es euch gelingt. Und nun werde ich dir helfen, auch die letzten Hindernisse zu überwinden.«

Mary hatte das Gefühl, sie müsse ihm erklären, warum Jenna nicht bei ihr war. »Jeb ... Jenna und ich, wir sind ... Ich weiß einfach nicht, wo sie ist, Jeb!«, schluchzte es aus Mary heraus.

Behutsam streckte er seinen Arm nach ihr aus und zog sie an sich. »Es wird alles gut, Mary. Ich werde sie suchen und finden. Mach dir darüber keine Gedanken. Alles wird gut.«

Mary ging nicht darauf ein. Sie war erschöpft und verzweifelt.

Spiel das Spiel einfach mit. Es ist sowieso alles nicht real.

Sie deutete zum Vulkan. »Dort oben steht das letzte Tor. Ich will es erreichen.«

Sein Blick folgte ihrer Hand. »Gut, aber erst musst du dich ausruhen. Je erschöpfter du bist, desto eher würdest du Gefahr laufen, zu stolpern und dich zu verletzen.«

Jeb bedeckte seine Augen mit der Hand und suchte die Gegend mit seinen Blicken ab. Der helle Riss im Himmel hatte sich langsam wieder geschlossen und erneut war die farblose Vulkaninsel in Finsternis gehüllt. Schließlich deutete Jeb auf einen Schatten.

»Das sieht aus wie eine Felsformation. Wenn wir Glück haben, finden wir dort ein Lager. Eine Höhle, in die wir hineinkriechen können.«

»Wir haben kein Licht, nicht einmal ein Feuer.«

»Ich werde auf dich aufpassen.«

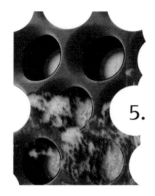

5.

Es war nur ein Loch im Felsen, vielleicht anderthalb Meter tief und einen Meter im Durchmesser, aber Mary konnte sich hineinquetschen. Mit angezogenen Knien lag sie auf der Seite, den Kopf auf ihrem Unterarm ruhend.

Mary spürte ihre schweren Glieder und die Erschöpfung, die in jeder Faser ihrer Muskeln pochte. Der Gedanke an Jenna versetzte ihr einen Stich, aber Jeb hatte so eine Zuversicht ausgeströmt, dass sie ihm einfach glauben wollte.

Draußen, vor dem Loch, war es still.

Jeb war nur als Umriss auszumachen, aber Mary spürte, dass er sie anschaute.

»Danke, Jeb«, flüsterte sie leise. »Danke, dass du mich hierher geführt hast.«

»Du musst mir nicht danken, kleine Schwester«, sagte er.

Kleine Schwester. Ja, es wäre schön, dich als Bruder zu haben, Jeb.

Mary fühlte sich geborgen wie lange nicht mehr. Es tat gut, eine Schulter zum Anlehnen zu haben, und insgeheim wusste sie, der echte Jeb, der reale Jeb, hätte das Gleiche gesagt.

Sich in der Illusion zu verlieren, nicht allein in dieser schrecklichen Umgebung zu sein, gab ihr Trost und Kraft.

Ob ich es schaffen werde? Ich möchte so gern stark sein. Stark wie León, Jenna, Mischa und Jeb, aber ich fühle mich so schwach.

Zum ersten Mal, seit sie im Labyrinth aufgetaucht war, empfand sie so etwas Ähnliches wie Ruhe.

In ihr keimte eine stille Hoffnung auf. In ihrer Vorstellung waren Tian, Kathy, Jeb und Mischa wieder zum Leben erwacht. Würde das auch so mit León sein? Würde sie ihn wiedersehen, für ein paar Momente seine Nähe fühlen, seine Worte hören, vielleicht sogar eine Berührung spüren?

Und wenn es auch nur eine Illusion ist, wären wir für einen Moment wieder zusammen.

Sehnsucht brannte in ihr und mit diesem Gedanken schlief Mary ein.

Ihr Mund war vollkommen ausgetrocknet, als sie erwachte. Sie schmeckte den Staub der Umgebung auf ihrer Zunge. Der linke Arm, auf dem sie gelegen hatte, war gefühllos geworden und kribbelte, als sie ihn versuchsweise bewegte.

Aus zugeklebten Augenlidern spähte sie nach draußen. Der Morgen dämmerte, ließ die Landschaft wie gefaltetes Papier aussehen. Schwarze Felsen, düstere Gesellen des Vulkans ragten abgeschnittenen Fingern gleich in den Himmel. Ihre Augen suchten und fanden Jeb.

Zusammengekauert wie ein Säugling schlief er vor dem Eingang der Felsspalte. Mary grinste, als sie ihn so daliegen sah. Jeb hatte sie bewachen wollen, aber nun schnarchte er leise.

Sie drängte den bangen Gedanken beiseite, wie lange er sie wohl noch begleiten würde.

Sie krabbelte aus dem Loch heraus und streckte ächzend ihre steifen Glieder. Sie war froh, die Nacht überstanden zu haben und noch am Leben zu sein. Der Seelentrinker hatte sie nicht gefunden. Gleichzeitig spürte sie eine allumfassende Erschöpfung, die ihre Glieder schwer machte. Sie hatte Muskelkater in den Oberschenkeln und Waden, die vom Stapfen durch den Sand und vom Aufsteigen herrührten. Ihre Arme waren übersät mit Kratzern.

Der Anblick ließ Mary gleichmütig. Darum musste sie sich keine Sorgen machen. Einzig ein Gedanke beunruhigte sie. Wie zum Teufel sollte sie es schaffen, die steilen Wände des Vulkans zu erklimmen?

Vor ihr lag eine Höllentour und wahrscheinlich würde sie sterben bei dem Versuch, den Vulkan zu ersteigen. Aber vielleicht war so ein Tod gnädiger, als ihren Wirklichkeit gewordenen Ängsten in die Hände zu fallen. Bis zuletzt kämpfend das Ende zu erleben, war etwas, dass sie in eine Reihe mit León, Mischa, Jenna und Jeb stellen würde. Selbst Kathy hatte sich bis zuletzt gewehrt und Tian hätte es auch getan, wenn man ihm die Chance dazu gegeben hätte.

Ich werde nicht aufgeben, das verspreche ich euch. Wenn jemand von unserer Geschichte erfährt, soll er wissen, dass auch ich bis zum letzten Atemzug gekämpft habe.

Mary lauschte in die Stille. Außer ihr gab es auf diesem Eiland kein lebendes Wesen. Jeb und der Seelentrinker zählten in dieser Aufzählung nicht. Mary wendete ihren Blick in alle Richtungen, aber sie entdeckte ihren Jäger nicht. Ihr Magen knurrte und erinnerte sie daran, dass sie schon lange nichts mehr gegessen hatte. Ebenso schlecht stand es um ihren Wasserhaushalt, wenn sie nicht bald etwas zu trinken fand, würde sie elendig verdursten.

Neben ihr war nun Jeb erwacht. Verschlafen blinzelte er in die Morgensonne, an seinem Mienenspiel war die Verlegenheit, dass er eingeschlafen war, deutlich abzulesen. Er richtete sich auf, blieb aber auf dem Boden sitzen und fuhr sich mit den Fingern durch seine langen schwarzen Haare.

»Er hat uns nicht gefunden.«

»Nein.«

»Wie geht es dir?«

Sie zwang sich zu einem Lächeln. »Ich habe Hunger, brennenden Durst und mein Körper fühlt sich an, als hätte mir jemand alle Knochen gebrochen, aber da du schon fragst – es geht mir prima.«

Jeb grinste. »Wir werden Wasser finden.«

»Was macht dich so optimistisch?«

»Gestern war die Erde feucht, also hat es geregnet. Hier in den Felsen gibt es Löcher und Mulden, in denen sich das Wasser sammelt. Es sollte trinkbar sein.«

Das klang einleuchtend. Mary wischte sich über das Gesicht. Die aufkommende Hitze war bereits jetzt schon zu spüren. Es würde erneut heiß und unwirtlich auf der Insel werden.

»Hast du auch eine Idee, wie wir an Essen kommen?«, fragte sie.

Jeb schüttelte den Kopf. »Hier gibt es nichts. Keine Beeren, Pilze und auch keine Tiere, die man erlegen kann. Wir können versuchen, Wurzeln auszugraben, aber ob die genießbar sind?« Er zuckte mit den Achseln.

»Dann heißt es wohl losmarschieren«, stellte Mary fest. Jeb sagte nichts, sah sie nur an. Sie gab ihrer Stimme einen festen Klang, als sie sagte: »Ich weiß, was du denkst. Ich sehe nicht gerade fit aus, aber lass dich von diesem Anblick nicht täuschen, die kleine Mary gibt nicht auf. Ich will es zumindest versuchen.«

Dann ging Mary los.

Mit jedem Schritt glaubte sie, das durchdringende Raunen und Wispern des Seelentrinkers zu hören. Ihr Jäger lauerte irgendwo auf sie, das spürte sie. Trotzdem verschwieg sie Jeb ihre Sorge, diese Gefahr würde sich ihnen nur allzu bald wieder in den Weg stellen. Wenn es so weit war, würde sie sich damit befassen.

Sie hielten direkt auf den Vulkan und den Stern zu, soweit es das Gelände ermöglichte.

Trotz aller Beschwerden fiel es Mary heute leichter voranzukommen. Die Ruhe der letzten Nacht hatte ihr gutgetan und ein Teil ihrer Kräfte war zurückgekehrt.

Während sie durch die Landschaft schritten, erinnerte sich Mary an ihre langen Wanderungen durch die Ebene aus der ersten Welt. Es kam ihr vor, als hätte das alles vor Ewigkeiten stattgefunden, und doch war es erst kurze Zeit her. So viel war in dieser Zeit geschehen. Sie hatte in wenigen Tagen die Entwicklung von Jahren durchlaufen und bei allem Elend, das sie erfahren hatte, war sie froh darüber, nicht mehr das schwache Mädchen zu sein, das ihrem Vater so wenig entgegenzusetzen hatte. Sollte sie das alles hier wider Erwarten überleben, konnte er sich auf etwas gefasst machen, schwor sie sich.

Bei dem Gedanken an ihren Vater presste Mary die Lippen zusammen und knirschte mit den Zähnen.

Jeb schaute sie aufmerksam an. Er schien sie heimlich zu beobachten.

Wahrscheinlich macht er sich Sorgen darüber, ob ich jeden Moment zusammenbrechen könnte.

Jeb schien zu spüren, dass sie jetzt nicht reden wollte, denn er fragte nicht nach und ging weiter. Mary folgte ihm.

Nicht mehr weit entfernt erhob sich nun die Spitze des Vulkans majestätisch aus der Umgebung. Schroffe schwarze Wände, die bis zum Himmel reichten, überragten drohend das Land. Der Vulkan schien schon seit Langem erloschen zu sein, aber die kalt gewordene Lava bildete Formen, in denen man Gesichter zu erkennen glaubte. Mary lief ein Schauer über den Rücken.

Da soll ich hoch?
Ja, sie musste es versuchen.
»Sieht eindrucksvoll aus«, sagte Jeb.
»Sieht verdammt anstrengend aus«, bemerkte Mary bitter. »Die Wände scheinen glatt wie Glas zu sein.«
»Wenn wir näher kommen, wirst du entdecken, dass dem nicht so ist«, sagte Jeb weise. »Ich habe schon einmal einen erloschenen Vulkan erstiegen. Mit meinem Großvater.«
»Mir raubt der Anblick einfach den Atem. Wenn ich mir vorstelle, ich muss da hochklettern, wird mir übel.«
»Du schaffst es.«
Sagte die Illusion und verschwand.
Aber Jeb verschwand nicht.
»Ich denke, wir machen hier eine Rast. Ruh dich aus, ich werde inzwischen nach Wasser suchen.«
»Und dann? Wie willst du es herbringen?«
Er lächelte. »Ich bringe dich zum Wasser.« Er deutete auf einen knorrigen Felsen. »Warte dort auf mich.«
Mary stapfte zum Felsen hinüber und hockte sich in den Schatten des grauen Steins.
Jeb verschwendete kein Wort mehr, sondern ging in Richtung einer kleinen Felsgruppe los, die neben ihrem Weg lag. Nach wenigen Schritten war er nicht mehr zu sehen.
Würde Jeb überhaupt zurückkommen? Oder löste er sich auf, sobald er außerhalb ihrer Sichtweite war?

Mary wusste nicht, wie viel Zeit vergangen war. Sie hatte in der Hitze vor sich hin gedöst, als Jeb sie an ihrer Schulter rüttelte.
»Komm mit, ich habe Wasser gefunden«, sagte er.
Bei der Aussicht, bald einen Schluck Wasser trinken zu können, leckte sich Mary über die spröden Lippen.

»Wo?«, fragte Mary.

»Nicht allzu weit von hier. Eine halbe Stunde Fußmarsch.«

Also machten sie sich auf den Weg und tatsächlich: Wenig später erreichten sie zwischen den Felsen eine tiefe Mulde. Dort befand sich ausreichend Wasser. Mary kniete sich daneben, obwohl ihre Knie schmerzten, und schöpfte mit der hohlen Hand die kostbare Flüssigkeit heraus. Das Wasser war lauwarm und schmeckte nach Stein, aber es war ein herrliches Gefühl, es über die spröden Lippen und durch die Kehle rinnen zu lassen. Sie seufzte fast glücklich.

»Trink, so viel du kannst«, meinte Jeb neben ihr.

Mary hätte ihn fast gefragt, warum er nichts trank. Aber dann erinnerte sie sich und lächelte stumm.

Mehrere Minuten lang schöpfte Mary Hand um Hand. Als es in ihrem Magen verdächtig zu gluckern begann, hörte sie auf. Mehr ging einfach nicht rein.

Mit dem restlichen Wasser spülte sie sich das Gesicht und ihren Körper ab. Der zähe graue Staub hatte jede Pore ihrer Haut erobert, aber nach und nach verschwand er, sodass Mary ihre gerötete Haut an Händen und Armen wieder sehen konnte. Zusammen mit den unzähligen Kratzern, die sie sich zugezogen hatte, sah es aus, als gäbe es keinen unversehrten Fleck an ihren Armen.

Was soll's, dachte Mary. *Das bringt mich nicht um.*

Als sie sich erhob, erschrak Mary. Denn Jeb war verschwunden. Mary schrie auf. Sie hatte gewusst, dass es irgendwann so kommen würde, und war dennoch nicht vorbereitet gewesen. Ihr Schrei wurde vom Vulkanberg verschluckt, Stille lag über der Insel. Neue Verzweiflung packte sie.

Tränen liefen über ihr Gesicht. Eine lange Zeit stand sie da und starrte auf die Stelle, an der sich eben noch Jeb befunden hatte. Dann wandte sie sich um und schritt auf den Vulkan zu.

6.

Das Jaulen des Seelentrinkers erklang nach etwa einer Stunde. Mary blieb abrupt stehen. Ruckartig hob sie den Kopf an und sie wusste, nun ging es auf das Ende zu.

Das unverwechselbare Kreischen drang an ihr Ohr. Es schien weit entfernt, dennoch konnte ihr Verstand kaum fassen, was sie da hörte. Ein Schauer strich über ihren Rücken und jedes Härchen stellte sich auf ihren Armen auf.

Es war zwar heller auf der Insel als je zuvor, die Sonne warf nun schärfere Schatten auf den Vulkankegel als noch am Strand. Aber der Seelentrinker war zurück. Er jagte sie, trotz der Helligkeit, die sie umgab.

Bei allem, was passiert war, fiel es Mary nicht schwer, auch eine der wenigen Gewissheiten im Labyrinth über Bord zu werfen. Diese war gewesen, dass die Seelentrinker Sonnenlicht und Feuer mieden.

Was noch?, fragte sich Mary stumm. *Was noch muss ich erleiden, bevor all dieses Elend ein Ende nimmt? Reicht es immer noch nicht?*

Sie breitete die Arme weit aus und schrie: »Was ist? Ist es nicht genug? Leide ich euch nicht genug? Ihr habt mir alles genommen und ihr seid immer noch nicht zufrieden?«

Es tat gut, die Wut herauszubrüllen, auch wenn es für einen kratzenden Hustenreiz sorgte.

Als hätte es ihren Protest nie gegeben, ertönte erneut das Jaulen des Seelentrinkers. Das Wispern der Stimme setzte wieder ein, intensiv und einnehmend, wie sie es noch nicht erlebt hatte.

– *Mary. Wo bist du? Ich sehe dich nicht, aber ich werde dich finden. Dann wird es wie früher sein. Du wirst in meinen Armen liegen ...* –

Es war, als erklinge die Stimme ihres Vaters in ihrem Kopf, als würde er nun nicht nur von ihrem Körper, sondern auch von ihrem Geist Besitz ergreifen.

Mary wusste, das durfte sie nicht zulassen. Das würde bedeuten, sie hätte schon aufgegeben. Aber so weit war es nicht.

Sie hatte Angst, ja. Die Anfangsenergie, die sie nach der letzten Rast und dem Trinken des Wassers verspürt hatte, war verflogen und hatte einer allumfassenden Schwäche Platz gemacht. Ihre Beine fühlten sich steif an, die Füße brannten. Wahnsinnige Kopfschmerzen raubten ihr den Atem und Mary fragte sich, ob sie sich mit alldem nicht überfordert hatte.

Wie auch immer, sie musste weiter.

Also taumelte sie los.

Mary wusste nicht, wie weit sie gekommen war oder wo sie sich befand, als sie über etwas zu ihren Füßen stolperte. Sie fiel der Länge nach hin. Es tat nicht einmal besonders weh, aber Mary hatte das Gefühl, dass sie es nicht mehr auf die Beine schaffte. Keuchend blieb sie liegen.

Wenn jemand von oben auf diese merkwürdige Insel schaute, würde er sie vermutlich als einen staubigen, aber farbigen Fleck inmitten des schwarzen Gesteins sofort ausmachen können. Wie ein bunter Falter auf einer grauen, dreckigen Hauswand musste sie aussehen. Bunt, kaum mehr am Leben – aber schon von Weitem sofort zu erkennen.

Dieser Jemand müsste sie nur auflesen und in ein Schraubglas stecken und Mary würde sich mit Vergnügen diesem Schicksal hingeben.

Da fiel ein Schatten auf sie.

Mary blinzelte in den hellen Himmel.

Der Umriss eines jungen Mannes zeichnete sich vor der grellen Sonne ab. Eine vertraute Silhouette.

»Gib mir deine Hand«, sagte seine Stimme, die sie so sehr liebte. Sie wälzte sich herum. Neben ihr im Geröll saß León. Besorgt sah er auf sie hinab. Dann zog er sie auf die Knie. In seiner Hand hielt er einen Rucksack, der aussah wie einer von denen, die sie in der Steppe vorgefunden hatten. Wahrscheinlich war sie darüber gestolpert und hingefallen. León betrachtete ihn neugierig, dann schleuderte er ihn davon und lächelte Mary an.

Diesmal gab es kein Zögern. Mary warf sich in seine Arme, hielt sich verzweifelt fest und mit einem Schluchzen ließ sich Mary gegen seine Brust sinken. Sie schloss die Augen, lauschte seinem Herzschlag, roch den Geruch seiner Haut. Zum ersten Mal seit Langem fiel alle Verzweiflung von ihr ab und sie fühlte sich inmitten dieser Hoffnungslosigkeit geborgen.

Seine Hand strich sanft über ihr Haar. »Meine arme Mary«, flüsterte er.

»León«, krächzte sie heiser. »Ich brauche dich.«

»Ich weiß, deswegen bin ich hier.«

»Lass mich niemals wieder los.«

»Nein, das tue ich nicht.«

Seine Hände umfassten ihr Gesicht. Er hob ihren Kopf an und er küsste ihre ausgetrockneten Lippen. Dann bedeckten seine Küsse ihr staubiges Gesicht.

Sie war zu schwach, um seine Zärtlichkeiten zu erwidern.

»Die anderen sind tot, León«, sagte sie kaum hörbar.

»Ich weiß«, wiederholte er nur und strich ihr die zerzausten Haare aus der Stirn.

Mary schluchzte. »Wie soll ich es nur schaffen, wenn es schon Jeb, du und auch Mischa nicht geschafft haben? Sag mir, wie, León!«

»Ich bin hier, um dir auf den Gipfel des Vulkans zu helfen. Das blaue Leuchten, es ruft nach dir, nach dir allein.«

»Aber ich bin müde, León. So müde.«

»Ich weiß. Schlaf ein wenig. Ruh dich aus.«

Mary tat nichts lieber als das. »Das wäre schön. Wirst du da sein, wenn ich wieder erwache?«

»Ja.«

Und Mary wollte ihm glauben. Erschöpft schloss sie die Augen.

Nur einen Moment. Dann stehe ich auf und gehe weiter. Jetzt, da León da ist, schaffe ich es vielleicht, den Vulkan zu besteigen.

Ihre Lider sanken herab.

Noch immer fiel sein Schatten auf sie, als Mary aus ihrer Döserei erwachte. Ihr Kopf lag in Leóns Schoß und er hatte seinen Oberkörper so weit vorbeugt, dass er ihr Schutz vor der Sonne spendete.

Sie blickte nach oben. León lächelte.

Es war still.

Kein Seelentrinker, kein Flüstern. Nur sie und León, wie sie es sich schon so lange herbeigesehnt hatte.

Mary schaute zum Himmel. Neue dunkle Wolken zogen über das Meer heran.

»Bitte lass mich nie wieder allein.«

Er küsste sie zur Antwort und Mary wünschte sich nichts mehr, als dass dies die Realität war. Eine Realität, in der León noch lebte und sie nicht allein im Staub auf einer gespenstischen Insel lag. Halb verdurstet und vollkommen verrückt vor Angst.

León drehte den Kopf. Fast schien es, als schnuppere er in die Luft. »Er kommt. Ich kann es fühlen.«

Sie musste nicht fragen, wen er meinte. Leóns Gespür für Gefahr war legendär.

Sie musste aufstehen und weitergehen. Mary presste die Lippen fest zusammen, wälzte sich herum und rappelte sich mühsam auf. Ihr Kleidung war vollkommen von Staub bedeckt, ihr Arme ebenso und das Gesicht wahrscheinlich auch, aber das war Mary egal. Jetzt ging es darum einen Schritt zu tun.

Und dann noch einen.

Und noch einen.

León stützte sie, während sie auf den Vulkankrater zu taumelte. Der Wind hatte aufgefrischt und brachte lang ersehnte Kühlung mit sich. Als die ersten Regentropfen fielen, blieb Mary stehen. Sie riss den Mund auf und streckte die Zunge weit heraus.

Er spülte den Dreck weg, während Mary sich das Wasser in die Kehle tropfen ließ. León stand schweigend neben ihr. Seine blauschwarzen Tätowierungen glänzten im Regen, ließen sie fast lebendig wirken.

Mary blickte ihn an. »Du hast mir nie erzählt, was es mit diesen Tätowierungen auf sich hat. Was bedeuten sie?«

León schaute nachdenklich auf seine Arme, über die der Regen lief. »Sie erzählen die Geschichte meines Lebens. Vom Tod meines Vaters, dem Tod von Freunden und dem Dasein auf den Straßen von Los Angeles.«

Sie wartete geduldig, dass er weitersprach, und setzte dabei tapfer einen Fuß vor den nächsten.

»Es beginnt mit dem Wort ›Armut‹. Meine Großeltern stammen aus Mexiko. Arme Bauern. Sie kamen in die Staaten, weil sie hofften, ein besseres Leben zu finden. Was sie fanden, war harte Arbeit auf den Feldern. Vierzehn Stunden täglich, nach zwei Jahren zogen sie in die große Stadt. Ins *Barrio* und dort wuchs mein *padre* heran und besuchte die Schule. Alles schien gut zu werden, aber dann verlor *abuelo* seinen Job und plötzlich stand die Familie ohne Mittel da. Das bisschen Geld vom Staat reichte vorn und hinten nicht. Mein Großvater begann das Saufen und mein Vater verkaufte seine Seele an die *hijos*. Er war fünfzehn Jahre alt.«

Mary lauschte angestrengt, denn mit dem Wind, der ihr um die Ohren pfiff, und der Konzentration, die sie für jeden Schritt aufbringen musste, wurde der Aufstieg immer beschwerlicher, aber Leóns Worte und seine bloße Anwesenheit, egal ob eingebildet oder nicht, lenkten sie ab, machten sie sogar glücklich, und das inmitten dieser Einöde.

»... Schnelles Geld, Respekt, Drogen so viel man wollte und *putas*, deren Augen glühten. Mein Vater wurde einer von ihnen. Mit zwanzig Jahren war er der Stellvertreter von Cuban Rodriguez. Und als dieser bei einem Verkehrsunfall zwei Jahre später starb, wurde er der Anführer, erbte das Ansehen der *hijos* und den Hass der *muerte negra*. Er lernte ein Mädchen kennen. Meine Mutter. Sie hat mir einmal erzählt, mein Vater habe daran gedacht, aus der Gang auszusteigen, aber bei den *hijos* steigt man nicht aus. Man lebt und stirbt für die Gang.«

Mary erschauerte. Dieses Leben war ihr so fremd, als hätte es auf einem anderen Planeten stattgefunden. »Warum ist er nicht weggegangen? Irgendwohin, wo ihn keiner kennt?«

León lachte bitter auf. »Du vergisst die Tätowierungen. Mit seinem Aussehen konnte er nirgends hin, niemals ungestört leben, und das wusste er.«

»Er ist also geblieben.«

»Ja. Ich wurde geboren. Meine Mutter sagte, er habe mich sehr geliebt und sich für mich ein Leben außerhalb des Ghettos gewünscht, aber du siehst ja, wo ich gelandet bin.«

»Was ist geschehen?«, fragte Mary, obwohl sie die Antwort ahnte.

»An dem Tag, als ich den ersten Schritt machte, wurde er auf offener Straße erschossen. Ich lernte das Laufen und er fiel hin. Seitdem hat mich meine Mutter allein aufgezogen. Die *hijos* haben sie mit einer kleinen monatlichen Summe unterstützt, sodass sie nicht anschaffen musste, aber es war kein gutes Leben.«

Mary kam ins Schnaufen, so anstrengend war der Anstieg. Der Regen fiel auf sie hinab, wofür sie dankbar war. Die mal kantigen, mal abgerundet und wie gegossen aussehenden Felsen zu ihrer Linken und Rechten, erhoben sich immer höher vor ihnen – doch zum Glück waren sie von so rauer Beschaffenheit, dass Mary nicht ins Rutschen kam.

Der Aufstieg so hoch am Vulkan wurde mehr und mehr wie Stufensteigen, nur dass die Stufen zu hoch waren, um sie bequem erklimmen zu können. Die Steine, die sie erkletterte, waren nie dafür gemacht worden, dass sich ein Mensch dem Vulkan näherte. Bevor sie sich dem Gedanken hingeben konnte, fragte sie weiter: »Und trotzdem bist du selbst ein Gangmitglied geworden.«

León zuckte gleichmütig mit den Schultern. »Es war die einzige Möglichkeit, Rache zu nehmen. Rache für den Tod meines Vaters und schließlich auch für das Leben, das ich führen musste.«

Mary sagte eine Weile nichts. Kletterte weiter im Regen, stemmte sich auf einen Felsen hinauf und ließ Leóns Worte auf sich wirken.

Der Wind war stärker geworden, rüttelte an ihr. Fast schien es, als würde sich der Wetterablauf des gestrigen Tages heute wiederholen. Erst glühende Hitze, dann Regen und Sturm. Die Luft schien dicker geworden zu sein. Mary bekam nur noch schwer Luft, sie schnappte regelmäßig nach Atem. Ein merkwürdiger Druck legte sich auf ihre Ohren. Mary riss den Kiefer weit auf und gähnte.

Aber die Watte auf ihren Ohren blieb.

»Spürst du das auch?«, fragte sie. »Den Luftdruck?«

»Was?« León sah sie aufmerksam an.

»Den Luftdruck.«

»Was ist damit?«

»Er hat zugenommen. Ich höre kaum noch was. Alles ist gedämpft, wie durch Watte.«

»Ich habe keine Probleme damit.«

»Hörst du auch den Seelentrinker?«

»Nein. Lass uns einfach weitergehen.«

»Diese nassen und rutschigen Felsen komme ich niemals hoch.«

»Mary, es liegt nur an dir.«

Mary knirschte mit den Zähnen. *Es liegt nur an dir. Wie schön das klingt und dennoch ...*

»Ich werde mein Bestes geben.«

»Das weiß ich. Komm jetzt.«

León nahm ihre Hand in seine und hielt sie fest. Sie blickte nach vorn. Vor ihr wuchsen die schwarzen, abweisenden Steinmassen des Vulkans wie eine Wand in den Himmel. Kaum vorstellbar, dort hochzukommen. Und doch, mit León an ihrer Seite, würde sie zumindest den Versuch wagen.

7.

Bei all der Anstrengung, ihr Ziel zu erreichen, hatte Mary beinahe vergessen, was sie dort oben erwarten würde. Vielleicht hatte sie es auch verdrängt.

Doch mit einem Schlag war diese Erkenntnis wieder da, als das schrille Heulen des Seelentrinkers erneut erklang. Es war nun nahe und gellte in regelmäßigen Abständen in ihrem Kopf. León schien unbeeindruckt davon.

Sie schaute hinüber zu ihm. Mit nacktem Oberkörper, durchtrainiert bis zur letzten Faser seines sehnigen Körpers, stand er vor der Felswand, die zum Krater führte, und starrte nach oben. Mary folgte seinem Blick.

Die Steinwand vor ihr war nicht so glatt, wie sie aus der Ferne gewirkt hatte. Im Gegenteil, sie war rau und zerklüftet, bot genug Gelegenheit, für jeden Schritt Halt zu finden. Dennoch war es ein mörderisches Unterfangen, da hinaufzuwollen.

Habe ich überhaupt noch die Kraft, diesen Wahnsinn zu versuchen?

Ihr ganzer Körper wurde von einem dumpfen Schmerz belagert, er schien bleischwer zu sein und sie fühlte sich unendlich müde. Wie oft hatte sie sich in letzter Zeit am Ende ihrer Kräfte geglaubt und musste trotzdem weiter? Der Regen und Leóns

Nähe hatten ihr nun etwas Energie gegeben, aber ob das reichte? Mary schauderte.

Was, wenn ich abrutsche, den Halt verliere? Ich werde ungebremst auf den Boden fallen und es ist vorbei. Andererseits wäre das ein gnädiger Tod und allemal besser, als ihrem Verfolger in die Hände zu fallen.

Mary drehte den Kopf und spähte vergeblich in die grauen Regenschleier. Von ihrem Feind war nichts zu sehen, aber sein permanentes Jaulen und Kreischen durchdrang die Regenwand und doch fehlte im Moment noch das typische heisere Flüstern und Murmeln, das seine unmittelbare Nähe anzeigte.

Oder höre ich es nur nicht, weil der Wind so um das Felsmassiv tobt?

Der Wind hatte tatsächlich zugenommen und schien sich nun zu einem richtigen Sturm auszuwachsen. Mary fröstelte. Sie musste die Kletterpartie beginnen. Jetzt. In ein paar Minuten wäre sie vollkommen durchfroren und ihre Glieder so steif, dass sie an einen Aufstieg gar nicht zu denken brauchte.

»Ich versuche es«, sagte sie zu León.

Er grinste wild und nickte voller Tatendrang.

Sie lächelte und speicherte diesen Moment in ihrer Erinnerung. León strahlte eine Kraft aus, um die sie ihn von Herzen beneidete.

Plötzlich und mit aller Wucht kam die Erkenntnis zurück, dass sie sich ihn nur einbildete.

León war tot und nichts konnte ihn zurückbringen. *Und doch wirkt alles so echt. Ich kann ihn sehen, spüren, seinen Worten lauschen. Es ist, als wäre es die Wirklichkeit. Ach León ...*

Tränen quollen ihr aus den Augen und vermischten sich mit den Regentropfen.

Er kam zu ihr, legte seine Arme um sie und zog sie an sich.

Leise flüsterte er ihr liebevolle Worte ins Ohr, die sie niemals vergessen würde. Es war ein so unendlich schönes Gefühl, dass Mary noch mehr weinte, als sie spürte, was sie für immer verloren hatte. Schließlich löste sie sich ruckartig von ihm, wischte sich die Tränen aus den Augen. Dann wandte sie sich der Felswand zu. Sie spähte nach dem ersten sicheren Griff. Mary packte zu, suchte einen entsprechenden Halt für ihren Fuß und hievte sich einen halben Meter hoch.

Den Körper an den Fels gedrückt, schob sie die andere Hand in einen Riss im Stein, zog das andere Bein nach und setzte es weiter oben auf einen kleinen Vorsprung.

Sie konzentrierte sich. Schaute nicht zu León runter, der sich ohne Mühe immer ein wenig unterhalb von ihr im Felsen hielt, sondern presste sich wie ein Gecko an die Wand und gewann keuchend an Höhe. Der Wind rüttelte an ihr, wehte ihr die Haare vor das Gesicht, peitschte auf ihren Rücken. Mary war trotz der Kühle alles andere als kalt. Ihr Körper schien bei der ungewohnten Anstrengung zu kochen, ihre Haut dampfte Flüssigkeit aus und ihre Finger, die zum ersten Mal ihr ganzes Körpergewicht allein tragen mussten, zitterten schon nach wenigen Metern.

Und doch ging es besser als erwartet. Mary hatte geglaubt, es keine zehn Meter weit zu schaffen, aber irgendetwas gab ihr die Kraft, sich immer weiter nach oben zu schieben, Stück für Stück im Fels festzukrallen und nicht den Halt zu verlieren.

Weiter. Höher. Schau nicht nach unten, León passt dort unter dir auf dich auf, achte nicht auf das markerschütternde Lärmen deines Jägers. Weiter. Höher.

Sie wiederholte stumm diese Worte wie ein Mantra immer und immer wieder. Ihr Schnaufen dröhnte in den Ohren und es dauerte eine Weile, bis sie Leóns Worte registrierte. Er war tatsächlich noch da. Nicht verschwunden wie die anderen. Aus Angst, den Halt zu verlieren, wenn sie feststellte, dass er nicht mehr da war, hatte sie jeden Gedanken daran verbannt. Aber er war da und das beruhigte sie. Mary presste sich noch enger an die Wand, verschaffte den Fingern und Armen eine kleine Pause.

»Was ist?«, rief sie nach unten.

Die Worte, die an ihr Ohr drangen, ergaben keinen Sinn. Sie konnte sie einfach nicht entschlüsseln. Aber sie hörte etwas anderes. Panik zuckte durch Marys Glieder. Sie war darauf vorbereitet gewesen, aber jetzt, da es so weit war, ergriff sie die blanke Furcht.

Mary senkte den Kopf und spähte an León vorbei. Tatsächlich, am Fuß der Felswand war eine undeutliche, schemenhafte Gestalt auszumachen.

So nah war er ihr noch nie gekommen. Aber ob es am starken Regen lag, der ihre Sicht verwischte, oder an ihrer Erschöpfung, es gelang ihr nicht, das Bild scharf zu stellen. Ihr Jäger blieb ein schattenhaftes Wesen. Er schien eigenartig grob in der Form und wirkte seltsam ungelenk. Trotzdem meinte sie, seine glühenden Blicke auf sich zu spüren. Blicke, denen sie sich schutzlos ausgeliefert fühlte.

Es war wie eine körperliche Gier, mit der er seine Finger nach ihr ausstreckte, über ihren Körper leckte und danach trachtete, sie zu verschlingen.

Seelentrinker! Der Name war perfekt. Eiskalte Angst, eine Angst wie nie zuvor, bemächtigte sich Mary und diese Angst jagte Adrenalin durch ihre Adern. Mary biss die Zähne aufeinander. »Weiter«, presste sie dazwischen hervor, löste vorsichtig die verkrampften Finger aus den Felsen und zog sich ein Stück höher.

Der Seelentrinker war nun ebenfalls in die Wand eingestiegen. Auch wenn er langsam war, kam er unaufhaltsam näher. Unerbittlich verfolgte er sie den Felsen hinauf.

Marys einzige, wenn auch trügerische Sicherheit war das Portal oben am Krater des Vulkans.

Also kletterte sie.

León unter ihr feuerte sie mit aufmunternden Worten und Durchhalteparolen an. Immer wieder sprach er zu Mary und durch seine bloße Anwesenheit sorgte er dafür, dass ihre Füße und Hände sich immer weiter nach oben schoben. Sie war nicht mehr in der Lage zu antworten, sie konzentrierte sich auf den Aufstieg. Eine falsche Bewegung, ein abgerutschter Griff und sie musste sich keine Sorge mehr um den Seelentrinker unter ihr machen.

Der Regen prasselte mittlerweile schräg gegen den steilen Fels, ihre Finger waren schweißnass und mehr als einmal glitt ihre Hand ab, aber stets schaffte sie es in letzter Sekunde, doch noch Halt zu finden. Die Hände wurden mit jedem Meter kraftloser, die Fingernägel waren eingerissen, die Fingerspitzen spürte sie nur noch, wenn sie die in scharfkantige Felsnasen krallte. Aber immerhin ließ ihr Körper sie nicht im Stich, Hände und Füße schienen mittlerweile alleine ihren Weg zu ertasten.

Mary hing im Fels und alles um sie herum verschmolz zu einem grauen Schleier. Die Welt schien sich vor ihren Augen aufzulösen. Einzig der Fels war noch real. In ihrer Wahrnehmung hatte sich alles vergrößert. Kleine Risse im Stein wurden zu abgrundtiefen Schluchten, Erhöhungen unter ihren Fingern zu Gebirgszügen. Ihre eigenen Hände wurden zu Krallen.

Sie war wie ein verwundetes Tier, das sich kraftlos vorwärts schleppte. Dumpf, aber mit glasklarem Willen machte sie weiter, schob wie in Zeitlupe ihre Hände nach oben, suchte neuen Halt für ihre Füße und zog sich ein weiteres Stück hoch. Der Seelentrinker war vergessen. León ebenso. Es gab nur sie und den schwarzen Stein.

Mary keuchte. Der Schweiß lief ihr in Strömen über das Gesicht. Ihr Herz klopfte hämmernd in ihrer Brust. Ihre Gliedmaße zitterten.

Ein Gedanke formte sich in ihrem Kopf.

Loslassen!

Es war wie ein Versprechen auf eine Welt ohne Schmerzen und Qual. Sie müsste einfach nur loslassen. Es würde vorüber sein.

Dann erinnerte sie sich an León. Sie konnte nicht nach ihm schauen. Unmöglich.

»León.« Es war nur ein heiseres Krächzen, das der Fels zu verschlucken schien.

Sie hielt inne und lauschte.

Hörte ihren eigenen Atem. Stille.

Erneut rief sie nach ihm.

Aber León war nicht mehr da. Er hatte sie verlassen, wie all die anderen zuvor.

Dann vernahm sie etwas anderes.

Ein Raunen. Geflüsterte, wimmernde Worte. Kaum verständlich und furchterregend, doch Mary spürte keine Angst mehr. Die Angst war von einer resignierten Konzentration abgelöst worden.

Sie kletterte stumpf weiter. Sie tat das, weil sie die letzten Stunden nichts anderes gemacht hatte. Dabei dachte sie nicht daran, dass der Weg nach oben längst kürzer war als der nach unten. Mary schaute nicht nach oben und nicht nach unten. Fieberhaft hielt sie die Augen auf den kalten rettenden Stein gerichtet.

Der Wind hatte zugelegt, je weiter sie nach oben gekommen war.

Mary hielt den Kopf seitlich, damit er ihr nicht in die Augen fuhr. Dann spürte sie etwas in ihrem Nacken, kurz darauf auf ihrem Rücken. Wie kleine Stiche, weniger schmerzhaft als lästig.

Was ist das?

Eine Minute verging, dann dämmerte Mary, dass es hagelte. Diese Tatsache war so absurd, dass sie laut auflachte. Das Labyrinth ließ nichts unversucht, um sie aufzuhalten. Jede nur erdenkliche Mühsal war ihr auferlegt worden, jetzt glaubte wer oder was auch immer, dass sie Hagel zum Aufgeben bringen konnte?

»Habt ihr nichts Besseres auf Lager?«, japste sie.

In ihrem Kopf wütete ein hämmernder Schmerz, die Augen brannten und ihre Hände fühlten sich an, als könnte sie sie nie wieder bewegen.

Plötzlich machte Mary über sich eine Bewegung aus. Etwas schob sich in ihr Blickfeld.

Eine Hand.

Mary ächzte überrascht.

Eine Stimme sagte: »Komm, ich helfe dir.«

Zentimeter für Zentimeter drehte Mary ihren Kopf nach oben. Das Gemisch aus Regen und Hagel ließ sie blinzeln. Sie erkannte nichts. Nur eine formlose Gestalt, die alles und nichts sein konnte.

»Komm«, sagte die Stimme noch einmal.

Und aus dem Schemen wurde ein Gesicht.

Jenna.

Das blonde Haar klebte ihr an Stirn und Wangen, ansonsten schien sie ganz die alte. Sie kniete auf einem Felsvorsprung und streckte die Hand nach ihr aus, als wäre es eine Selbstverständlichkeit.

Kann es sein, dass ich den Gipfel erreicht habe?

Mary löste vorsichtig ihren Griff, schob den Arm an ihrem Kopf vorbei nach oben und packte Jennas Arm. Jennas Finger schlossen sich um ihre, sie wurde Stück für Stück und sicher nach oben geleitet. Dann war es geschafft. Jenna zog sie zu sich auf den schmalen Grat des Kraters. Auf der einen Seite die schwarze Felswand, die sie gerade erst überwunden hatte, auf der anderen Seite der tiefe Krater des Vulkans, gefüllt mit grauem Geröll. Mary hatte keinen Blick für ihre Umgebung oder für ihre Retterin. Zum ersten Mal seit Stunden befand sie sich nicht mehr in der Vertikalen, sondern lag bewegungsunfähig auf dem Rücken.

Ihre Augen waren geschlossen. Ihr Brustkorb pumpte und sie war unendlich froh, nicht mehr klettern zu müssen. Was immer jetzt auch kam, es war besser, als im Fels zu hängen.

Eine Zeit lang konnte sie sich nicht rühren. Nicht einmal die Augen öffnen, dann ließ wie auf ein Zeichen der Hagel nach. Mary riss die Augen auf.

Zuerst sah sie nichts, dann tief hängende Wolken, dann Jennas blasses Gesicht.

»Unfassbar, dass du diesen Felsenturm bestiegen hast«, sagte das blonde Mädchen.

Mary wollte antworten, aber ihr fiel nichts ein, was sie sagen konnte, also wiederholte sie nur Jennas Namen.

»Ist schon gut, ruh dich aus«, meinte diese. »Dein Tor ist nicht mehr weit.«

Mary wandte den Kopf und dann sah sie es. Das letzte Tor auf dem Grat des Vulkans. Das blaue auffordernde Leuchten zuckte über sie hinweg, blendete sie. Es war noch immer die einzige Farbe in einer schwarz-weißen Welt. Zum allerersten Mal glaubte sie selbst daran, dass sie es schaffen konnte. Jetzt, da das Portal in greifbarer Nähe lag.

Hinter diesem Tor lag die wahre Welt. Ihre Heimat. David, ihr kleiner Bruder, aber auch ein Leben ohne León. Er war im Labyrinth gestorben, damit sie heimkehren konnte.

Mary starrte auf das Tor. Was war die Wahrheit hinter alldem? Würde sie es jemals erfahren? Was würde sie hinter dem Portal erwarten?

Mary hatte so lange daraufhin gefiebert, aus dem Labyrinth zu entkommen, dass ihr bei dem Gedanken beinahe schlecht wurde, dass es nun tatsächlich vorbei war.

Sie schaute verunsichert zu Jenna hinüber, die am Abgrund stand und gebannt in die Tiefe starrte.

»Er kommt«, rief sie. »Nur noch ein paar Meter. Mary, beeil dich.«

Einen Moment lang wusste Mary nicht, von wem Jenna da redete, so sehr war sie auf das Tor fixiert gewesen. Jennas Entsetzen brachte sie aber ganz schnell zurück in die Gegenwart. Ihr Jäger, ihr Schatten, ihre entsetzliche Angst.

Angst?

Mary horchte in sich hinein.

Sie empfand keine Angst mehr. Aus irgendeinem Grund erschreckte sie die Vorstellung nicht mehr, dem Seelentrinker gegenüberzustehen.

Nein, es war viel mehr als das.

Vielleicht war dies der Punkt, auf den alles im Labyrinth zugesteuert hatte. Vom ersten Moment an, als sie in der Ebene erwacht war. Wie hatte es in der Botschaft geheißen, die Jeb gefunden hatte?

Nur wer sich seinen Ängsten stellt, wird heimkehren.

Und Mary erkannte die Wahrheit hinter diesen Worten. Wenn sie sich jetzt nicht ihrer Angst stellte, würde sie in diesem oder einem anderen Labyrinth des Lebens zurückbleiben, für immer verloren sein.

Sie sog tief die Luft ein, wälzte sich auf und kam wankend auf die Füße. Sie zitterten ein bisschen, hielten Mary aber aufrecht.

»Du musst jetzt gehen, Jenna«, sagte sie heiser.

»Mary, du bist zu schwach. Du ...« Jenna wedelte in die Richtung des Rettung verheißenden Portals.

»Lass mich das jetzt allein machen, Jenna. Bitte!«

Mary wandte den Kopf, starrte an die Stelle, wo ihr Feind auftauchen würde.

Aus dem Augenwinkel nahm sie eine Bewegung wahr, aber als sie hinschaute, war Jenna verschwunden. All ihre Freunde hatten ihr geholfen, hatten sie begleitet und ihr Mut gemacht, wenn sie nicht mehr weiterkonnte. Doch nun war sie allein. Mary lächelte bitter.

So soll es sein. Nur er und ich.

Der Regen hatte nun endgültig aufgehört, aber noch war der Himmel wolkenverdeckt. Der Wind brachte ihre durchnässte Kleidung zum Flattern, doch all das war nun nebensächlich.

Mary fühlte sich so lebendig wie nie.

Alles an ihr schmerzte und ließ sie fühlen, dass sie noch am Leben war.

Ich hätte niemals gedacht, dass ich es bis hierher schaffe.

In wenigen Augenblicken würde sie dem letzten Hindernis gegenüberstehen, sich der letzten Hürde stellen. Dann würde sie durch das Tor gehen oder sterben. Es war egal, nur dieser Moment zählte.

Und dann kam er.

8.

Er war wie ein Schatten. Irgendwie formlos und doch hatte er seine Gestalt. Er schob sich scheinbar mühelos vorwärts, als er näher kam. Er richtete sich auf, ohne den Kopf anzuheben. Mit gesenktem Gesicht stand er vor ihr.

Mary versuchte, sich zu konzentrieren, aber die bisher so beängstigende Form, die ihr Vater angenommen hatte, verschwamm. Er war in ständiger Bewegung, als ob er sich vor ihren Augen auflösen würde, je näher sie ihm kam.

Mary bemühte sich, ruhig zu bleiben, obwohl alles in ihr danach schrie, zum Tor zu rennen. Ihre Hände öffneten und schlossen sich unentwegt zu Fäusten.

Sie schwitzte und fror gleichzeitig. Schweißtropfen liefen über ihre Stirn hinab, rannen am Hals hinunter.

Und plötzlich bemerkte Mary, wie still es um sie herum geworden war.

Nur ein leises, fernes Wispern lag in der Luft. Mary wusste nicht, ob es von dem Seelentrinker ausging. Es klang vielmehr, als würde es ihn umgeben. Sie verstand nicht, was da geflüstert wurde, aber es verursachte einen Schauer auf ihrem Rücken.

Dann hob die Gestalt den Kopf und Mary erschrak.

Das Abbild ihres Vaters wurde nach einem kurzen Moment des

Schreckens immer klarer. Wellen überliefen sein hageres Antlitz, bildeten Nase und Mund, dunkle Augen, deren Blicke sich in ihre brannten. Auf dem Mund lag ein merkwürdiges, verträumtes Lächeln, so als wisse er etwas, das vor ihr verborgen blieb.

»Mary.«

Seine Stimme hatte den unvergleichlichen, tiefen Klang, der sie schon früher hatte erzittern lassen. Es war ein heiserer Klang, der darin mitschwang und der Mary so anwiderte. Sie fühlte Übelkeit in sich aufsteigen. Sie würgte.

Die Arme ihres Vaters öffneten sich. Seine Hände machten eine einladende Geste.

Er wollte sie umarmen.

Aber seine Hände würden nicht still liegen, sondern beginnen, sie zu streicheln.

Erst über die Haare. Dann über das Gesicht.

Dann würde er sie dort berühren, wo sie nicht von ihm berührt werden wollte.

Die Angst würde sie verschlingen.

Stocksteif, keiner Bewegung mächtig, würde sie alles ertragen, bis er von ihr abließ.

Wut stieg in ihr auf.

All die Qual, die sie durchstanden hatte, seit sie im Labyrinth erwacht war, fanden sich in einem Wort.

»Nein!«

Überraschung überzog das Gesicht ihres Vaters, dann bewölkten seine Augen sich mit Zorn.

Glühten finster.

»Komm her!«

Mary blickte zu Boden, presste die Zähne fest aufeinander. Sie bäumte sich innerlich auf. Gegen all das, was ihr Vater ihr und David angetan hatte. »Nein!«

Mary warf sich nach vorn. Ihr ganzer Körper wurde zur Waffe ihrer Verzweiflung. Sie krachte in die Gestalt ihres Vaters hinein und augenblicklich hatte sie das Gefühl, zu Eis zu gefrieren. Schreckliche Schmerzen tobten durch ihren Körper und ein schrilles Kreischen gellte in ihren Ohren. Ein Laut aus der Hölle geboren, doch Mary war ohne Furcht.

Kein Mädchen mehr.

Kein Mensch mehr.

Nur ein Wesen, das um seine nackte Existenz kämpfte.

Der Seelentrinker taumelte, wurde grau und durchscheinend.

Stolperte rückwärts.

Ihr Vater oder das, was von seiner Angst einflößenden Gestalt übrig war, schwankte wie ein Blatt im Wind. Überraschung stand in seinem Gesicht.

Seine Lippen öffneten sich und er seufzte ein Wort. *»Endlich.«*

So etwas wie Frieden erfüllte seinen Blick, als die Schwerkraft ihn über die Kante zog und er stumm in die Tiefe fiel.

Mary fing sich gerade noch vorne an dem Grat ab, beugte sich darüber und sah ihm nach.

Die Gestalt, die dem Abgrund entgegenraste, wurde zu einem formlosen schwarzen Nebel, der explodierte und schließlich zerstob.

Endlich.

Mary ließ sich da, wo sie hockte, zu Boden fallen. Das Gesicht in den Händen vergraben, weinte sie hemmungslos. Um sich, um David, um den Tod der anderen, die mit ihr das Labyrinth durchwandert hatten. Und vor Erleichterung, dass sie ihre größte Angst überwunden hatte, die ihr das Labyrinth auferlegt hatte.

Sie war am Leben. Mary stemmte ihre Hände gegen den Stein, richtete sich langsam auf.

Es wurde Zeit.

Das Tor pulsierte nun bereits in einem schnellen, hektischen Rhythmus, so als rufe es sie zur Eile. Mary schloss geblendet die Augen. Sie bewegte sich wie an einem unsichtbaren Faden gezogen am Grat entlang auf das Portal zu. Sie stand davor und genoss noch einen Moment die Ruhe, die sie tief in sich empfand.

Heimkehren.

Ohne die Lider zu öffnen, schritt sie vorwärts.

In eine andere Welt.

3. Buch

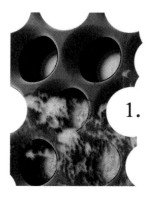

1.

Sie kommt zu sich. Jeden Moment wird sie ihre Augen öffnen. Verdammt, wenigstens eine ist aufgewacht«, sagte eine Stimme, die dumpf, wie aus weiter Ferne an ihr Ohr drang.

»Sie wird wegen der Trachealkanüle, die wir nach dem Luftröhrenschnitt eingesetzt haben, nicht sprechen können, die Atmung kann jederzeit aussetzen.«

»Das wird nicht geschehen. Wir entblocken jetzt das Röhrchen und setzen ein Sprechventil ein, damit die Luft wieder an den Stimmbändern vorbeifließen kann«, sagte eine andere Stimme. Tiefer und dunkler. Weich wie Samt.

Mary spürte, wie sich Hände an ihrem Hals zu schaffen machten, dann hatte sie kurz das Gefühl zu ersticken, aber kurz darauf bekam sie wieder Luft. Dennoch fiel ihr das Atmen plötzlich schwerer, schien mehr Kraft zu kosten. Mary wurde unruhig.

Sosehr sie es auch versuchte, sie konnte die Augen nicht öffnen. Aber sie hörte umso genauer zu. Wo immer sie sich befand, sie war nicht allein. Zwei Stimmen. Zwei Männer waren bei ihr. Sie sprachen, als ob sie besorgt um sie wären. Mary konnte den schnellen Wortfolgen kaum folgen, begriff nicht, was besprochen wurde, aber sie war froh, nicht allein zu sein. Warum war es so dunkel um sie herum?

»Sie versucht, die Augen zu öffnen«, sagte der zweite Mann. »Ihre Pupillen rollen hinter den Lidern.«

»Haben Sie Geduld. Sie ist noch nicht so weit. Ihr Glukosestoffwechsel im Gehirn ist erst seit einigen Stunden wieder außerhalb der kritischen Grenzen. Es wird noch dauern, bis ...«

»Doch, schauen Sie nur!«

»Ihre Hand bewegt sich.«

Sie wollte, was auch immer ihre Augen bedeckte, entfernen ... es war so dunkel. Ihre Hand so schwer ... Wo war sie? War sie ... zu Hause?

Aber wer sprach da zu ihr? Die Stimmen kamen ihr nicht bekannt vor. Wo ... wo war sie?

Ihre Brust hob sich stoßweise, als wenn etwas Schweres auf ihr läge. Es fühlte sich an, als wäre sie lange unter Wasser gewesen und würde nun wieder nach Luft schnappen. Irgendetwas war mit ihrem Hals, aber was es war, konnte sie nicht sagen. Was hatten die Männer mit ihr gemacht?

Sie hatte keine Schmerzen. Aber sie konnte ihre Gliedmaßen nicht spüren. Ein Anflug von Panik machte sich in ihr breit, was bei der schwerfälligen Atmung nicht gerade half. Sie japste krächzend nach Luft.

Die eine Stimme hatte gesagt, sie bewege ihre Hand, aber wenn sie tatsächlich eine Hand bewegte, tat sie es, ohne es zu fühlen. Sie wollte aufschreien, aber ihre Lippen bewegten sich nicht. Sie waren wie gelähmt, wie ... zugenäht.

Ein weiterer, heftiger Panikschub machte sich in ihr breit. Sie spürte Schweiß auf ihrer Stirn. Einer Stirn, die nicht zu ihr zu gehören schien. Sie schluckte unter immensen Anstrengungen.

Bin ich ... gelähmt?

Nein, nein, die eine Stimme hatte doch davon gesprochen, dass sie die Finger bewegte, sie war also nicht gelähmt.

Vielleicht nicht ... vollständig.

»Keine Angst«, sagte jemand leise und nahe ihrem Ohr. Es war die samtene Stimme.

Mary stieß die Luft aus, die sie unbewusst angehalten hatte. Es klang wie ein Krächzen. Alles war gut und Mary wollte es glauben.

Kaum erlaubte sie es sich zu entspannen, schwirrten neue Fragen durch ihrem Kopf.

Wo bin ich? Bin ich zurück zu Hause, wo immer das auch ist?
Hat mich das letzte Tor nach Hause geführt?
Warum fühlt sich alles so fremd an?
Wo sind Mum und David?

War alles nur Lüge? Warum fühlte sich dies hier so überhaupt nicht besser an als das Labyrinth, das sie nur knapp überlebt hatte? Das sie *als Einzige* überlebt hatte.

Mary spürte ein Wimmern ihrer Kehle entweichen. War das ihre Stimme?

Was ist, wenn ich vielleicht noch immer im Labyrinth gefangen bin?

Sie spürte einen warmen Lufthauch an ihrem Ohr. »Alles ist gut. Du bist nicht verletzt. Gib dir noch einen Moment.«

Mary war so müde. Sie hatte keine Kraft. Wollte nur, dass die Stimmen aufhörten zu murmeln, wollte schlafen.

»Sie entgleitet uns wieder«, sagte die erste Stimme. »Wir müssen etwas tun. Geben Sie ihr etwas von dem neuen Medikament.«

»Nein, sie muss auf ihre eigene Art und Weise erwachen. Bei ihr dauert es noch eine Weile. Sie wird jetzt schlafen.«

Ja, schlafen, dachte Mary. *Ich habe schon so lange nicht mehr geschlafen.*

»Und Sie sind sich sicher, dass sie vollends erwachen wird?«

Bevor sie die samtene Stimme erneut vernahm, driftete Mary hinter einen dunklen Schleier.

Als sie das nächste Mal aufwachte, war es anders. Klarer. Mary war bei sich, spürte ihren Körper und lauschte nach den Stimmen, aber niemand war da. Sie konnte ihre Augenlider noch immer nicht öffnen, aber diesmal blieb sie ruhig. Sie hatte geschlafen und ihr war nichts geschehen. Sie war in Sicherheit. An diesem Gedanken hielt sie sich fest.

Es dauerte einen Moment, bis sie ein leises, permanentes Piepsen wahrnahm.

Bevor sie weiter darüber grübeln konnte, hörte sie, wie eine Tür aufschwang und jemand näher kam.

»Sie wacht auf. Verständigen Sie Dr. Westman«, sagte eine weibliche Stimme mit dunklem Klang. Sie kam ihr bekannt vor. Aber es war Mary unmöglich, sich zu erinnern, woher.

Wer ist die Frau? Warum kümmert sie sich um mich? Was ist los mit mir? Und mit wem spricht sie?

Schritte entfernten sich, während sich gleichzeitig eine Hand sanft auf Marys Gesicht legte. Es war also eine weitere Person im Raum gewesen. Finger strichen zart über ihre Wangen. Die Berührung tat ihr gut.

»Mach dir keine Sorgen, Mary. Es wird alles gut. Du hast es geschafft.«

Sie kennt meinen Namen.

Mary bekam unwillkürlich eine Gänsehaut. Wer war die Person, die mit ihr sprach? Die ihren Namen kannte?

Dann durchzuckte sie ein Gedanke: *Ich spüre die Berührung der Fremden, ich bin nicht gelähmt!*

Und die Frau sprach davon, dass sie es geschafft hatte. Mary zwang sich, ihr zu glauben.

Sie hatte es geschafft.

Mary atmete auf. Sie versuchte zu sprechen, aber ihre Lippen ließen sich ebenso wenig öffnen wie ihre Lider.

»Warte einen Moment«, sagte die Frau und Mary fühlte, wie ihr mit einem feuchten Tuch, das nach Zahnpasta roch, über die Augen gewischt wurde.

»Ich kann nichts sehen«, wollte Mary sagen, aber heraus kam nur ein unverständliches Röcheln.

Verzweifelt wand Mary sich und versuchte, ihrer Kehle Laute zu entlocken, die kein Röcheln und Keuchen waren. Vergebens.

»Das ist normal«, sagte die Frau. »Versuch lieber, noch nicht zu sprechen. Der Arzt ist gleich da. Du hast sicherlich viele Fragen ...«

Mary nickte heftig mit dem Kopf.

Die Hand der Frau streichelte über ihr Haar. »... er wird dir ein paar deiner Fragen beantworten. Aber du solltest dich nicht überfordern, die Sinneseindrücke, die bald auf dich einstürzen, fordern dir sowieso schon einiges ab, nicht wahr?«

Mary spürte, wie sich die Frau über sie beugte. »Ich darf dir nichts zu trinken geben, bevor dein Schluckreflex vollständig wiederhergestellt ist, aber ich werde deinen Mund befeuchten. Okay?«

Mary nickte erneut, dann fühlte sie herrliche Kühle auf ihren Lippen.

Die Tür schwang wieder auf. Eine Vielzahl von Stimmen erklang. Mehrere Personen betraten den Raum. Füße scharrten auf glattem Grund und Mary hatte das Gefühl, von Menschen umringt zu sein. Sie fühlte sich beobachtet. Ausgeliefert. Schutzlos. Sie zitterte.

»Ganz ruhig«, sagte die weiche Stimme, die sie schon einmal gehört hatte. »Dir wird nichts geschehen.«

»Ihr Herzschlag beschleunigt sich«, sagte die Frau. »Jetzt einhundertvierzig. Blutdruck steigt.«

Ich bin in einem Krankenhaus, schoss es Mary durch den Kopf. *Was ist passiert? Hatte ich einen Unfall?*

Sie versuchte, sich zu erinnern, aber es gelang ihr nicht. Wenn sie an die Vergangenheit dachte, tauchten Bilder aus dem Labyrinth auf, aber dahinter befand sich nach wie vor eine schwarze Wand, die sie nicht durchdringen konnte.

Wenn das hier mein echtes Leben ist, was ist mit mir geschehen, bevor ich ins Labyrinth kam? Mein Vater ...

Sie wollte den Gedanken nicht zu Ende denken, sondern konzentrierte sich auf das Geschehen um sie herum.

»Sie ist aufgeregt. Es sind zu viele Menschen im Raum. Sie spürt es«, sagte eine Stimme, die sie als eine der beiden von gestern identifizierte. »Alle müssen raus. Nur Sie, Dr. Reacher, die Schwester und ich bleiben hier.«

Kleidung raschelte. Schritte. Die Tür schwang mehrmals auf.

Eine Weile war es still, dann sagte der Mann: »Mary, versuch jetzt, die Augen zu öffnen, aber bereite dich darauf vor, dass du zunächst alles nur verschwommen sehen wirst. Das ist normal und sollte dich nicht beunruhigen. Gib dir einen Moment und alles wird klar werden.«

Mary nickte.

»Schwester, dimmen Sie das Licht und fahren Sie die Jalousien runter. Ich will hier drin nicht mehr als Dämmerlicht.«

Mary zwang sich, die Augen nicht sofort aufzureißen. Nach allem, was im Labyrinth geschehen war, wollte sie sich innerlich davor wappnen, was für eine Welt sie vorfinden würde. Sie sprach sich selbst Mut zu, aber insgeheim wusste sie: Sie hatte keine Kraft mehr zu kämpfen, und wenn nun nicht endgültig alles vorbei war, würde sie lieber sterben, als sich weiter zu quälen.

Mary schlug die Augen auf. Und es war, als würde sie seit Wochen, ja, Monaten zum ersten Mal *sehen*. Bei der Menge an Sinneseindrücken, die sie nun trotz dämmriger Beleuchtung wahrnahm, zuckte sie erschrocken zusammen. Die Welt war in gräuliche und farbige Schemen zerflossen, die sich um sie herumbewegten. Neben ihr stand eine Gestalt, den Seelentrinkern aus dem Labyrinth nicht unähnlich, die auf sie herabsah.

Mary drehte den Kopf. Zwei weitere Schemen. Weiße Flächen, die auf sie zustrebten und wieder vor ihr zerschmolzen.

Dann begriff sie.

Das sind die Wände des Zimmers, in dem ich mich befinde.

Sie blickte an sich hinab. Weiß.

Ich liege in einem Bett.

Über ihr die Raumdecke. Ebenfalls weiß.

Mary schloss geblendet die Augen, aber sofort sagte der Arzt: »Nein, nicht zumachen. Lass die Augen offen, du wirst dich gleich daran gewöhnen. Dein Gehirn braucht eine Weile, bis es die Botschaften entschlüsselt, die deine Sehnerven ihm senden. Wie bei einem Fernseher, der nicht richtig eingestellt ist. Eigentlich ist das Bild da, nur die Justierung stimmt noch nicht.«

Finger schoben vorsichtig, aber unangenehm ihr rechtes Augenlid hoch.

»Bitte schau in das Licht. Versuch, dem Licht zu folgen.«

Dann erstrahlte ein heller Punkt vor ihr, der sich vor ihren Augen langsam hin und her bewegte.

»So ist es gut. Prima.«

Das Licht wurde ausgeschaltet und aus dem Schemen vor ihr wurde ein freundliches Gesicht. Silbernes, langes Haar. Graue Augen, klar wie das Meer. Eine hervorstechende Nase und ein ebenfalls silberner Dreitagebart. Alles an dem Mann schien straff zu sein. Sportlich und kraftvoll. Die gebräunte Haut stand im Kontrast zu den hellen Haaren und Mary schloss daraus, dass der Arzt viel Zeit draußen verbrachte.

Ein warmes Lächeln umspielte einen ausdrucksstarken Mund, der sich nun öffnete: »Wie geht es dir?«

Ein Röcheln kam aus ihrem Mund.

»Deine Stimmbänder sind noch belegt und brauchen nach der künstlichen Beatmung noch etwas Zeit, aber keine Sorge, das gibt sich bald.«

Künstliche Beatmung? Wovon sprach dieser Mann?

»Wwss psst?«

»Was passiert ist?«

Mary nickte.

»Du erinnerst dich nicht, oder?«

»Nnnnn.« Mary war froh, dass sie zum ersten Mal einige Laute formen und zum Klingen bringen konnte. Und dass sie verstanden wurde.

»Ich erkläre dir alles. Lass uns später darüber reden, wenn du etwas Kraft gesammelt hast.«

»Ich denke, sie sollte jetzt ruhen«, sagte der zweite Mann, den Mary als Dr. Reacher identifizierte. »Das alles ist zu viel für sie.«

»Oooo nnn iicch?«, krächzte Mary.

»Im St.-Hills-Klinikum, Vermont. Ich bin Dr. Westman, neben mir steht Dr. Reacher. Wir beide kümmern uns um dich.«

Mary verstand nicht.

Wie war sie hierhergekommen? War sie nach dem Durchschreiten des letzten Tores ohnmächtig geworden und ohne Bewusstsein in einer weiteren Welt erwacht? Oder in der ... *realen* Welt? Hatte sie jemand gefunden und in ein Krankenhaus gebracht?

So musste es sein. Bestimmt war sie in furchtbarem Zustand gewesen. Von der Sonne verbrannt, abgemagert und verdreckt, von offenen Wunden am ganzen Körper übersät.

Sie drehte mühsam den Kopf. Schon diese kleine Bewegung fiel ihr schwer. Dann blickte sie Dr. Westman an, dessen Konturen immer schärfer wurden, je länger Mary die Augen geöffnet hatte.

»Wiiii shnnnnn iii auuu?«

»Wie du aussiehst?« Der Mann lächelte und runzelte die Stirn. »Die Frage verstehe ich nicht. Du bist etwas blass, aber nichts, was wir nicht wieder in Griff bekämen.«

Gesund, blass? War das alles? Wie kann ich nach all den Strapazen nicht vollkommen geschunden aussehen?

Mary erschrak.

Wie lange bin ich schon hier? Tage? Wochen? Monate? Sind meine Verletzungen schon verheilt? Aber dann muss es doch Narben zu sehen geben.

Mary erinnerte sich genau an den furchtbaren Anblick ihrer Arme, als sie die Insel durchquert hatte. Kratzer, offene Wunden, verbrannte Haut. Ihre Hände waren vom Klettern im Fels aufgerissen gewesen. Als sie jetzt unendlich mühsam eine Hand anhob, rutschte der Krankenhauskittel zurück und sie sah makellose weiße Haut. Keine Spur einer Verletzung. Keine Narben.

Sie spürte Tränen aus ihren Augen fließen.

Sofort reagierte der Doktor. »Weine nicht, alles wird gut. Du bist wieder da und das ist die Hauptsache.«

Mary stockte. *Du bist wieder da?* Angst machte sich in ihr breit. Alles hier war surreal. Sie war offenbar in einem Krankenhaus erwacht, hatte keine Erinnerung daran, wie sie hierhergekommen war. Sie trug keinerlei Verletzungen an sich, keine Zeichen ihrer Qualen und ihres Überlebenskampfes. Ihre Haut sah aus, als hätte es diese Strapazen nie gegeben. Träumte sie etwa? Oder war dies alles ein weiteres perfides Kapitel im Labyrinth?

»Bnnnnn iiii nnnnn iii Lbrnt?«

»Ich verstehe dich leider nicht. Ob du wo noch bist?«

»Lbrnt.«

»Ich glaube, sie sagt ›Labyrinth‹«, mischte sich die Schwester ein, die bisher geschwiegen hatte.

Mary nickte heftig.

Dr. Westman legte seine braune Stirn in Falten. »Labyrinth – was meinst du damit?«

»Ttttt.«

Mary sah, wie sich die beiden Ärzte verwirrt ansahen.

»Ttttt.«

»Tot?«

»Jaaaa, siiiii siiiin lll ttttt.«

Dr. Westman erbleichte unter seiner Sonnenbräune. Seine grauen Augen huschten hin und her.

»Sie sind alle tot, hat sie ...«, übersetzte die Schwester leise.

»Ich weiß, was sie gesagt hat«, unterbrach Dr. Westman sie barsch.

Mary vernahm die Stimme des anderen Arztes, Dr. Reacher: »Aber ... aber wie kann sie von den anderen wissen? Sie wurde als Letzte hierher gebracht, alle anderen befanden sich zu diesem Zeitpunkt schon ...«

»Seien Sie still, Dr. Reacher. Jetzt ist nicht der Augenblick dafür. Sie ist verwirrt, wer weiß schon, wen sie meint.«

»Aber ...«

»Schweigen Sie, sehen Sie denn nicht, dass sie vollkommen überfordert ist. Mary ist erschöpft, sie muss sich ausruhen.« Er wandte sich um. »Schwester, geben Sie ihr das Beruhigungsmittel, das wird sie schlafen lassen.«

Marys Stimme war kaum mehr als ein leises Wispern, aber mit aller Kraft rief sie: »Iiiii wiii nnn...«

»Doch, Mary.« Die Stimme Dr. Westmans war noch immer sanft, aber ein harter Ton schwang nun darin mit.

Die Schwester trat ans Bett. Sie sah besorgt aus, ihre sanften Gesichtszüge wirkten wie in Aufruhr. Sie hatte eine Spritze aufgezogen, die sie jetzt in einen Plastikbeutel mit klarer Flüssigkeit injizierte, den Mary erst entdeckte, als sie den Kopf weit nach hinten drehte. Sie folgte mit den Blicken dem durchsichtigen Schlauch, der unter der Bettdecke an ihrer linken Körperseite verschwand. Mary bewegte den Arm, schob ihn unter der Decke hervor. Eine Kanüle war an ihrem Handgelenk festgeklebt. Sie sah die klare Flüssigkeit, die vom Schlauch in ihre Hand führte.

Was spritzen sie mir da?

Immer mehr Fragen tauchten in ihrem trägen Bewusstsein auf, aber Mary war zu schwach, sie zu verfolgen. Das Mittel, das man ihr gab, zeigte sofort seine Wirkung. Sie wurde schläfrig.

Dann glitt Mary davon.

2.

Mary schlug die Augen auf, als die Krankenschwester das Zimmer betrat. Nun konnte sie die Frau deutlich sehen. Sie war in mittleren Jahren, hatte eine sportliche Figur und blond gefärbte Haare, die am Ansatz bereits nachdunkelten. Ihr Gesicht wirkte etwas männlich mit dem markanten Grübchen im Kinn ... Sie hätte schwören können, dass sie diese Gesichtszüge schon einmal gesehen hatte. Doch da lächelte die Schwester freundlich und das Bild in Marys Kopf verpuffte.

»Na, wie fühlst du dich heute?«

Mary war noch etwas benommen und ihre wirren Gedanken im Kopf machten es nicht besser. Die Zunge klebte an ihrem Gaumen. Sie machte eine schwache Geste mit der Hand, um zu signalisieren, dass sie Durst hatte.

»Der Arzt hat gesagt, dass du trinken darfst, aber vorsichtig und nur kleine Mengen. Trotzdem kann es sein, dass du dich verschluckst und husten musst. Sei also darauf vorbereitet.«

Sie kam ans Bett und hielt Mary eine Plastikflasche mit Schnabelöffnung hin. Mary fasste nach der Flasche und musterte die Krankenschwester aus den Augenwinkeln. Dann lenkte sie ihre Konzentration auf die durchsichtige Plastikflasche. In winzigen Mengen ließ sie die Flüssigkeit in ihre Kehle rinnen. Sie verschluckte sich nicht und der Husten blieb auch aus, aber ihr brannte die Kehle. Irgendwie fühlte sich alles rau in ihrem Rachen an. Schließlich gab sie der Schwester die Flasche zurück und versuchte, sich aufzurichten.

»Warte, ich helfe dir.«

Die Frau betätigte einen Schalter am Bettgestell und mit einem leisen Surren hob sie das Kopfteil an. Schließlich erreichte Mary eine Position, in der sie die Schwester direkt ansehen konnte. Diese Augen ... oder waren es die Grübchen ...? Mary bekam die Erinnerung in ihrem Kopf nicht zu fassen.

»Ist es so gut?«, wurde sie gefragt.

»Ja«, krächzte Mary. Sie konnte ihren Blick nicht von der Schwester lösen. Zum Glück bekam diese nicht mit, wie Mary sie unentwegt anstarrte, denn sie drückte an den verschiedenen Apparaturen neben Marys Bett herum.

Die Schwester bedachte sie mit einem kurzen Lächeln. »Oh, deine Stimmbänder scheinen sich zu erholen. Das geht schneller als gedacht.«

Plötzlich spürte Mary ein merkwürdiges Ziehen an ihrem Finger. Sie blickte an sich herab und entdeckte, dass die Spitze ihres linken Zeigefingers in einer Art Plastikkuppe steckte, von der ein Kabel zu einem EKG-Monitor führte.

»Wo bn ich?«

»Das hat der Arzt dir schon gesagt. Im St.-Hills-Klinikum in Vermont. Ich bin Schwester Cecily.«

»Wrrummmm bn ich ie?«

»Ich werde Dr. Westman verständigen, dass du wach bist. Er wird dann gleich deine Fragen beantworten.«

»Bnnn ich verltzt? Krnnk?«

Schwester Cecily lächelte wieder. »Auch darüber wird der Arzt mit dir reden.«

»Welher Tg is heute?«

»Der 28. Juni 2014. Du bist vor fünf Tagen aufgewacht.«

Mary blickte zum Fenster. Die Jalousien waren herabgelassen, aber es schimmerte kein Sonnenlicht hindurch, es musste also bereits Abend oder Nacht sein.

»Wiii lnge habe ich geschlfen?«

»Bitte, frag den Arzt danach«, erwiderte Cecily mit einem bedauernden Kopfschütteln.

»Wrum? Wrum, sgen Sie es mir nicht?«

Cecily wurde nun sichtbar nervös. Sie hatte die Hände vor dem Bauch gefaltet, konnte sie aber nicht stillhalten. Ihr eben noch so warmes Lächeln war einem angespannten Gesichtsausdruck gewichen.

Irgendetwas stimmte hier nicht. Man hielt ihr Informationen vor, sagte ihr nicht, ob sie krank oder verletzt war. Mary wusste nicht, ob sie glauben sollte, dass sie wirklich wieder in der Realität war. Das ungute Gefühl blieb, und dass sie Erinnerungen an Cecily nicht zu fassen bekam, beunruhigte sie zusätzlich. *Habe ich es tatsächlich geschafft?*

Falls sie tatsächlich nicht mehr im Labyrinth war, war sie etwa so instabil, dass man ihr diese Informationen aus gesundheitlichen Gründen vorenthielt? Vielleicht durfte sie sich nicht aufregen, war zu schwach, um den Tatsachen – der Realität, die sie so lange herbeigesehnt hatte – ins Auge zu sehen. Allerdings ... so schwach fühlte sich Mary nicht. Sie war immer noch benommen von dem Schlafmittel, das man ihr gespritzt hatte, aber sie fühlte sich durchaus fähig, sich anzuhören, wie gut oder schlecht es ihr ging.

Ein anderer Gedanke zuckte durch Marys Gehirn. Eine Frage, über die sie schon einmal nachgedacht, sie aber wieder vergessen hatte: *Wo war Mum? David? Waren sie hier?*

Wenn jemand aus ihrer Familie sich im Krankenhaus oder in der Umgebung aufhielt, war das der beste Beweis dafür, dass sie in ihre wahre Welt heimgekehrt war. Doch als sie Cecily danach fragte, was Mary einige Anstrengung kostete, erwiderte diese nur mantraartig: »Auch dazu kann ich dir nichts sagen.«

Mary wurde wütend. Sie hatte nicht sechs Welten des Labyrinths durchquert, um sich jetzt wie ein kleines Kind behandeln zu lassen! »Wo sind sie?«, brachte sie keuchend hervor. Der Zorn ließ ihre Stimme kippen, aber sie konnte sich immerhin deutlicher artikulieren.

Schwester Cecily trat unruhig von einem Fuß auf den anderen und nestelte an den Schläuchen herum, die sie eben schon kontrolliert hatte. Offensichtlich wusste sie etwas, durfte aber nichts sagen. Mary hatte kein Mitleid mit ihr. Sie war keine Minute länger bereit, irgendwelche Spiele zu spielen.

»Ich hole jetzt Dr. Westman«, sagte Cecily. »Er wird sich freuen zu sehen, dass es dir besser geht.«

Mary streckte ihre Hand aus, als die Schwester sich abwenden und gehen wollte. Sie packte Cecily am Handgelenk und zog sie zu sich. »Sagen Sie mir, was hier los ist!«, zischte sie.

»Mary, das geht so nicht. Lass mich los. Dr. Westman wird ...«

»Nein, nicht Dr. Westman, Sie werden es mir sagen. Sofort.«

Ihre Stimme klang selbst in den eigenen Ohren brüchig und noch immer gelang es ihr nicht, alle Wörter deutlich auszusprechen.

»Mary!«

Mary umfasste Schwester Cecilys Handgelenk noch fester. Die verzog schmerzhaft das Gesicht.

»Lass mich los.«

»Wo ist meine Familie?«

Mit einem Ruck entzog sich Cecily Marys Umklammerung,

sodass sie beinahe aus dem Bett gezogen wurde. Das Gesicht der Schwester war rot angelaufen. Erschrocken starrte sie Mary an.

»Das ist nicht okay«, stieß sie hervor. »Du solltest abwarten, was Dr. Westman dir erzählen wird.«

Ich habe jedes Recht, mich zu verhalten, wie ich will, wenn du nur wüsstest, was ich durchgemacht habe, um hier zu landen. Und immer noch keine Antworten zu bekommen.

Die Krankenschwester drehte sich um und verließ ohne ein weiteres Wort das Zimmer.

Mary war wieder allein, aber nicht lange. Es mochten vielleicht zwei Minuten vergangen sein, da hörte sie eilige Schritte auf dem Flur. Die Tür schwang auf und Dr. Westman trat mit einer weiteren Person ein. Es war wieder der junge Arzt, vielleicht fünf Jahre älter als sie selbst, der ihm auf dem Fuß folgte. Wie hatte Dr. Westman ihn noch mal genannt?

Mary entdeckte ein Namensschild auf dem weißen Kittel des Mannes. Dort stand »Daniel Reacher, Assistenzarzt«.

Mary musterte die beiden. Unterschiedlicher konnten diese beiden Typen nicht sein: Dr. Westman wirkte hart und kernig, während von Dr. Reacher eine gewissen Milde ausging. Und während Dr. Westman hellwach schien, wirkte Daniel Reacher müde – anscheinend hatte er schon einen langen Tag hinter sich.

»Hallo Mary«, sagte Dr. Westman mit einem Lächeln im Gesicht.

Mary atmete tief ein und aus und nahm sich vor, sich nicht mit lahmen Antworten abspeisen zu lassen. Sie würde erfahren, was hier los war und warum ihr niemand sagte, was eigentlich geschehen war.

»Hallo«, brachte sie mühsam und mit krächzender Stimme zustande.

»Wie geht es dir?«

»Gut ... einigermaßen.«

»Ich höre, es gab Probleme mit Schwester Cecily.«

»Sie wollte meine Fragen nicht beantworten«, erwiderte Mary und richtete sich auf. Es gefiel ihr nicht, dass sie hier im Bett, in diesem dünnen Nachthemd, allen, die reinkamen und ihren Fragen auswichen, so ausgeliefert war.

Dr. Westman, der Mann mit den grauen Augen, sah sie ruhig an. »Und das war richtig so. Sie hat sich nur an meine Anordnung gehalten.«

Mary verschränkte die Arme vor der Brust. »Dann werden Sie mir jetzt sagen, was hier los ist?« Sie ärgerte sich, dass ihre Stimme unbewusst nach oben gegangen war.

»Ja, ich verstehe, dass du Fragen hast. Aber alles zu seiner Zeit. Zunächst einmal müssen wir dich gründlich untersuchen.«

Mary wollte protestieren, aber er winkte ab. »Später kannst du alles fragen, was du willst. Jetzt richte dich bitte ganz auf.«

Mary tat es widerstrebend. Er leuchtete ihr erneut mit einer winzigen Lampe in die Augen. Anscheinend zufrieden mit dem, was er sah, sagte er zu Mary: »Bitte dreh den Kopf nach links und rechts. Langsam. Sag mir dann, ob du dich schwindelig fühlst.«

Mary bewegte den Kopf in beide Richtungen. »Alles okay«, sagte sie.

»Bitte öffne jetzt deinen Mund.«

Gleich darauf leuchtete er in ihren Rachen. »Noch ein wenig entzündet, aber das heilt in den nächsten Tagen ab. Hast du schon etwas getrunken?«

Mary nickte. »Ich habe Hunger.«

Der Arzt lächelte. »Das ist ein gutes Zeichen. Später wird dir Schwester Cecily etwas Brei bringen.«

Mary verzog das Gesicht.

»Glaub mir, Mary, auch so schon wird das Schlucken schmerzhaft genug sein. Bitte zieh dein Nachthemd aus. Ich möchte dich abhören.«

Sofort merkte Mary, dass ihr Körper steif wurde. Sie sollte sich vor den beiden Männern ...? Insgeheim wusste sie, dass Dr. Westman wohl nicht lockerlassen würde, wenn er jetzt nicht seine Untersuchungen abschließen konnte. Marys Wut hatte sich zwar noch lange nicht gelegt, aber sie beschloss, all ihren Frust und ihre Fragen für später aufzubewahren. Und dann würde sie Dr. Westman damit bombardieren, nahm sich Mary vor. Sie seufzte, aber zögerte dennoch, denn irgendwie genierte sich Mary bei dem Gedanken, dass der junge Arzt ihren Körper sehen würde.

Dr. Westman erkannte die Situation und nickte dem Assistenzarzt zu, der sich abwandte und begann, Marys Krankenblatt zu lesen, das am Ende des Bettes befestigt war.

Mary zog ihr Krankenhemd über den Kopf. Verstohlen sah sie an sich herab – und erstarrte erneut.

Ihr Körper zeigte keinerlei Spuren der Entbehrungen, keine Verletzungen – nicht ein Kratzer war zu sehen! Sie wirkte wohlgenährt. Ganz und gar nicht wie nach einem wochenlangen Hungermarsch durch sechs Welten.

Mary begann, unwillkürlich zu zittern. Ihre Finger tanzten auf der Bettdecke, die Füße zuckten. Sie verspürte den inneren Drang, vor etwas wegzulaufen.

Dr. Westman beugte sich zu ihr herunter. »Mary?«

Sie konnte nicht antworten, presste die Lippen zusammen.

»Mary, was ist los?«

»Ich ... ich ... ich ...«

»Du musst dich beruhigen. Alles ist in Ordnung.«

»Ich ...« Mary presste die Lippen zusammen, um nicht laut aufzustöhnen.

»Atme tief ein und wieder aus.« Dr. Westman wandte sich an Daniel Reacher, der nun aufmerksam zu ihnen herübersah, und nickte ihm zu. Reacher griff sich eine Spritze vom Tablett und zog eine klare Flüssigkeit aus einer Flasche auf. Mit zwei großen Schritten war er am Bett. Bevor Mary reagieren konnte, ergriff er den Plastikschlauch der Infusion und injizierte ihr so die Flüssigkeit.

Mary erschrak, weil das Medikament so schnell Wirkung zeigte. Denn kaum eine Sekunde später wurde Mary ruhiger, wieder fast ein wenig schläfrig. Sie war noch klar im Kopf, nahm aber nun alles etwas gedämpft wahr. Das Licht im Zimmer schien dunkler geworden zu sein, und als Dr. Westman mit ihr sprach, klang seine Stimme nur noch dumpf an ihr Ohr.

»Alles ist gut, Mary. Beruhige dich.« Er machte eine Pause, während er sie aufmerksam betrachtete. »Na, geht es jetzt wieder?«

Mary nickte. Seine Stimme beruhigte sie sofort. Alles um sie herum schien sie nichts mehr anzugehen – sie wusste, was er sagte, war die Wahrheit: Alles wird gut.

»Du solltest dich nicht aufregen, das ist nicht gut für dich in deinem Zustand.«

»Warum?« Marys Stimme klang lang gezogen, es fühlte sich an, als hätte jemand die Worte wie Kaugummi aus ihrem Mund gezogen.

»Du warst lange Zeit nicht unter uns. Alles sollte langsam beginnen.«

Was meinte er damit? Nicht »unter uns«? Sagte er das, weil sie im Labyrinth gewesen war?

Dr. Westman begann mit seiner Untersuchung. Er hörte ihren Brustkorb und Rücken ab, fühlte den Puls an mehreren Stellen und gab die Ergebnisse an seinen Kollegen weiter, der alle Daten notierte. Als die Untersuchung beendet war, zog Mary das Nachthemd herunter. Ihr Blick traf den von Dr. Westman.

Es dauerte unendlich lange, bis sie die Worte hervorgebracht hatte: »Wie lange war ich weg?«

Er sah sie überrascht an. »Erinnerst du dich nicht?«

»Woran sollte ich mich erinnern?«

»An das, was geschehen ist, bevor du hierhergekommen bist.«

Mary fühlte sich leicht, so als würde sie sich langsam aus ihrem Körper lösen, über sich schweben. Aber diese Leichtigkeit war trügerisch, beängstigend, unkontrollierbar. Mary wünschte, sie wäre ihrer Sinne Herrin, denn die Ernsthaftigkeit in Dr. Westmans Stimme war ihr unheimlich. Angst befiel sie. Noch war diese Angst nur ein Schimmer, aber Mary spürte, dass sie in den Vordergrund drängte, vielleicht sogar die Wirkung des Medikaments aufhob, das man ihr gespritzt hatte.

Ich muss versuchen, entspannt zu bleiben. Darf nicht in Panik geraten, sonst stellen sie mich ruhig.

»Ich war im Labyrinth«, sagte Mary.

Dr. Westman blickte kurz zu seinem Kollegen, dann schaute er Mary ernst an. »Ich weiß nicht, was du meinst. Das Labyrinth? Welches Labyrinth?« Er trat näher ans Bett und berührte sanft ihre Hand. Unwillkürlich zuckte sie zurück. Auch diese Bewegung schien ihr unfassbar langsam.

»Mary, du warst nicht ›weg‹ – du warst erst in England, im Londoner St.-Rose's-Heart-Klinikum. Und seit ungefähr drei Monaten bist du bei uns auf der Station.« Er zögerte. Dann ein trockenes Räuspern. »Mary, du lagst im Koma.«

Eine heiße Welle überspülte Mary. Sie verlor den Halt, hielt sich mit aller Macht fest am Laken, an sich selbst. Dr. Westmans Behauptung traf sie mit einem harten Schlag. Das Gehörte überstieg ihre Vorstellungskraft.

Er sprach unterdessen weiter: »Du bist nach einem Selbstmordversuch ins Koma gefallen. Das war vor vier Monaten. Inzwischen bist du nicht mehr in England, sondern in den Vereinigten Staaten. Deine Eltern haben dich in eine Spezialklinik überführen lassen, hierher, damit wir dir dabei helfen können, wieder zu erwachen. Genau das geschah vor fünf Tagen und wir sind alle sehr froh darüber.«

Ihr Mund war trocken.

Selbstmordversuch? Koma? Seit vier Monaten?

Wie kann das sein?

Mary starrte den Arzt an, immer noch unfähig, einen Laut herauszubekommen. Tränen liefen über ihre Wangen. Der Arzt wurde zu einem dunklen Schemen, einer bösen Erinnerung aus dem Labyrinth, dann verschwand er. Sie drehte den Kopf zur Seite, unfähig, irgendwohin zu entkommen. Sie hatte das Gefühl, die Wände rückten näher, schienen sie erdrücken zu wollen. Es war wie im Labyrinth. Sie war im Labyrinth.

In der dritten Welt. In der Mischa zurückgeblieben war.

»Mary, bleib hier«, sagte Dr. Westman. »Nicht davongleiten. Schau mich an. Spür meine Hand.«

Sie versuchte, sich auf das um sie herum zu konzentrieren, darauf, dass dies hier immer noch die Realität, das »Danach«, sein könnte. Sie hoffte es so sehr. Sie wollte dem Arzt, dem dunklen Schemen glauben.

Aber ... da waren diese weißen Wände. Endlos wirkende Gänge und am Ende die pulsierenden Tore, die nach ihr zu rufen schienen.

»Das Labyrinth«, stöhnte sie.

»Es gibt kein Labyrinth, Mary.«

»Ich war dort!«

Dann kippte sie weg.

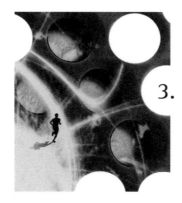

3.

Ich träume, dachte Mary. Und doch war alles so real.

Sie war allein. Allein in ihrem Zimmer, an dessen Wänden keine Bilder hingen, das nackt war, so kahl und leer, wie sie sich fühlte. Mary lag auf dem Bett. In ihrer Hand eine volle Packung Schlaftabletten, die sie ihrer Mutter gestohlen hatte.

Sie blickte sich um.

Werde ich das alles vermissen? Irgendetwas davon?

Der Tag war gegangen und hatte der Nacht Platz gemacht. Draußen vor dem Fenster hing ein bleicher Mond.

Es war still. Als wäre alles Leben irgendwo anders hingegangen. Dann wurde diese Stille durch Davids leises Schluchzen zerrissen. Er lag im Zimmer nebenan.

Mary hörte ihn, aber sie konnte sich nicht erheben. Nicht zu ihm gehen, um ihn zu trösten.

Ihr Vater hatte längst das Zimmer ihres Bruders verlassen.

Und trinkt. Trinkt, um zu vergessen, was er getan hat. Meine Mutter schläft, so wie sie es immer tut, wenn sie vergessen will.

Ich kann es nicht mehr ertragen.

Davids Tränen, für die es keinen Trost gibt.

Wenn ich sterbe, wird er frei sein. Alle werden erfahren, was geschehen ist, niemand kann mehr wegsehen.

Mary richtete sich auf.
Im Schein des Mondlichts drückte sie Tabletten aus der Blisterpackung.
Alle.
Sie würde nun endlich schlafen.
Für immer.
Ihre Hand fasste nach der Wasserflasche. Sie schluckte die ersten fünf weißen, unscheinbar aussehenden Tabletten auf einmal.
Dann die nächste Handvoll.
Noch spürte sie nichts, aber das würde kommen. Nach und nach schluckte sie Tabletten herunter, bis auch die letzte verschwunden war. Dann legte sich Mary wieder aufs Bett.
Sah zur Zimmerdecke.
Und schlief ein.

Mary ruckte hoch und wurde gleich darauf wieder sanft auf das Kissen gedrückt. Sie war wieder da. An diesem Ort, an dem sie nicht sein wollte. An diesem Ort, der ihr Zuhause war, so wie das Labyrinth es dem, der das letzte Tor durchschreitet, versprochen hatte. Dieser Ort, der ihr genauso schlimm erschien wie jede einzelne der sechs überwundenen Welten. Hier, wo die Realität bitter schmeckte und Mary sich leer fühlte. Verlassen. Hier, wo sie erfahren hatte, dass ihr Selbstmordversuch missglückt war und die Realität auf sie wartete.

Das Labyrinth hat nicht gelogen, ich bin tatsächlich zurückgekehrt in mein altes Leben, in die wahre Welt. Und das, was mir das Labyrinth gezeigt hat und mich durchleiden ließ, waren die Gründe, warum ich diese meine Welt verlassen wollte.

Marys Körper fühlte sich bleiern an mit der schmerzlichen Gewissheit, etwas verloren zu haben, jetzt, da sie ihre Realität zurückerlangt hatte.

León.

Er ... die anderen ... es war alles nicht echt gewesen, das war Mary nun klar. Es gab ihr einen Stich ins Herz.

»Mary?«, sagte eine Stimme neben ihr.

Sie schlug die Augen auf, sah Dr. Westman. Er und sein Kollege Reacher waren noch da, lange konnte sie nicht weggenickt sein.

»Geht es?«

Am liebsten hätte sie laut aufgelacht. »Nein«, sagte sie heftig. »Es geht nicht. – Was haben Sie mit mir getan?«

»Du ...«

»Mir ist gerade klar geworden, dass ich versucht habe, Selbstmord zu begehen, und danach anscheinend vier Monate im Koma gelegen habe. Vier Monate!«

»Du bist wieder da, das ist alles, was zählt.« Dr. Westman versuchte sich an einem aufmunternden Lächeln, das ihm nicht ganz gelingen wollte.

»Man versucht nicht, sich umzubringen, um wieder ›da‹ zu sein.« Selbst in ihren eigenen Ohren klang es ätzend.

Dr. Westman schwieg, dann sagte er: »Du hast von einem Labyrinth gesprochen, davon, dass alle tot sind.«

Mary starrte ihn an. Sagte nichts. Ihre Gedanken rasten. Warum fragte er sie danach, wenn doch nun alles nichts und nichtig war, weil sie vier Monate im Koma gelegen hatte! Nicht Welten überlebt, Strapazen hinter sich gebracht, fast verhungert wäre, sich verliebt hatte ... nichts von alledem stimmte. Und doch fühlte es sich realer an, mehr ihr zugehörig als alles, was sie in den letzten Tagen in diesem Zimmer erlebt und erfahren hatte.

Wie sollte sie in ihr beschissenes Leben, das sie beenden wollte, zurückkehren – nach dem, was war? Nach einem Versuch, genau dieses Leben zu verlassen? Mary wusste, dass sie keine

Kraft dazu hatte, Dr. Westman von ihren albtraumhaften vier Monaten im Koma zu erzählen. Davon, was sie und die anderen dort erlebt und wogegen sie gekämpft hatten. Er würde sie auslachen. Noch schlimmer womöglich: für verrückt erklären.

Aber doch hatte das Labyrinth Mary auch ihr wahres Leben gezeigt, das, was sie nun hier wiedererlangt hatte: ihr Vater, ihr Bruder ... alle schrecklichen Erinnerungen fand sie nun auch hier wieder, real und unumstößlich. Als hätte die schmerzhafte Wahrheit die ganze Zeit auf sie gewartet.

»Was hast du damit gemeint, mit dem Labyrinth?«, fragte der Arzt.

Was habe ich damit gemeint?

Das Labyrinth erschien ihr auf einmal so unendlich fern, so unwirklich.

Habe ich alles nur geträumt? War nichts davon wahr? Aber wenn doch Teile dessen wahr waren ... woher sollte sie die Gewissheit nehmen, dass auch alles andere, das Gute aus dem Labyrinth, nicht real sein könnte?

Vor ihrem inneren Auge tauchten die Gesichter ihrer Weggefährten auf.

Jeb.

Jenna.

Kathy.

Tian.

Mischa.

Und León.

Leóns wildes Grinsen, die Zartheit seines Kusses.

Nein, ich habe nicht geträumt. Ich war dort. Im Labyrinth. Ich bin ihnen begegnet, habe mit ihnen gelitten und ich bin der Liebe meines Lebens begegnet.

»Wir waren sieben. Im Labyrinth. Und alle außer mir sind tot.«

Dr. Westman wurde blass. »Woher weißt du ...? Mary, ich verstehe nicht, woher du von den anderen ... wieso sind sie tot?«

Mary holte tief Luft, dann erzählte sie. Dr. Westmans Reaktion gab ihr Kraft, an das zu glauben, was ihr passiert war. Was den anderen passiert war.

An das Unmögliche zu glauben.

»Dann habe ich das letzte Tor durchschritten und bin hier aufgewacht. Ich dachte, ich hätte vielleicht einen Zusammenbruch erlitten und irgendjemand hat mich ins Krankenhaus gebracht, aber nun weiß ich, das Tor hat mich direkt hierher geführt.«

Mary wusste nicht, wie viel Zeit vergangen war, seitdem sie begonnen hatte zu sprechen.

Die Ärzte hatten die meiste Zeit, während sie erzählte, geschwiegen, sich aber hin und wieder verstörte oder beunruhigte Blick zugeworfen. Dr. Westman, der zuvor noch kontrolliert gewirkt hatte, fuhr sich nun immer wieder durch die Haare. Mary konnte die Ungläubigkeit in den Gesichtern ihrer beiden Zuhörer erkennen. Sie glaubten offensichtlich nicht, was sie da gehört hatten. Mary mochte es ja kaum selbst glauben. Aber es war die Wahrheit. León, Jeb, Tian und die anderen, ... all das konnte sie sich nicht ausgedacht haben. Dazu fühlten sich die vergangenen Strapazen zu real an.

Mary wusste nicht, was nun passieren würde. Würde man sie für verrückt erklären? Was auch immer sie ihr versuchten auszureden – dass sie sich alles nur eingebildet hätte – oder einzureden – dass sie unter Wahnvorstellungen litt –, sie würde sich treu bleiben. Ihren Freunden treu bleiben – und an der Erinnerung und an der Wahrheit festhalten.

Mary hob entschlossen den Kopf, als Dr. Westman zu sprechen ansetzte. »Du solltest dich jetzt ausruhen, Mary.«

Mary fuhr auf. »Haben Sie nicht gehört, was ich Ihnen erzählt habe? Wie können Sie das einfach ignorieren ... ich will Antworten! Sofort!«

»Die müssen warten. Du darfst dich noch nicht belasten.« Als er sah, dass Mary etwas erwidern wollte, hob er autoritär die Hand. »Vergiss nicht, du hast für lange Zeit im Koma gelegen. Das allein ist eine enorme körperliche Belastung, die womöglich zu einigen ... vegetativen Veränderungen geführt hat. Hinzu kommt die psychische Belastung durch deinen Selbstmordversuch. Ich weiß nicht, warum du deinem Leben ein Ende setzen wolltest, aber die Probleme haben sich wahrscheinlich für dich nicht gelöst. Wie ich es sehe, ist die Heraufbeschwörung eines innerlich ausgefochtenen Überlebenskampfes in Gestalt dieses Labyrinths, wie du es nennst, lediglich ein Ausdruck deiner physischen und psychischen Belastung.«

Dr. Westman blickte auffordernd seinen Assistenzarzt an, der das Klemmbrett, das am Ende von Marys Bett hing, zur Hand nahm und dort eine Notiz machte.

Er selbst blickte währenddessen milde lächelnd auf Mary hinab. »Du solltest daher zunächst einmal zur Ruhe kommen, Mary. Es ist eine großartige Leistung deines Organismus, dass du überhaupt so schnell aufgewacht bist. Deine kognitiven Fähigkeiten sind noch lange nicht ausgeprägt genug, um schon wieder voll zurechnungsfähig zu sein, daher ...«

»Natürlich bin ich voll zurechnungsfähig! Alles, was ich erzählt habe, ist die Wahrheit. Wieso sollte ich oder mein Unterbewusstsein sich Welten ausgedacht haben, von denen ich bisher noch nichts erfahren habe? Ich sage Ihnen, das Labyrinth hat uns gejagt!« Mary erkannt an den Gesichtern der Ärzte, wie verrückt sie sich anhören musste, und verstummte abrupt. Ein dicker Kloß steckte in ihrem Hals und sie musste sie mit aller Macht zusammenreißen, dass sie nicht anfing zu weinen. »Ich will doch nur meine Familie sehen ...«, brachte Mary noch hervor.

»Keine Sorge, Mary. Du wirst sie sehen, aber das braucht Zeit. Wir wollen dich nicht überbeanspruchen. Und verlang auch nicht zu viel von dir. Wenn du dich wieder an dein voriges Leben erinnerst, sprechen wir uns wieder und erst dann halte ich es für sinnvoll, deine Eltern mit einzubeziehen.« Dr. Westman wandte sich an die Schwester, die seit einiger Zeit in der Tür aufgetaucht war. »Bis dahin wird sich Schwester Cecily um dich kümmern, du hast sie ja schon kennengelernt. Lass es uns langsam angehen, es ist zu deinem Besten, Mary.«

»Aber niemand will mir sagen, warum ich hier bin. Warum wurde ich in die Vereinigten Staaten gebracht? Was kann man hier tun, was in England nicht möglich war?«

»Mary, wir sind eine Spezialklinik. Wir haben hier andere Mittel und Möglichkeiten als in deiner Heimat. Nur dank unserer einzigartigen Technologie haben wir das gewünschte Ergebnis erreicht: Du bist aufgewacht. Was auch immer du erlebt zu haben glaubst oder auch nicht ...« Dr. Westmans Stimme brach abrupt ab und fuhr sich mit den Händen durch sein silbergraues Haar. Er räusperte sich. »... es hat dazu geführt, dass du erwacht bist. Das ist mehr, als wir zur Zeit deines Komaeintritts erwarten konnten.«

»Wo sind meine Eltern? Mein Bruder? Meine Großeltern?«

Dr. Westman seufzte, als wolle er ausdrücken, Marys Fragen wären unangebracht, gleichzeitig wirkte er fahrig. Offenbar konnte er seine Hände nicht still halten – ob das an ihren Fragen lag oder daran, dass er permanent überarbeitet war? Gepresst sagte er: »Mary, ich merke doch, wie verwirrt du bist. Aber ich erkläre es dir gerne noch einmal: Deine Familie befindet sich in England. Es war nicht absehbar, wann du aufwachst. Sie sind bereits informiert und kommen, sobald es aus unserer Sicht sinnvoll ist.«

Mary schwirrte der Kopf – aber nicht, weil sie verwirrt war, wie Dr. Westman ihr einzureden versuchte. Nein. Ihr Geist war klar wie nie. Ein beklemmendes Gefühl machte sich in ihr breit. Ein Gefühl, das sie von innen aufzufressen schien, an ihr nagte. Mary spürte, dass die beiden Ärzte ihr keine Antworten auf die Fragen geben würden, die sie beschäftigten. Sie fühlte sich nicht müde, war aber bereit, sich vorerst den Anordnungen zu fügen.

Sie kniff die Augen zusammen. »Lassen Sie mich raten. Jetzt sagen Sie mir, es sei besser, wenn ich mich ausruhe und ein wenig schlafe. Und dass ich morgen ... bla, bla, bla.« Mary versuchte, ihre Stimme besonders bitter klingen zu lassen. Dann öffnete sie die Augen und nahm Dr. Westman ins Visier.

Der nickte nur ernst und bat Schwester Cecily, Mary gleich ein Nachtmahl zu bringen. Cecily verschwand auf dem Gang. Als auch der Arzt und sein Assistent sich aus dem Zimmer zurückzogen, wirkten beide unruhig, aber irgendwie auch erleichtert.

Dann war Mary allein.

Und sie spürte dem Gefühl in ihr nach, das mächtiger geworden war, je länger der Arzt mit ihr gesprochen hatte ... und ihr mit jeder Aussage mehr Antworten schuldig geblieben war. Obwohl er ihr scheinbar bereitwillig etwas über ihren Krankheitsverlauf erzählt hatte, das Gefühl tief in ihr drin blieb.

Es war das Gefühl, belogen zu werden.

Mary konnte hören, wie sich Dr. Westman und Reacher auf dem Gang unterhielten. Über sie sprachen. Ihre Stimmen waren gedämpft, aber Mary vernahm die Aufregung, die darin mitschwang, bis sie sich entfernten.

Offenbar war Mary alles andere als in Ordnung ... und genau

das war der Grund, warum Dr. Westman ihr keine einzige Frage richtig beantwortet hatte.

Schwester Cecily trat plötzlich an ihr Bett. Mary schreckte kurz auf, so in Gedanken war sie gewesen. Die junge Frau klappte ein an der Seite angebrachtes Brett hoch, auf das sie Marys Abendessen absetzte. Grauer Brei, wahrscheinlich Haferschleim. Mary schüttelte sich innerlich. Diesem Zeug hatte sie noch nie etwas abgewinnen können, aber sie war so hungrig, dass ihr Magen knurrte.

Die Schwester lächelte sie freundlich an. »Ich weiß«, sagte sie. »Nicht gerade etwas Besonderes, aber das kannst du ohne Schmerzen schlucken.«

Sie schnupperte, aber der Brei roch nach nichts. Lediglich die Wärme, die von ihm ausging, kitzelte ihre Nase.

»Ich habe dir auch etwas zu trinken mitgebracht. Kamillentee, er wird deinen Rachen zusätzlich beruhigen.«

Ihr Blick wanderte zu dem durchsichtigen Plastikbeutel, aus dem eine klare Flüssigkeit über einen Schlauch in Marys Adern gelangte.

»Den brauchen wir nun nicht mehr, schließlich kannst du ja mittlerweile feste Nahrung zu dir nehmen«, sagte Schwester Cecily entschlossen. Sie entfernte den Schlauch und zog anschließend die Kanüle ab, deren Nadel in Marys Handrücken steckte. Anschließend klebte sie den Zugang mit einem weißen Pflaster zu.

Cecily nickte Mary lächelnd an. »So, das hätten wir. Okay, dann iss mal schön, aber mach langsam, besonders beim Schlucken, alles in deinem Rachen ist noch empfindlich. In einer halben Stunde komme ich zurück und hole das Tablett.«

Mary wollte sich gerade hungrig über den Brei hermachen, als sie bemerkte, dass Schwester Cecily nicht etwa aus der Tür gegangen war, sondern nur leise die Tür geschlossen hatte.

Munter plapperte Cecily weiter, während sie vorsichtig das Klemmbrett, auf dem Dr. Reacher Notizen gemacht hatte, aus seiner Halterung nahm.

»Ja, mit vollem Bauch schläft es sich besser und du wirst sehen, dass morgen schon alles ganz anders aussehen wird, wenn du dir noch mal durch den Kopf gehen lässt, was du erlebt hast.«

Sie blickte den Löffel Brei, den Mary sich vor die Nase gehalten hatte, vielsagend an und hielt ihr mit einer einladenden Geste das Klemmbrett hin.

Mary begriff sofort. Der Brei enthielt ein Schlafmittel, deswegen schlief man mit vollem Bauch gut. Und morgen, nämlich nach der Lektüre der Akte, würde Mary schon mehr verstehen – und womöglich sogar wissen, was zu tun war.

Die junge Frau hielt noch immer fröhlich vor sich hin murmelnd das Klemmbrett in der Hand, aber dann legte sie es wie aus Vergesslichkeit auf das Bett und wandte sich dem Monitor des EKG-Gerätes zu. Mary griff nach der Akte und schob sie unter ihre Bettdecke. Schwester Cecily drehte sich wieder zu ihr um. »So, und weil ich ja mit dir nicht ›ein Löffelchen für Mama, ein Löffelchen für deinen Bruder‹ spielen muss, lasse ich dich jetzt mal allein. In einer halben Stunde holt die Nachtschwester das Tablett wieder ab. Okay?« Cecily zwinkerte Mary zu, aber lächelte nicht mehr, als sie hinzufügte: »Und von dem Brei gibt es noch mehr – wenn du brav aufisst, bekommst du morgen genau die gleiche Portion noch mal.«

Mary nickte benommen und fühlte mit der Hand nach dem glatten Papier unter der Decke. Als die Schwester das Zimmer verlassen hatte, zog sie das Klemmbrett hervor und begann zu lesen.

Akte 7

Name:

Mary Stratton-Walsh

Alter:

16

Komazustand:

Minimaler Bewusstseinszustand minus

Krankheitsverlauf:

Schwere akute Vergiftung. Patientin komatös seit Suizidversuch mit Schlaftabletten am 12. März 2014.

Prognose:

Erwachen wahrscheinlich

Potenzielle Impulse:

Kindheit und Jugend immer wieder auf Frachter verbracht, ansonsten wohlhabendes Elternhaus mütterlicherseits. Verdacht auf jahrelangen sexuellen Missbrauch durch Vater. Angst vor Einschüchterung, Drangsalierung, Unterdrückung, dann passive Reaktion. Passionierte Schwimmerin. Unterdrückte Aggressionen, Lethargie.

Therapieverlauf:

Kaum Reaktionen bei Beginn der Therapie (Anfang Mai), Blutdruck niedrig, schwacher Herzschlag. Muskelschwund. Nach zwei bis drei Wochen (Ende Mai) erhöhte Herzfrequenz, sich steigernd. Reagieren auf Schmerz, keine Reaktion auf Befehle. Erstaunlicher Muskelaufbau.

Erwacht am:

23. Juni 2014

Weitere Entwicklung:

physischer und psychischer Stress, während der Komazeit sowie danach. Teilweise Amnesie (fragt nach Eltern). Sorge, dass psychische Überlastung zu vegetativer Überlastung und Kollaps führen könnte. Ruhigstellung empfohlen.

Eine halbe Stunde war wahrscheinlich lange nicht genug, um den ersten Teil der Wahrheit zu verdauen – aber diese Herausforderung nahm Mary nur zu gerne an.

Die Akte war mit der Nummer 7 gekennzeichnet. Diese Zahl hatte für Mary inzwischen die größte Aussagekraft, denn es bedeutete, es gab vermutlich noch sechs andere Patienten, und ihr war klar, wer diese Personen waren.

Mary fasste einen Entschluss. Cecily hatte sie in ein großes Geheimnis eingeweiht, von dem Mary offensichtlich nur ein sehr kleiner Teil war. Genauer gesagt, war sie ein Siebtel dessen, was hier in diesem Krankenhaus auf ihre Entdeckung wartete. Das wusste Mary nun mit Bestimmtheit. Ein Gedanke stieg in ihr auf, der sie fast aus dem Bett riss.

León.

Die Frage hämmerte in ihrem Kopf. Verdrängte alles andere.

Ist León in dieser Klinik?

Mit flatternden Fingern brachte es Mary nach einigen Anläufen schließlich fertig, ihre Krankenakte wieder ans Bettende zu hängen. Sie mahnte sich äußerlich zur Ruhe, doch innerlich wurde Mary immer angespannter.

Als sich eine halbe Stunde später die Tür öffnete, platzte Mary beinahe mit ihrer Frage heraus. *Leben er und die anderen noch? Gibt es das Labyrinth oder nicht? Und vor allem, was geschieht hier mit uns?*

Aber es war nur die Nachtschwester, eine kleine pummelige Blondine mit einem freundlichen Gesicht, die das Tablett abräumte und ihr eine gute Nacht wünschte. Den widerlich schmeckenden Brei hatte Mary zur Hälfte gegessen, damit niemand sie mit gespielter Fürsorge bedrängen konnte.

Marys Gedanken drehten sich im Karussell, aber wenig später spürte sie, wie sie immer schläfriger wurde. Schwester Cecily hatte die Wahrheit gesagt: Man mischte ihr Schlafmittel unter das Essen, wahrscheinlich allein aus dem Grund, damit sie keine unangenehmen Fragen stellte. Nach der Lektüre ihrer Krankenakte wusste sie auch, warum jede ihrer Fragen für Dr. Westman und seine fragwürdige Institution so gefährlich gewesen war.

Denn das Experiment, das man hier mit Mary veranstaltet hatte, war offensichtlich mit der Prämisse gestartet, sieben Jugendliche aus dem Koma zu erwecken. Doch erwacht war nur sie, Mary. Nur diejenige Gewinnerin, die das Labyrinth nicht getötet hatte. Mary wusste, dass an der Klinik und unter der Aufsicht von Dr. Westman etwas mit ihr geschehen war, das man vor ihr verbergen wollte.

Denn: Wo waren die anderen?

Kurz bevor sie einschlief, erinnerte sie sich, dass sie nicht mehr die alte Mary war. Nicht mehr die Mary, die sie vor der Zeit im Labyrinth gewesen war, schwach und kraftlos, ohne eigenen Willen, nein, die gab es nicht mehr. An ihre Stelle war eine andere Mary getreten, bereit, sich allen Gefahren und Gegnern zu stellen.

Ich bin nicht schwach. Niemand wird mehr darüber bestimmen, was ich weiß oder nicht wissen darf.

Es ist Zeit, die anderen zu finden. Es ist Zeit zu handeln.

4.

Es war mitten in der Nacht, als Mary erwachte. Sie schlug die Augen auf und schaute ins fast dunkle Zimmer. Einige wenige Schlitze in der Jalousie vor dem Fenster ließen sanfte Lichtstreifen ins Zimmer dringen.

Mary konnte nur noch blauschwarze Schatten und Umrisse ausmachen, aber es war genug, um sich im Raum zu orientieren.

Cecily hat die Schlafmitteldosis reduziert, schoss es Mary durch den Kopf. *Sonst wäre ich wohl kaum jetzt schon aufgewacht.*

Mary lauschte in die Dunkelheit. Sie wusste, was sie tun wollte. Wenn alles still war, würde sie sich auf die Suche nach León und den anderen machen.

Wenn sie wirklich hier sind, finde ich sie. Dies hier ist nichts anderes als das Labyrinth mit seinen weißen Wänden. Ich habe Schlimmeres durchgemacht.

Was sie allerdings tun sollte, wenn sie ihre Freunde tatsächlich aufspürte, wusste Mary nicht. Woher sollte sie wissen, wie sie die sechs Freunde aufwecken sollte? Wahrscheinlich lagen sie, wie Mary noch kurzer Zeit, im Koma.

Draußen auf dem Gang war schon seit geraumer Zeit kein Geräusch mehr zu hören. Sie schaltete das EKG-Gerät aus und zog den Sensor von ihrem Finger ab. Mary lauschte erneut – auf der Station, auf dem Gang blieb alles ruhig. Entschlossen packte sie die Bettdecke und schwang ihre nackten Beine zur Seite.

Einen Augenblick musste Mary innehalten, da ihr schwindelig wurde. Dann stand sie auf.

Der Boden unter ihren bloßen Füßen war noch kälter, als sie gedacht hatte. Doch sie riss sich zusammen, ging zur Tür und zog sie langsam auf. Mary hatte sich überlegt, ob ihre Kleidung vielleicht in einem der Schränke in ihrem Zimmer lag, dann aber den Gedanken beiseitegeschoben. Im Nachthemd konnte sie sich vielleicht herausreden, falls ihr jemand begegnete. Vollkommen angezogen wäre das unmöglich.

Sie blickte den Gang hinauf und hinab. Bleiches Neonlicht warf sein Licht an weiße Wände, die Mary einmal mehr an die dritte Welt erinnerten.

Niemand war zu sehen.

Ihr Zimmer lag am Ende eines fensterlosen Ganges. Am Ende des Ganges konnte sie eine breite Glastür entdecken, direkt daneben befand sich das Schwesternzimmer. Ein schwacher weißlicher Lichtschein erhellte den Gang an dieser Stelle. Aber es war keine Bewegung im Licht auszumachen. Also schien sich zurzeit niemand aufzuhalten. Entweder hatte sich die Nachtschwester hingelegt oder sie machte gerade ihre Runde. Mary hoffte auf Ersteres.

Ihr Blick huschte den Gang entlang. Außer ihrem Zimmer gab es noch Türen zu sechs weiteren Zimmern.

Sieben Zimmer?

Mary drängte es danach zu erfahren, wer in diesen Zimmern lag. Die Hoffnung ließ ihr Herz schneller schlagen und in der Stille hörte sie das Blut in ihren Ohren rauschen. Ruhe bewahren, ermahnte sie sich, und beschloss zu warten. Womöglich war die Krankenschwester in einem der Zimmer. Fünf Minuten vergingen. Als nichts geschah, huschte Mary zur ersten Tür und zog sie leise auf.

Im Lichtschein, der vom Flur hereinfiel, erkannte sie sofort, dass das Zimmer leer war. Komplett leer. Kein Bett, keine medizinischen Geräte, nicht einmal ein Nachtschrank befanden sich darin.

Sie schlich zum nächsten Zimmer.

Ebenso leer wie das zuvor.

Das nächste ebenso.

Ein beklemmendes Gefühl machte sich in Mary breit. Wenn dies ein normales Krankenhaus war, wie Dr. Westman behauptet hatte, warum gab es hier keine Patienten? Mary hastete weiter. Auch die restlichen Zimmer waren leer und unbesetzt.

Oder war sie in einer Spezialabteilung untergebracht, die unterbelegt war? Und ausgerechnet sieben Zimmer für Patienten bereithielt, von denen nur ihres belegt war? Natürlich konnte es sich bei dem St.-Hills-Klinikum um eine Spezialklinik handeln, aber ... nein. Mary glaubte, seitdem sie aus dem Labyrinth erwacht war, nicht mehr an Zufälle – dies hier passte einfach zu gut zueinander, um nicht von vornherein von jemandem genau für sieben potentielle Patienten erdacht worden zu sein.

Mary erreichte auf Zehenspitzen das Schwesternzimmer, dessen Tür geschlossen war. Trotzdem bemühte sie sich, noch leiser zu sein. Gebückt huschte sie an dem großen Empfangsfenster vorbei und öffnete die Glastür am Ende des Flures.

Dunkelheit empfing sie.

Dann schaltete sich über ihr die Deckenbeleuchtung ein.

Marys Herz setzte einen Schlag aus. Sie erwartete jeden Moment eine harsche Stimme, die sie fragte, was zum Teufel sie hier zu suchen hatte. Aber es blieb still.

Ein Bewegungsmelder!

Natürlich, wie hatte sie nur so blöd sein können!

Mary holte tief Luft und schaute geradeaus. Vor ihr lag ein weiterer Gang. Nackt und kalt. Keinerlei Türen führten von ihm ab. Sie fröstelte. Die Erinnerung an die dritte Welt drängte mächtig heran und Mary sah Mischa vor ihrem geistigen Auge, wie er zerschlagen vor ihr, Jeb und Jenna aufgetaucht war und behauptet hatte, León wäre tot. Später hatte er für seine Lüge den Preis bezahlt.

Sie sah auch Kathys feuerrotes Haar vor ihrem inneren Auge, die tiefe Stichwunde in ihrem Unterleib, die sie der anderen zugefügt hatte. Die Bilder stürmten auf sie ein und plötzlich fühlte sich Mary überfordert.

Was suchte sie? Was glaubte sie, hier zu finden? Sie war allein. Nur sie war erwacht – womöglich waren die anderen schon längst fortgebracht worden. Wenn sie denn jemals direkt nebenan untergebracht worden waren.

Mary spürte den übermächtigen Drang, sich in eine Ecke zu kauern und auf die Dunkelheit zu warten. Schweigende Dunkelheit, die sie umfangen würde, wenn sich das automatische Licht wieder ausschalten würde. Oder am liebsten wäre sie zurückgegangen und hätte die Bettdecke über ihr Gesicht gezogen, um zu schlafen. Um zu vergessen. Doch die Wirklichkeit blendete sie mit grellem Licht. Sie spürte genau, die Hoffnung, hier die Wahrheit zu finden, würde sie nie mehr ruhig schlafen lassen.

Ich muss weiter.

Mit nackten Füße tapste sie leise den Flur entlang, der vor einer weiteren Tür endete. Mary holte tief Luft und öffnete auch diese. Nun lag ein Gang vor ihr, der in zwei Richtungen führte. Rechts ging es zu einer weiteren Tür, auf der ›Verwaltung‹ stand, links offenbarten sich ihr mehrere Räume mit Glaswänden, die eindeutig Labore waren. Auch hier befand sich kein Mensch und außer dem Deckenlicht, das sich erneut automatisch eingeschaltet hatte, blinkten nur noch die Anzeigen verschiedener Geräte, deren Sinn Mary verborgen blieb.

Während Mary sich orientierte und überlegte, in welche Richtung sie sich wenden sollte, ging das Licht aus. Sie hatte sich zu lange nicht bewegt, aber durch das fehlende Licht fiel ihr nun ein blaues Leuchten auf, das unter dem Schlitz einer der Türen am Ende des Ganges fiel. Es war ein ungewöhnliches Blau und es pulsierte in einem ruhigen Rhythmus.

Mary erkannte es sofort.

Dort vorn, hinter der nächsten Tür, musste sich ein Portal befinden. Es gab keine andere Erklärung.

Die Erkenntnis durchzuckte Mary. Machte ihr Angst.

Wenn dort ein weiteres Tor ist, dann bin ich nicht in meine wirkliche Welt zurückgekehrt. Dann bin ich noch immer auf der Suche nach meinem wahren Leben.

Dann gibt es auch keinen Jeb, keine Jenna, keinen Tian oder Mischa, keine Kathy und auch keinen León mehr. Sie sind alle tot.

Das Labyrinth hat gesiegt und sein perfides Versprechen gebrochen.

Verzweifelt und mit Tränen in den Augen stolperte Mary auf die Tür zu. Ihre Hand verkrampfte sich, als sie den Griff niederdrückte. Sie trat ein.

Ein leises Summen lag in der Luft. Mary blickte in das blaue Licht, aber vor ihr lag kein Tor, das sie in eine weitere Welt bringen würde.

Der kreisrunde Raum selbst schien dieses Licht auszuströmen, aber dann erkannte Mary, dass das Pulsieren von sechs merkwürdig geformten Liegen kam, auf denen schattengleiche Schemen ruhten. *Wie aufgebahrt,* schoss es Mary durch den Kopf. Doch insgeheim wusste Mary, dass sie gefunden hatte, wonach sie gesucht hatte.

Mit diesem Gedanken im Kopf fiel es Mary zunächst schwer, einen Schritt in den Raum zu machen. Fast hatte sie Angst, sie würde die Ruhe der sechs Jugendlichen stören. Auch das Licht beunruhigte sie immer noch.

Es leuchtete am Kopfende der Liegen auf und erlosch wieder. Der Schein huschte über seltsame Apparate, die über Kabel mit den Ruhenden auf den Liegen verbunden waren. Die Liegen wiederum waren sternförmig angeordnet und alle Personen mit dem Kopf einander zugewandt.

Mary konnte nicht fassen, was sie da sah. Ihre Hände zitterten. Kalter Schweiß rann ihren Nacken hinab, als sich nach und nach der Sinn der ganzen Anordnung in ihr Bewusstsein schlich.

Sie hatte sie gefunden. Die Gewissheit, dass das Labyrinth echt war. Dass sie sich die grausamen Welten nicht zurechtgesponnen hatte.

Denn es gab keinen Zweifel: Die hier aufgebahrten Menschen waren nicht tot. Ihre Freunde aus dem Labyrinth lebten und sie lagen direkt vor ihr.

Still. Unbeweglich.

Das einzige Geräusch kam von den Atemgeräten, an denen die sechs Jugendlichen angeschlossen waren. Ein leises Zischen, wie ein unwirkliches Flüstern. Es roch nach Metall und etwas anderem. Etwas Süßlichem. Wachs. Es roch nach Wachs, warum, wusste sie nicht.

Langsam, dann schnelleren Schrittes ging sie auf die sechs Liegen zu. Mary spürte, wie ihr Herz schneller schlug, nun, da sie den Beweis hatte. Den Beweis, dass sie nicht länger allein war. Nie allein gewesen war. Hektisch trat sie auf die Liege zu, die ihr am nächsten stand. Das Gebilde erinnerte an einen offenen Sarg, nur dass die Seitenteile abgerundet und niedriger waren. Darauf lag mit einem schlichten Nachthemd bekleidet ein Mädchen.

Kathy.

Ihr im blauen Licht schwarz schimmerndes Haar ergoss sich um ihren Kopf und ihren Hals. Eine Kanüle führte zu einem Luftröhrenschnitt und beatmete sie künstlich. Ihr Brustkorb senkte und hob sich kaum merklich.

Kathy war am Leben.

Aber war das wirklich sie?

Sie lag ebenso wie die anderen im Koma, doch Mary wusste, wo sie sich in Wirklichkeit befand.

Im Labyrinth. Gefangen. Nicht tot.

Noch immer.

Mary wandte sich ab und schaute sich hektisch um. Sie suchte ...

Im schummrigen Licht, das weiterhin langsam vor sich hin pulsierte, schritt Mary nacheinander eine Liege nach der anderen ab. Mächtige Apparate erhoben sich hinter den Köpfen der anderen. Auch an diesen blinkten kleine Lichter, aber es gab auch Monitore, die unablässig irgendwelche Daten übertrugen.

Nun stand sie vor Tian. Seine blaue Haarsträhne leuchtete geradezu grell im Licht der Maschinen. Daneben lag Mischa. Das blonde Haar zerstrubbelt wirkte er wie ein schlafender Prinz.

Dann ging sie weiter. Jeb. Obwohl er nicht bei Bewusstsein war, ging von ihm wie schon im Labyrinth eine Kraft aus, die unerschütterlich auf Mary wirkte.

Als sich Mary nach der nächsten Liege umdrehte, musste sie lächeln. Natürlich lag hier Jenna, in Jebs Nähe.

Sie ging weiter und ihr Herz setzte für einen Moment aus, obwohl sie sich für seinen Anblick gewappnet hatte.

León.

Jeden Moment erwartete sie, dass er seine Augen aufschlagen könnte, so lebendig, so warm und vertraut schien ihr sein Gesicht. Seine Tätowierungen konnten über die Verletzlichkeit nicht hinwegtäuschen, die sein Gesicht in der Bewusstlosigkeit ausstrahlte. Er wirkte nicht mehr wie der verbissene Kämpfer, der er war. Nein, vor Mary lag León, wie er hätte sein können, wenn er an einem anderen, gnädigeren Ort geboren wäre. In Marys Augen strahlte er Zärtlichkeit aus und all die schrecklichen Bilder und Zeichen in seinem Gesicht verschwanden, machten in Marys Erinnerung seinem unvergleichlichen Grinsen Platz. Nur einer konnte sie so unnachahmlich schief anlächeln. Und Mary hoffte mehr als andere auf der Welt, dass dies wieder geschehen würde.

Du und die anderen, ihr seid nicht tot und doch unerreichbar für mich. Ihr ruht wie Schlafende, aber ich weiß, ihr schlaft nicht. Ihr kämpft im Labyrinth. Und ich werde dafür sorgen, dass dies ein Ende hat.

Zögernd hob Mary die Hand und fuhr sanft die Linien in Leóns Gesicht entlang. Sie sehnte sich herbei, wieder bei ihm zu sein.

Tränen flossen über ihr Gesicht.

»Du musst nicht weinen«, sagte eine Stimme hinter ihr.

Mary fuhr herum. Ihr Körper wurde steif vor Schreck, aber automatisch nahm sie eine Kampfstellung ein. Ihre Fäuste ballten sich, aber dann erkannte sie, wer da aus dem Halbdunkel heraustrat.

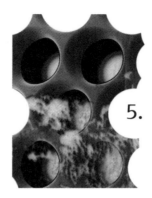

5.

Schwester Cecily. »Sie sind nicht tot«, sagte sie leise. »Ebenso wie du werden sie erwachen ... irgendwann.«

Cecily winkte mit der Hand. »Komm hier rüber. Der Raum, vor allem die Liegen mit den Komapatienten werden videoüberwacht, aber hier in der Ecke können sie uns nicht sehen.«

Mary trat näher. »Sie?«

»Sie – Westman und sein ihm höriger Assistent. Die Kameras übertragen das Bild in sein Büro. Er bekommt eine SMS, sobald hier Bewegungen aufgezeichnet werden, damit er Tag und Nacht weiß, wann seine ... Patienten ...«, diese Worte spuckte sie geradezu heraus, »... aufwachen. Übrigens: Keine Sorge, man kann uns nicht hören.«

Mary wandte sich zu der jungen Schwester um. Im blauen Licht war ihr Gesichtsausdruck nur schwer zu lesen, aber Mary war entschlossen, diese Chance zu ergreifen, um Antworten zu bekommen. »Was hat Dr. Westman mit uns hier gemacht? Sind wir so was wie seine Versuchskaninchen?«

Cecily nickte schnaubend. »Auch wenn Dr. Westman behaupten würde, sein Versuch wäre voll und ganz geglückt.« Sie lachte bitter auf. »Aber warum bist dann nur du aufgewacht und die anderen sind noch in diesem unveränderten Zwischenzustand?«

In Marys Ohren rauschte es und ihre Knie wurden weich. Sie sackte bei dieser Erkenntnis zusammen und Schwester Cecily musste sie unter den Armen greifen, damit Mary nicht zu Boden fiel. »Ein Versuch? Ist es das, was es die ganze Zeit gewesen war?«

Und nur ich bin wirklich zurückgekehrt in diese schreckliche Realität.

»Ich komme regelmäßig nachts hierher«, antwortete Schwester Cecily, ohne auf Marys Fragen einzugehen. »Weil ich nicht fassen kann, wie mit diesen jungen Menschen, mit euch, Mary, umgegangen wird. Ja, ihr seid Versuchskaninchen. Mehr nicht, zumindest in den Augen von Dr. Westman.«

»Ich verstehe immer noch nicht ... was ist das alles hier?«

Cecilys Hand machte eine ausholende Geste. »Das hier, Mary, ist Westmans Vermächtnis an die Menschheit, sein Traum von medizinischer Unsterblichkeit. Das Experiment eines Wahnsinnigen. Ob das alles Westmans Ziel war? Ob er wirklich so etwas wie das Labyrinth erschaffen wollte? Ich weiß es nicht, aber nach allem, was ich hier erlebt habe, halte ich es für möglich. Damals, als ich mich als Stationsschwester nach St. Hills beworben habe, hieß es, hier würde ich an einem Meilenstein in der Hirnforschung teilhaben.« Sie seufzte. »Doch der Traum ist, nach deinen Erzählungen zufolge, Mary, wohl eher zu einem Albtraum geworden, oder?«

Mary nickte zögerlich. All das überstieg ihr Vorstellungsvermögen. Wenn nur sie aus dem Koma erwacht war, hieß das, die anderen waren vielleicht gar nicht verloren? Sie wagte den Gedanken nicht zu Ende zu denken.

Cecily sprach weiter. »Das hier ist *Deep Dream* und es könnte keinen besseren Namen dafür geben.« Sie blickte traurig auf die Liegen. »Aber erst dank dir wissen wir jetzt, wo deine Freunde tatsächlich sind.«

»Im Labyrinth«, flüsterte Mary.

»Dr. Westman und Dr. Reacher wollen die Augen vor der Wahrheit verschließen. Westmans Projekt schien der Stein der Weisen in der Komaforschung zu sein und wir alle bejubelten ihn. Uns ging es fast nicht schnell genug, das Projekt zu starten.«

»Was genau ist denn dieses Projekt? In meiner Krankenakte ...«, Mary sah Cecily fest in die Augen, »steht etwas von Impulsen. Und alles, was da steht ... es ist im Labyrinth wahr geworden.«

»Ich weiß nicht genau, wie es funktioniert. Aber zu Beginn des Projekts wurden Jugendliche mit schwierigen Komaverläufen gesucht, die unterschiedlich und teilweise auch traumatisiert genug waren, um eine möglichst große Impulskraft während des *Deep-Dream*-Schlafs zu erreichen.«

Bei dem Wort »traumatisiert« musste Mary heftig schlucken, aber Cecily sprach ruhig weiter. Und wie schon bei ihrer ersten Begegnung hatte Mary immer mehr das Gefühl, Cecily zu kennen. Ihre Stimme, ihre Wärme. Mary spürte, dass die Erinnerung ihr fast wie auf der Zunge lag ... Schwester Cecily schien Marys vor Grübeln in Falten gelegte Stirn nicht zu bemerken, denn sie erklärte weiter: »Es klingt bestechend logisch, denn: Wie erreicht man einen Menschen, der im Koma liegt? Wie bringt man ihn dazu zu erwachen? Niemand wusste das bisher. Manche Patienten, die jahrelang im Koma lagen, erwachten plötzlich, ohne dass es dafür einen medizinischen Auslöser gab. Andere wiederum schlafen bis zu ihrem Tod. Wir wissen nicht, was das Gehirn veranlasst, wieder in die Realität zurückzukehren. Offensichtlich ist aber, dass es nichts mit äußeren Reizen zu tun haben kann, denn was immer man in Versuchen auch probiert hat, nichts konnte die Patienten zurückholen.«

Mary glaubte, in Cecilys Stimme Schmerz herauszuhören.

Schlimme Erinnerungen vielleicht an einen Angehörigen, der selbst nicht mehr aus dem Koma erwacht war? Hatte sie einen geliebten Menschen verloren?

Cecily steckte ihre Hände tief in die Kitteltaschen. »Dr. Westman hatte womöglich den richtigen Ansatz, eigentlich seltsam, dass noch niemand vor ihm darauf gekommen war. Er dachte sich, wenn man die Komapatienten nicht mit äußeren Impulsen erreichen kann, dann vielleicht mit inneren. *Deep Dream* sollte seine Wunderwaffe im Kampf gegen den ewigen Schlaf werden. Dieses Programm sollte euch verbinden, eure Sprache sprechen, dafür sorgen, dass ihr auf irgendeine Art miteinander kommuniziert, euch gegenseitig anregt, aus dem Koma zu erwachen. Ein neuronales Netzwerk. Ein Netzwerk, das die Gehirne von sieben jugendlichen Komapatienten miteinander verbindet.« Sie deutete auf die Apparate im Hintergrund. »Schau hin, Mary. Das sind die stärksten Computer der Welt. Es gibt nur fünf Stück davon und sie stehen alle hier in diesem Raum. Westman entwarf und programmierte ein Programm, mit dem er nicht nur die Gehirne der Komapatienten verband, sondern auch den Austausch von Impulsen ermöglichte.«

Mary schwirrte der Kopf. »Impulsen?«

»Bilder, Träume, Gedanken. *Deep Dream* sucht im Unterbewusstsein des Jugendlichen nach Informationen, die es den anderen ans Netzwerk angeschlossenen Patienten schicken kann. Diese Informationen sollen Impulse für die Schlafenden sein, die sie anregen, aus den Tiefen ihrer Ohnmacht zu erwachen.«

»Aber es hat viel mehr als das getan«, sagte Mary tonlos.

Cecily seufzte.

»Wir sollten jetzt gehen, Mary. Ich bin froh, dass wenigstens eine von euch aufgewacht ist. Ich habe mir immer nachts vorgestellt, wenn ich hier stand, dass ich vielleicht die Erste sein könnte, die euch in der Realität willkommen heißt. Dass ich euch beibringe, das Leben wieder anzunehmen.«

Mary wollte nicht gehen. Sie wollte nicht loslassen, wieder alleine nach Antworten suchen, nachdem Cecily ihr schon so viel verraten hatte. Jetzt, da sie endlich Auskunft bekam, würde sie weiter Fragen stellen. Mary schüttelte den Kopf.

»Nein, ich kann jetzt nicht einfach gehen.« Sie verschränkte die Arme vor der Brust. »Lassen Sie uns über meine Freunde sprechen. Wie sind sie hierhergekommen? Was ist mit ihnen geschehen? Was hat sie ins Koma gebracht?«

Cecily öffnete die Hände, schloss sie dann wieder, so als suche sie etwas, an dem sie sich festhalten konnte. Sie schaute Mary an, dann erzählte sie: »Alles, oder sagen wir besser vieles, was ich weiß, habe ich den Krankenakten entnommen, manches aber auch bei Gesprächen mitgehört.« Sie holte tief Luft. »Jeb wurde nach einem Motorradunfall mit schweren Kopfverletzungen eingeliefert. Er war an diesem Tag bei seiner sterbenden Mutter im Krankenhaus, so viel wissen wir, danach hat er sich auf seine Harley gesetzt und ist davongerast. Als er von einem Zubringer auf den Highway einbiegen wollte, hat er einen Schwertransporter übersehen. Der Fahrer hat noch versucht zu bremsen, Jeb aber voll erwischt und fünfzig Meter weit mitgeschleppt. Es ist ein Wunder, dass er noch am Leben ist.«

Mary schluckte trocken. Sie musste Cecily fragen. Jetzt und sofort, bevor sie sich das Schicksal der anderen anhörte.

»Was war mit León?«

»Eine Kugel steckte in seiner Wirbelsäule. Man hat ihn in eine Langzeitnarkose versetzt.« Mary blickte sie fragend an.

»Ins künstliche Koma versetzt und operiert, aber er ist nicht wieder erwacht. Angeblich war er in eine Schießerei mit einer verfeindeten Gang verwickelt.«

Mary stockte der Atem bei dem, was sie hörte. Sie wusste einiges über Leóns Vergangenheit, aber das wahre Ausmaß der Gewalt, mit der er aufgewachsen war, wurde ihr erst jetzt bewusst. Und noch etwas wurde ihr klar: Es war alles tatsächlich wahr. Alles, was sie erlebt, was sie miteinander geteilt und was sie einander anvertraut hatten.

Cecily sprach unterdessen weiter. »Kathy war vor ihrem Unfall die beste Surferin Australiens. Ein Idol in ihrem Land. Sie kam nach Hawaii, um an einem großen Surfwettbewerb teilzunehmen, der ihr den internationalen Durchbruch und mächtige Sponsoren bringen sollte. Beim Training kollidierte sie mit einem anderen Mädchen. Deren Surfbrett erwischte sie am Kopf. Kathy wurde bewusstlos und ertrank fast, seitdem liegt sie im Koma.«

Mary schluckte trocken, während es in ihrem Kopf nur so tobte. All dies war wahr. Die anderen existierten auch in der Realität. »Was ist mit Tian?«

»Oh, der ist ein besonderer Fall. Er erspielt in sogenannten Goldfarmen in Onlinespielen wichtige und kostbare Waffen, Artefakte und Ähnliches, die über spezielle Plattformen verkauft werden. Überall auf der Welt gibt es Spieler, die die beste Ausrüstung besitzen wollen, aber nicht die Zeit haben, sich die Sachen selbst zu erspielen. Dadurch hat sich in China ein ganzer Markt entwickelt. In dunklen, unbeleuchteten Hallen sitzen Jugendliche wie Tian und zocken den ganzen Tag. Manchmal vierzig Stunden am Stück, ohne zu essen oder zu trinken. Sie verlieren sich für ein paar Dollar, in Computerspielen, das meiste sackt der Betreiber der Goldfarm ein, vergessen die reale Welt, bis sie irgendwann vom Stuhl kippen wie Tian, der einen Gehirnschlag erlitten hat und seitdem im Koma liegt.«

»Das ist schrecklich«, sagte Mary und schüttelte sich innerlich. »Was ist mit Mischa?«

Cecily lächelte. »Er ist der Prominente unter euch sieben, der Sohn des russischen Präsidenten, der bei einem Anschlag ums Leben kam. Mischa war bei dem Attentat dabei. Er fuhr in einem Fahrzeug hinter seinem Vater, als die Kolonne von tschetschenischen Rebellen angegriffen wurde. Sein Vater starb im Kugelhagel, er selbst wurde bei der Explosion einer Handgranate so schwer verletzt, dass er ins Koma fiel. Seine Chancen, wieder zu erwachen, sind die geringsten von allen, denn wir wissen nicht mal, wie viel Schaden sein Gehirn genommen hat.«

»Wir haben noch nicht über Jenna gesprochen«, sagte Mary.

Cecily sah sie schweigend an.

»Was ist?«, fragte Mary.

»Ahnst du es nicht?«

»Was? Was soll ich ahnen?«

Ein ungutes Gefühl beschlich sie.

Cecily holte tief Luft. »Sie wurde nicht verletzt und ist auch nicht krank. Jenna hat sich freiwillig ins Koma versetzen lassen.« Sie machte eine Pause.

»Um Jeb zurückzuholen.«

Da plötzlich verstand Mary alles. Jenna. Die sternförmige Tätowierung an ihrem Handgelenk, die immer auftauchte und wieder verschwand. Jenna war, ohne es selbst zu ahnen, der Stern am Himmel gewesen, der sie alle geführt hatte. *Deep Dream* hatte auch ihre Erinnerung gelöscht, aber das Bild des Sterns war stark in ihr gewesen. Sie war ins Labyrinth gekommen, um Jeb und ihnen allen beim Erwachen zu helfen, aber *Deep Dream* hatte es verhindert und Jenna stattdessen zu einem weiteren Teilnehmer an diesem grausamen Spiel gemacht.

»Können wir etwas für León und die anderen tun?«, fragte Mary.

Sie schüttelte den Kopf und sah Mary mit einem Blick an, in dem Kummer lag und Schmerz. »Die Körper deiner Freunde sind zwar am Leben. Aber nach all dem, was du erzählt hast, habe ich die Hoffnung auf ein glückliches Ende verloren. Wie sollen sie aufwachen, wenn sie noch immer *da drin* sind?«

Mary wollte gerade erwidern, dass sie die Hoffnung nicht aufgeben würde, niemals. Sie würde, solange León und die anderen dort lagen, sich immer danach sehnen, wieder von León in die Arme genommen zu werden.

Da durchzuckte sie ein Gedanke wie ein Blitz. Leóns Welt, Los Angeles, als er sie das erste Mal in den Armen gehalten hatte ... daher glaubte sie, Cecily zu kennen. Ihre Stimme, ihr sanftes Wesen, ihre Hilfsbereitschaft – Carmelita, die sie in der heißen Stadt gerettet hatte, sie war hier, bei ihr im St. Hills. Cecily war Carmelita. Und war Carmelita nicht wie sie eine Krankenschwester?

»Da drin ... Cecily, da drin bist du mir schon mal begegnet. Du warst da, im Labyrinth!«

Schwester Cecily sah sie unverständlich an. »Aber ... wie ... Mary, bist du dir sicher?«

Da platzten die Erinnerungen nur so aus Mary heraus: »Ja, wir waren in L.A. unterwegs. Die Stadt war im Ausnahmezustand – und du hast uns geholfen, hast uns mit Essen und Kleidung versorgt. – Keine Ahnung, wie das möglich ist, aber ich bin mir sicher.«

»Aber ...« Cecily brach ab, dann wurde sie im fahlen blauen Licht noch ein wenig blasser. »Das ist unmöglich ...«

»Doch. Ich erkenne dich wieder an deiner Stimme, obwohl du vollkommen anders aussiehst wie im Labyrinth. Schon die ganze Zeit habe ich gedacht, dass du mir schon mal begegnet sein musst ... aber jetzt, jetzt weiß ich es!« Mary war ganz aufgeregt.

Sie wusste nicht, wieso, aber diese Erkenntnis gab ihr noch mehr Gewissheit, dass die anderen aus dem Labyrinth zu retten waren.

»Mary. Hör mir zu, ich weiß, wieso du mich im Labyrinth gesehen hast.« Sie räusperte sich und Mary trat noch näher an ihr Gegenüber heran, um keines der folgenden Worte zu verpassen. »Du hast mich gesehen, weil du einmal, als ich Visite hier im Raum gemacht habe, die Augen aufgeschlagen hast.«

Sie legte Mary eine Hand auf ihre Schulter und Mary hätte sich beinahe schluchzend um ihren Hals geworfen. Aber da hatte Cecily sie schon an sich herangezogen. Sie flüsterte Mary ins Ohr: »Ich werde nicht weiter zulassen, dass deinen Freunden noch mehr Leid angetan wird. Wir können ihnen helfen, aber nur du weißt, wie, Mary. Du musst mehr erfahren über die anderen ... wenn wir zusammenhalten ... versprichst du mir, dass du niemandem mehr vom Labyrinth erzählst? Ich weiß, wozu Dr. Westman fähig ist, wenn er nicht das gewünschte Ergebnis erhält.«

Mary nickte. »Ja, ich halte dicht. Aber ... was sollen wir denn jetzt ...?«, fragte Mary, als Schwester Cecily sie unterbrach: »Ich habe einen Plan, aber dafür ist es heute schon spät. Besser, wenn du jetzt zurück in dein Zimmer gehst, bevor du hier gesehen wirst. Morgen beim Frühstück weißt du vielleicht schon mehr, was meinst du?« Sie zwinkerte Mary verschwörerisch zu.

Mary lächelte zögerlich. Meinte Cecily das, was Mary vermutete? Welche der Krankenakten würde sie morgen von Schwester Cecily bekommen? Und, eine noch wichtigere Frage: Was würde sie damit anfangen? Wie sollte sie Dr. Westman fortan etwas vormachen, wenn sie schon alles ausgeplaudert hatte über das Labyrinth? Nun, darüber konnte sie sich morgen den Kopf zerbrechen, im Augenblick waren andere Dinge wichtiger.

Mary nickte in Richtung der Kameras. »Was ist damit?«

»Darum kümmere ich mich. Ich lösche die Aufzeichnungen

und Dr. Westman erkläre ich, das Ganze sei eine Fehlfunktion gewesen.«

Bevor Mary sich umdrehte, um zu gehen, rutschte ihr noch eine letzte Frage heraus: »Warum hilfst du mir?«

Ein müdes Lächeln erschien auf Schwester Cecilys Gesicht. »Weil ich weiß, was es bedeutet, einen Menschen für immer aufzugeben.«

Der Weg zurück zu ihrem Krankenzimmer schien Mary unendlich lang vorzukommen. Sie fühlte sich schwach, körperlich und seelisch ausgelaugt.

Vor ihrem Zimmerfenster fing der Morgen an zu grauen. Mary legte sich benommen zurück in ihr Bett. Wie erschlagen fühlte sie sich.

Alles, was sie gehört hatte, überstieg ihre Vorstellungskraft, ließ sie verzweifeln. Ein verrückter Wissenschaftler, der jugendliche Komapatienten als Versuchskaninchen missbrauchte. Ein Computerprogramm, das aus Erinnerungen Welten erschuf, mit Gefahren bevölkerte und somit die ultimative Herausforderung für jeden der Schlafenden geschaffen hatte. Nun hatte sie einige Antworten auf ihre vielen Fragen bekommen ... aber statt ihren Wissensdurst zu besänftigen, schossen ihr nur noch mehr Fragen durch den Kopf. Sie war hellwach.

War das Labyrinth etwa wirklich genau das, was sich Dr. Westman erhofft hatte, als er die sieben Jugendlichen an das System angeschlossen hatte? Sie erinnerte sich an Westmans bleiches Gesicht und seine fahrigen Bewegungen, als sie ihm und Reacher das erste Mal vom Labyrinth erzählt hatte. Ganz sicher hatte »Überlebenskampf« nicht auf dessen therapeutischem Plan gestanden, als er die Jugendlichen in den tiefen Traum geschickt hatte? Und das alles im Namen der Wissenschaft!

Alle Strapazen sollen tatsächlich nur ihre Einbildung gewesen sein? Und doch waren ihre Freunde wirklich im Labyrinth ... im Koma ... zurückgeblieben – ohne eine Chance, je wieder herauszukommen. Mary hoffte, dass es anders war, dass es Hoffnung gab. Aber alles, was sie gehört hatte, fügte sich nun Puzzleteil an Puzzleteil eng ans andere: das blaue Leuchten der Portale. In Wirklichkeit das Schimmern von Apparaten. Ihre Ängste und Erinnerungen, die als Impulse – als Gefahren und in Form von Jägern – auf sie losgingen. Das alles war das Werk eines Wahnsinnigen! Durften Ärzte im Namen der Wissenschaft alles tun, nur weil sie es konnten? War es richtig, junge Komapatienten zu quälen, in der Hoffnung, dass sie aus ihrem Zustand erwachten?

All diese Qualen, all dieses Leid im Labyrinth, konnte ihr Erwachen eine Rechtfertigung dafür sein?

Nein, das kann es nicht. Sechs junge Menschen leiden, nur damit einer aufwachen konnte. Der Preis ist zu hoch. Und wer weiß, vielleicht wären sie von allein oder durch eine andere Methode irgendwann doch erwacht, aber nun nimmt ihnen Deep Dream *jede Möglichkeit dazu, indem es sie im Labyrinth gefangen hält.*

Ich kann das nicht zulassen.

Sie sollen leben.

Mary fasste einen Entschluss. Sie wusste nun, dass León und die anderen hier waren. Sie wusste, sie lebten, atmeten, wurden nur geistig vom Labyrinth gefangen gehalten ... und sogar Außenstehende wie Schwester Cecily konnten ins Labyrinth gelangen, wenn auch nur als Randfigur. Also müsste es doch möglich sein ...

Aber nur du weißt, wie, Mary, hatte Cecily gesagt.

Mary dachte nach. Wenn die anderen hier in der Realität nicht tot waren, hatten sie dann auch wie sie selbst eine Chance, aus dem Labyrinth zu kommen? Hatte sie irgendeinen ihrer Gefährten sterben sehen? Tian fiel in eine Schlucht. Kathy war in der Eisstadt zurückgeblieben und ohne die Möglichkeit, ein Tor zu durchschreiten, wahrscheinlich gestorben. Mischa blieb in der weißen Welt zurück. León im Untergrund von Los Angeles. Jeb schaffte es nicht, den sinkenden Frachter zu verlassen, Jenna nicht, das Tor zu durchschreiten. Sie alle waren in diesem Moment allein gewesen. Vielleicht sind sie nicht einmal im Labyrinth gestorben, sondern nur in diesen Welten gefangen.

Vielleicht ließ das Labyrinth nur Menschen im wachen Zustand durch die Portale in andere Welten reisen. Je länger sie darüber nachgrübelte, desto logischer erschien ihr der Gedanke.

Bewusstlos, im Koma. Abnormal.

Auf einmal fuhr Mary aus ihrem Bett hoch. Das EKG-Gerät! Sie hatte sich nicht wieder angeschlossen. Fieberhaft und mit klopfendem Herzen tastete sie nach dem Sensor, schob ihn rasch über ihren Finger und schaltete das Gerät wieder an. Ein paar Minuten blieb sie zitternd liegen, bis sich ihr Puls beruhigt hatte. Sie fürchtete, dass jeden Moment eine Nachtschwester den Kopf zur Tür hereinstreckte und wissen wollte, was los war.

Doch alles blieb ruhig. Mary atmete durch und ließ sich wieder in ihre Gedanken fallen.

Sie wusste nun, dass das Labyrinth Welten im Geist erschuf, die nur existierten, wenn man im Koma lag und mit diesen heftigen Impulsen versorgt wurde.

Es stand so viel auf dem Spiel. Das Leben ihrer Freunde und Leóns Leben und ihre Liebe. Sie würde weiterkämpfen müssen. Notfalls bis zum letzten Atemzug.

Aber zuvor brauchte sie Informationen. Informationen, die ihr Cecily geben wollte. Aber wie lange, bis das aufflog?

Mary wusste, dass sie nichts mehr zu verlieren hatte. Die Realität, in die sie zurückgekehrt war, war fast genau so erschreckend wie die Welten des Labyrinths. All das hier war ihr ebenso fremd wie die Welten, die sie überlebt hatte. Auch diese Klinik war bloß eine weitere Welt, mit Regeln, die sie nicht verstand, und mit Experimenten, die sie verhindern musste. Sie musste alldem ein Ende setzen.

Dazu würde sie die Krankenakten der anderen brauchen, die ihr Schwester Cecily angekündigt hatte. Mary musste bekanntmachen, was hier im St. Hills passiert war und wie Dr. Westmans Versuch ausgegangen war.

Aber erst nachdem sie ihre Freunde befreit hatte. Allein in ihrer Hand lag es, dass das Experiment abgebrochen und ihre Freunde gerettet wurden.

Und mit diesem Gedanken fiel Mary in einen unruhigen, kurzen Schlaf.

6.

Der Tag begann mit Sonnenschein, der durch die Ritzen des Rollladens ins Zimmer fiel. Mary kroch übermüdet aus dem Bett und stolperte zum Fenster. Mit steifen Fingern zog sie die Jalousie hoch, nur um kurz darauf die vom hellen Licht geblendeten Augen zu schließen. Es musste schon spät am Vormittag sein, denn als sie endlich wieder sehen konnte, stand die Sonne schon hoch am Himmel. Mary blickte auf eine Landschaft, die nur aus Bäumen zu bestehen schien. So weit das Auge reichte, nur grün belaubte Bäume, von denen sich die ersten bereits verfärbten.

Es gab keine Straße, keinen Parkplatz – es schien, als würde sie aus ihrem Zimmer ins Überall und Nirgends gucken. Dies musste die Rückseite des Gebäudes sein, von dem Mary immer noch nicht wusste, wie groß es eigentlich war.

Na, wenigstens habe ich eine schöne Aussicht.

So wie es aussah, hatte man sie im ersten oder zweiten Stock untergebracht, das ließ sich aus der Perspektive schließen. Mary suchte nach einem Griff, um das Fenster zu öffnen, aber es gab keinen. Also presste sie ihr Gesicht gegen die kühle Scheibe und schielte nach unten, aber es gab nichts zu sehen, nur ein Stück graue Betonwand.

Enttäuscht wandte sich Mary ab und legte sich aufs Bett.

Es war erstaunlich, dass man sie so lange schlafen ließ. Mary wollte gerade über die letzte Nacht nachdenken und ihre Gedanken und alles Erfahrene sortieren, als die Tür aufschwang und eine ihr unbekannte Tagesschwester ein Tablett auf den Händen balancierend eintrat. Der lautstarke Tonfall der Schwester ließ Mary noch nicht einmal darüber nachdenken, ob sie die Begegnung mit Schwester Cecily gestern vielleicht einfach nur geträumt hatte. Doch als sie sich aufrichtete, spürte sie etwas kühles Glattes unter ihren Beinen. Alle Zweifel waren dahin: Dies war die nächste Krankenakte. Merkwürdigerweise hatte sie das Schriftstück beim Aufstehen nicht bemerkt. War es die Akte von León?

»Guten Morgen«, sagte die Schwester fröhlich. »Na, gut geschlafen?«

Mary nickte und fragte sich, während sie sich die Akte unter den Po schob, wo Schwester Cecily wohl war. Hatte sie nicht versprochen, ihr das Frühstück vorbeizubringen? Die schon etwas ältere Schwester mit dunklen Haaren und grauen Strähnen fuhr einfach fort, über das Wetter zu reden, und endete dann mit »... und jetzt ist es Zeit für dein leckeres Frühstück«.

Mary wusste nicht, ob diese Freundlichkeit echt oder gespielt war, aber sie hatte beschlossen, an dieser Klinik niemandem außer Cecily zu vertrauen. So viel Gefahr, wie die junge Stationsschwester auf sich genommen hatte, um ihr erste Informationen zuzuspielen, musste Marys Vertrauen rechtfertigen. Zudem hatte sie ja den handfesten Beweis, dass sie es ernst meinte, wenn sie sagte, dass sie Mary weiterhin mit Informationen versorgen würde – bis sie wusste, was zu tun wäre.

Vor allem anderen jedoch musste Mary, gerade weil sie sich mit ihren Labyrintherlebnissen schon Dr. Westman anvertraut hatte, gute Miene zum bösen Spiel machen. Niemand sollte ahnen, dass sie weitaus mehr wusste, als sie durchscheinen ließ.

Mary richtete sich auf und beugte sich appetitheuchelnd über die dampfende Schüssel, während die Schwester das Tablett auf dem Nachttisch abstellte.

»Wie geht es dir? Wie fühlst du dich heute?«, fragte sie, während sie zu Marys Entsetzen geschäftig das Laken von Marys Bett richtete.

»Ist das wieder dieser widerliche Brei?«, brachte Mary hervor und war froh, dass die Akte sicher unter ihrem Po versteckt war. Das hoffte sie jedenfalls.

»Haferschleim.« Die Schwester lächelte entschuldigend. »Iss, es macht wenigstens satt.«

»Gibt's heute wenigstens Kaffee?« Mary deutete auf die kleine Porzellankanne.

»Wo denkst du hin? Kamillentee.« Die Schwester blickte auf den EKG-Monitor über dem Bett, drückte ein paar Knöpfe und runzelte die Stirn.

Mary hielt die Luft an. Wahrscheinlich rief die Schwester die Ergebnisse der Nacht ab und machte sich jetzt Gedanken, warum es zeitliche Unterbrechungen in den Aufzeichnungen gab.

Sie schaute auf Marys Fingersensor, tippte ihn mit dem Finger an.

»Ist das Ding in der Nacht abgegangen?«

Mary versuchte, unschuldig zu wirken. »Oh, das kann schon sein. Ich habe echt schlimme Albträume gehabt, vielleicht ist er verrutscht.«

»Ach herrje, du Arme. Aber wenn es weiter nichts ist, dann liegt es wenigstens nicht am Gerät selbst.«

Mary nahm einen ersten Löffel ihres Breis und fragte dann mit vollem Mund: »Brauche ich das überhaupt noch? Ich meine, ich bin doch nicht akut gefährdet?«

»Das nicht, aber die Möglichkeit eines ... Rückfalls besteht immer. Ich will dir da keine Angst machen. Wir wollen einfach sehen, dass es dir auch weiterhin so gut geht wie bisher. Du bist überraschend stabil, aber sicher ist sicher.«

»Was liegt heute an? Kann mich meine Familie besuchen?«

Die Schwester zögerte. »Ich glaube nicht. Soweit ich weiß, befinden sich deine Eltern in England, aber der Ärztestab hat sie bestimmt verständigt. Vielleicht könnt ihr später telefonieren?«

»Das wäre super. Wann?«

»Gleich kommt Dr. Westman. Heute beginnen die Untersuchungen, danach ist sicherlich Zeit dafür, wenn du dich nicht zu sehr überanstrengst. Und jetzt iss in Ruhe, in einer halben Stunde hole ich das Tablett wieder ab.«

Als die Schwester gegangen war, würgte Mary lustlos das Essen herunter. Sie traute sich mit Dr. Westmans anstehender Visite und bei helllichtem Tag nicht, die Akte aufzuschlagen. Stattdessen zog sie das Laken unter ihrem Kopfkissen zur Seite und legte die Aktenmappe flach darunter. Leider stand kein Name auf der Akte. Während sie den pappigen Brei aß, überlegte Mary, wie sie weiter vorgehen konnte. Irgendwie glaubte sie nicht daran, dass Westman ihre Familie von ihrem Erwachen benachrichtigt hatte, und ebenso wenig glaubte sie daran, dass man sie telefonieren lassen würde. Schließlich würde Dr. Westman doch nach allem, was Mary letzte Nacht erfahren hatte, nicht wollen, dass Mary jemandem von außerhalb über die Schrecknisse ihres tiefen Traums erzählte. Sie wusste, dass sie Dr. Westmans Interessen eindeutig gegen sich hatte. Umso wichtiger war es, nun noch mal mehr die unschuldige und nichtsahnende Patientin zu spielen, die glaubt, man täte hier wirklich alles zu ihrem Besten.

Die anderen sind auf mich angewiesen.

Mary mochte sich gar nicht vorstellen, was es bedeuten würde, wenn Dr. Westman auf die Idee käme, den Versuch abzubrechen und die Geräte ihrer Freunde abzuschalten. *Nun ist es meine Aufgabe, ihnen aus dem Labyrinth zu helfen. Aber wie?*

Letzte Nacht hatte sie erkannt, alles hing von Westmans Entscheidungen ab, es lag in seiner Hand, ob er den Versuch *Deep Dream* weiterlaufen lassen würde oder nicht. Falls ja, könnte sie sein Wissen dazu nutzen, um die anderen zu retten. Das allerdings setzte voraus, dass es Mary gelang, ihn, wenn sie erst mehr erfahren hatte als jetzt, gehörig unter Druck zu setzen. Das war nicht allzu schwer, denn ihr Wissen über das Experiment mit *Deep Dream* war hochexplosiver Stoff. Jede Zeitung im Land würde sich darauf stürzen.

Aber was, wenn Dr. Westman ahnt, was ich inzwischen alles weiß? Er wird dafür sorgen, dass ich niemandem davon erzählen kann.

Westman war sicherlich kein Mörder, aber wer wusste schon, wie weit er bereit war zu gehen. Vielleicht passierte ein kleiner medizinischer »Unfall«. Und schon würde niemand je erfahren, was hier geschehen war.

Unwillkürlich schüttelte Mary den Kopf. Ihre Fantasie ging mit ihr durch, aber sie wusste auch, Dr. Westman würde mit allen Mitteln verhindern, dass Mary mit ihrer Geschichte an die Öffentlichkeit ging. Sie schluckte.

Ich muss mich absichern. Unbedingt. Es darf keinen Ausweg für Westman geben.

Bei diesem Gedanken schwang die Tür auf und Dr. Westman betrat lächelnd den Raum.

»Guten Morgen, Mary. Heute ist ein wichtiger Tag für uns«, begann Westman mit gewohnt samtener Stimme. »Wir werden ein paar Tests machen und erfahren, wie du die Zeit im Koma überstanden hast.«

Beinahe hätte Mary laut gelacht.

Ich weiß, wie ich die Zeit im Labyrinth überstanden habe.

Mary zwang sich, sich nichts anmerken zu lassen. Ihr Gesicht durfte keine verdächtige Regung zeigen. »Haben Sie meine Eltern verständigt?«

»Wir haben es versucht, aber niemand erreicht. Es ist Wochenende, vielleicht sind sie für ein paar Tage verreist. Aber keine Sorge, sobald sie sich melden, leiten wir das Gespräch an dich weiter.«

Mary ahnte, dass Westman Zeit gewinnen wollte. Wofür, war ihr nicht ganz klar, aber vielleicht legte er sich gerade einen Plan zurecht, wie er das Versagen von *Deep Dream* in einen Erfolg ummünzen konnte. Er musste damit rechnen, dass sie irgendwann, wahrscheinlich früher als später, die Wahrheit in die Welt tragen würde, aber bis dahin konnte er seine Position festigen.

Plötzlich durchzuckte Mary ein Gedanke. *Er wird erklären, dass ich mir alles nur eingebildet, dass ich geträumt habe, und wenn ich auf meiner Version der Dinge bestehe, wird er behaupten, dass ich durch das lange Koma einen dauerhaften Schaden davongetragen habe.*

Bevor dies geschieht, muss ich dafür sorgen, dass León und die anderen erwachen.

»Na, dann wollen wir mal«, sagte Dr. Westman und rieb sich die Hände. Mary blickte in seine kalten Augen und erschauderte. Sie war gewappnet für alles, was heute kommen möge.

Die Untersuchungen waren zäh und langwierig. Mary musste sich einer Kernspintomografie, einer Computertomografie und zahlreichen körperlichen und geistigen Tests unterziehen. Alles unter der Leitung von Dr. Westman, wobei Mary an diesem Tag begriff, dass das Team um Dr. Westman sehr klein war. Da gab es

Dr. Reacher und neben Schwester Cecily noch zwei weitere Pflegekräfte, die sich allein um das *Deep-Dream*-Projekt kümmerten. Offenbar unterlag *Deep Dream* der höchsten Geheimhaltungsstufe im St. Hills – und dank Cecilys Enthüllungen letzte Nacht wusste sie auch, warum.

Mary war nervös, wie ihre Untersuchungen verlaufen würden. Doch an Dr. Westmans Reaktionen auf ihre Ergebnisse ahnte Mary am Ende des Tages bereits, dass sie offenbar zufriedenstellend abgeschlossen hatte.

Alle Untersuchungen zeigten hervorragende Ergebnisse. Mary hatte keinerlei Schäden durch das Koma und den Versuch mit *Deep Dream* davongetragen. Sie war so fit und gesund, wie es in ihrer Situation möglich war. Natürlich litt sie ein wenig unter Muskelschwund, die Zeit im Koma war nicht ganz ohne Folgen geblieben, aber Westman versicherte ihr, dass ein ausgewogenes Training bald dafür sorgen würde, dass sie wieder die Alte wurde.

Mary presste bei dieser Aussage die Lippen zusammen, um nicht laut mit ihrem ersten Gedanken herauszuplatzen. Sie würde nie wieder die Alte werden, nicht nach ihrer Zeit im Labyrinth.

Als der Tag sich dem Ende neigte, war Mary so erschöpft, dass sie sofort ins Bett fiel. Sie erinnerte sich an die Akte unter ihrem Kopfkissen und ihr wurde ganz heiß beim Gedanken daran, dass man in der Zwischenzeit womöglich ihr Bett abgezogen und die Unterlagen gefunden haben könnte.

Sobald sie allein im Zimmer war, tastete sie danach. Nein, sie war noch da.

Akte 1

Name:

Katherine Davis

Alter:

17

Komazustand:

Wachkoma, stabil

Krankheitsverlauf:

Nach Surfunfall Fraktur der Schläfenregion, intrakranielle Blutung in den Epiduralraum zwischen Schädelknochen und Dura mater, Riss der Arteria meningea media. Not-Operation Trepanation, Öffnung der Schädeldecke, zusätzliche Schädigung des Gehirns durch Sauerstoffmangel und als Folge der Reanimation

Folgeuntersuchungen nach Operation:

Computertomografie, Magnetresonanztomografie, evozierte Potentiale: Nervenbahnen auf ihre Durchlässigkeit überprüft

Potenzielle Stimulanzen:

Akustische Stimulation: Wind- und Meeresgeräusche, sensible Stimulation, medikamentöse Stimulation durch Amantadin

Therapieverlauf:

Neurologische Frührehabilitation, funktionelles Training, Physiotherapie, Ergotherapie, Mobilisationstraining zum Sitzen oder Stehen mittels Kippbrett

Erwacht am:

Weitere Entwicklung:

ungewisse potenzielle Impulse durch Deep Dream, *siehe Versuchsverlauf*

Die Untersuchungen wurden am nächsten Tag fortgesetzt und am übernächsten. Jeden Abend und jeden Morgen fand Mary jeweils eine neue Akte unter ihrer Bettdecke. Nach und nach las sie sich in die erschütternden Therapieberichte ihrer Freunde – und konnte kaum fassen, was sie las.

Jeder von ihnen hatte tatsächlich mehr als intensive »potentielle Impulse«, wie das Formular sie kühl nannte. Für Mary waren diese Impulse nichts weniger als gefährliche Folterinstrumente, die das System, die Computer, die *Deep Dream* für Dr. Westman ausführten, auf perverseste Weise bei ihnen sieben angewandt hat.

Nicht, um sie wieder aufwachen zu lassen, sondern auf immer und ewig in den Fängen des Systems gefangen zu halten. Je mehr sie über die anderen erfuhr, desto deutlicher wurde Mary, wie *Deep Dream* funktionierte.

Deep Dream hat offensichtlich das Unterbewusstsein der Patienten durchforscht und nach starken Bildern gesucht. Bilder, die immer wieder in ihnen auftauchten, aus diesen Bildern hatte es dann die Welten erschaffen. Die erste dieser Welten entsprach Jebs Erinnerungen an die Landschaft seines Volkes. Er war Halbindianer und hatte die Sommer in den ursprünglichen Landschaften eines Reservats bei seinem Großvater verbracht.

Woher kam die zweite Welt? Die Stadt im ewigen Eis. Zerstört, mit Menschen wie Geistern darin.

Tian. Er wäre ein fanatischer Spieler gewesen. Anscheinend war das die virtuelle Welt, in der Tian Stunde um Stunde verbracht hat. *Last Man Standing Berlin*. Mary schauderte es.

Das Labyrinth der weißen Welten?

Da musste sie spekulieren, aber sie vermutete, dass diese Welt aus Mischas Erinnerung entstanden war. Es hatte irgendetwas mit den Zahlenrätseln zu tun, die Mischa im Labyrinth gelöst hatte. So musste es sein, denn die restlichen Welten ließen sich eindeutig bestimmten Personen zuordnen.

Los Angeles. Der Bürgerkrieg. Die Slums. Das war Leóns Welt. *Die fünfte Welt, der Frachter meines Vaters entstand aus meiner eigenen Erinnerung.*

Blieb noch die paradiesische Vulkaninsel? Kathy! Sie war Surferin gewesen und um die ganze Welt gereist. Warum allerdings ein Teil dieser Welt nur in Schwarz und Weiß gehalten worden war, wusste sie nicht.

Blieb noch eine einzige Frage. Die Seelentrinker. Woher waren sie gekommen? Was hatte es mit ihnen auf sich?

Deep Dream musste erkannt haben, dass es ihre eigenen Ängste waren, die sie blockierten und am Erwachen hinderten, also zwang das Programm sie dazu, sich mit ihren Problemen auseinanderzusetzen. Natürlich auf groteske Weise, aber der Gedanke war richtig. Sie selbst war erwacht, nachdem sie sich auf dem Gipfel dem Seelentrinker gestellt und von ihrer größten Angst befreit hatte.

Und aus den Notizen von Dr. Westman und Reacher trat außerdem eine andere Gewissheit hervor: Das, was *Deep Dream*, das Labyrinth, mit Mary und den anderen getan hatte, war alles andere als geplant gewesen. *Deep Dream* suchte im Unterbewusstsein des Jugendlichen nach Informationen, die es den anderen ans Netzwerk angeschlossenen Patienten schicken konnte. Diese Informationen sollten Impulse für die Schlafenden sein, die sie anregten, aus den Tiefen ihres Bewusstseins zu erwachen. Aber stattdessen tauschten sie Bilder aus und so hatte *Deep Dream* so etwas wie eine eigene Welt erschaffen. Das Labyrinth. Voller Gefahren und Herausforderungen mit eigenen Regeln des Überlebens.

Anscheinend hatten Westman und Reacher nichts vom Labyrinth geahnt, aber trotz der Tatsache, was mit den jugendlichen

Komapatienten geschehen war, schienen Westman und Reacher die Sache als Erfolg zu werten. Immerhin war es ihnen ja gelungen, eine Person aus dem Koma zu holen. Ihrer Auffassung nach waren das einhundert Prozent mehr als zuvor.

Plötzlich wurde ihr all das zu viel. Mary gähnte. Sie streckte sich und es fiel ihr schwer, die Augen offen zu halten, aber sie musste noch die Akten verstecken. Mary schob sie unter ihren Körper, dann schlief sie ein.

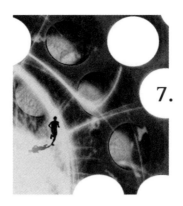

7.

Am nächsten Morgen, Mary hatte lange und tief geschlafen, fielen ihr die Akten wieder ein. Sie erschrak, als sie die Pappordner nicht unter sich spürte, und machte sich hektisch auf die Suche danach, aber sosehr sie auch suchte, die Akten waren verschwunden. Mary betete inständig darum, dass Cecily in der Nacht da gewesen war und sie mitgenommen hatte, da spürte sie ein leises Knistern unter sich.

Mary bekam Herzklopfen, als sie vorsichtig ihre Finger unter das Laken an ihrem Kopfende schob. Dabei wanderte ihr Blick immer wieder zur Tür, hinter der sie momentan keine Schritte hörte.

Sie fühlte ein Stück Papier, einen kleinen Zettel. War er etwa aus einer der Akten gefallen?

Hastig zog Mary ihn hervor – doch es war kein ärztliches Formular oder etwas, das sie aus den Akten wiedererkannte.

Nur ein einfacher, quadratischer Zettel mit einer kurzen Botschaft darauf.

Reacher zweifelt. Sprich mit ihm.

Bevor Mary darüber nachdenken konnte, was diese Nachricht bedeuten möge, schwang die Tür auf und die rundliche blonde Schwester betrat das Zimmer, brachte ihr das gleiche widerliche

Frühstück wie schon am Tag zuvor. Sie zwinkerte Mary zu und wünschte ihr einen guten Morgen. Dann nahm sie den Sensor von Marys Finger und schaltete das EKG ab. Offenbar hatten die Ergebnisse der letzten drei Tage gezeigt, dass sie nun nicht mehr dauerhaft überwacht werden musste. Mary atmete auf.

»Werden heute wieder Untersuchungen vorgenommen?«

Die Schwester schüttelte den Kopf. »Nicht, dass ich wüsste. Ich glaube, Dr. Reacher wertet noch die Ergebnisse aus.«

»Wo ist Dr. Westman?«

»Der ist heute Morgen nach Denver geflogen. Zu Besprechungen und kommt erst spät in der Nacht wieder, wenn er überhaupt noch in die Klinik kommt. Dr. Reacher ist heute seine Vertretung, er ist die ganze Zeit im Haus, falls du ihn sehen willst.«

»Später vielleicht, danke. Kommt Schwester Cecily heute zum Dienst?«

Die Schwester sah sie eindringlich an. »Wer?«

»Schwester Cecily, die andere Schwester.«

»Hier gibt es keine Schwester mit diesem Namen. Seit du erwacht bist, betreut dich in der Spätschicht Schwester Helen. Erinnerst du dich nicht an sie?«

Mary zuckte zusammen. Was war hier los? Schwester Cecily sollte es nicht geben? Dafür eine andere Nachtschwester. Sie wusste nichts von einer Schwester Helen. Was für ein perfides Spiel wurde hier getrieben?

Doch plötzlich gab in Marys Gedanken alles einen Sinn. »Reacher zweifelt.« Die Nachricht musste von Cecily stammen! Sie hatte sie ihr vielleicht noch im letzten Moment zugesteckt, die Akten unter Marys Kopfkissen entfernt, bevor ... ja, bevor was?

War sie aufgeflogen? Ihre einzige Verbündete an diesem furchtbaren Ort aus dem Spiel genommen worden? Ahnten Reacher und Westman, wie viel sie bereits wusste?

Ein Schauer lief Mary über den Rücken.

Wenn Schwester Cecily nachts die Ordner unter ihrem Körper hervorgezogen hätte, müsste sie es gespürt haben und aufgewacht sein. Die letzten Tage hatte sie nur leichten Schlaf gefunden, warum sollte es letzte Nacht anders gewesen sein? Doch Mary wusste, dass dieser Zettel, den sie zerknüllt in ihrer schweißnassen Hand hielt, und die Verleumdung von Schwester Cecily nur eines bedeuten konnte: Cecily war verschwunden. Sie war ... Mary traute sich den Gedanken nicht zu Ende zu denken, bevor sie Gewissheit hatte.

Aber tief in ihr drinnen wusste sie: Das alles war schlüssig, ergab einen, wenn auch schmerzhaften, Sinn und fügte sich nahtlos zusammen.

Mary kniff die Augen zusammen. Sie würde sich nicht täuschen lassen. Man war ihr und Schwester Cecily auf die Spur gekommen, aber noch konnte die Gegenseite nicht ahnen, wie viel sie tatsächlich herausgefunden hatte. Hoffte sie. Denn Cecily hatte dafür gesorgt, dass niemand wusste, dass Mary die Akten der anderen gelesen hatte.

Und sie hatte ihr einen neuen Tipp gegeben.

Reacher zweifelt.

Als sie aufsah, war die Schwester, die sie gerade angelogen hatte, verschwunden und die Tür ging erneut auf. Reacher betrat das Zimmer. Wenn überhaupt möglich, sah er noch erschöpfter aus als an den Tagen zuvor. Sein Haar war verstrubbelt, stand vom Kopf ab. Die Augen waren gerötet, als habe er kaum Schlaf bekommen. Alles in allem machte er den Eindruck, als könne er gleich zusammenbrechen.

Sein anfangs noch so weiches und freundliches Gesicht war nun von tiefen Schatten unter den Augen und einer gräulichen Gesichtsfarbe gezeichnet. Offensichtlich arbeitete er momentan rund um die Uhr, um Dr. Westman zu vertreten – und vielleicht, so hoffte Mary, drückten seine tiefen Sorgenfalten im Gesicht noch etwas anderes aus: seine Gewissheit, dass das Experiment um Mary und die anderen gescheitert war.

Mary vermutete bei seinem Anblick, dass er sich bei der ganzen Sache nicht so wohlfühlte wie Westman. Vielleicht hatte er ja ein schlechtes Gewissen oder sah seine medizinische Reputation gefährdet, sollte jemals etwas von diesem Versuch an die Öffentlichkeit dringen. Vielleicht ging ihm das alles zu weit und er und Westman hatten sich gestritten? Wie auch immer, sein Zustand ließ Mary neue Hoffnung schöpfen.

Sie richtete sich im Bett auf und schob sich ein Kissen in den Rücken. Reacher trat zu ihr. Der Arzt schaute sie kaum an, als er sich vor ihrem Bett positionierte. War er tatsächlich von Zweifeln und Unsicherheit getrieben, die ihm so offensichtlich ins Gesicht standen? Mary beschloss, seine Gesinnung auf die Probe zu stellen.

»Guten Morgen«, sagte er.

Mary hielt sich nicht lange mit Vorreden auf. »Wo ist Schwester Cecily?«

Reacher schien kurz zu stutzen, aber anscheinend hatte ihn jemand auf diese Situation vorbereitet. »Es gibt hier ...«

»Sagen Sie es nicht. Ich bin nicht verrückt und habe sie mir auch nicht eingebildet. Wo ist Schwester Cecily?«

Reacher seufzte und fuhr sich durch die Haare. Sein Blick wanderte zur Tür, als wollte er sichergehen, dass Dr. Westman nicht plötzlich dort auftauchte ... dann: »Westman hat sie weggeschickt. Er glaubt, sie habe dir Informationen zukommen lassen. Patientenakten waren verschwunden und Westman ist sich sicher, dass sie dahintersteckt. Er fragt sich, was sie damit gemacht hat. Cecily hat ihm gesagt, sie habe nichts angerührt, aber er hat ihr nicht geglaubt. Also hat er sie gefeuert.« Reacher sah aus, wie jemand, der längst aufgegeben hatte. Mary wollte sich genau dies zunutze machen ... sie wusste auch schon, wie.

»Und Schwester Cecily ist einfach so gegangen? Das wollen Sie mir erzählen? Sie würde mich nicht im Stich lassen.«

Ein trauriger Blick traf sie. »Cecily hat bei einem Unfall ihren Mann verloren. Ihre kleine Tochter war ebenfalls im Auto, als es geschah, und ist seitdem gelähmt. Ihre Pflege kostet viel Geld. Westman hat ihr gesagt, wenn sie irgendetwas darüber verlauten lasse, was hier geschehen ist, würde er dafür sorgen, dass sie nie wieder einen Job findet. Also ist sie gegangen.«

Dieses Schwein, dachte Mary. »Was für eine miese Erpressung!«

»Ja, langsam komme ich auch dahinter, wozu er fähig ist.« Ein weiteres Seufzen verließ seinen Mund.

»Die Ergebnisse von gestern, stimmen die?«, fragte Mary.

»Ja, alles hervorragend. Besser als gehofft.« Ein sanftes Lächeln stahl sich auf sein Gesicht.

»Westman hält mich hier ohne ausreichenden medizinischen Befund fest und verhindert, dass ich Kontakt mit meiner Familie aufnehme.«

»Ich bin mir nicht sicher, ob man es so bezeichnen kann. Du bist noch schwach und es ist klar, dass wir dich erst eine Weile beobachten müssen, bevor wir einer Entlassung zustimmen können.«

»Ach ja? Ich sehe das ganz anders. Westman will Zeit gewinnen, die Dinge so hindrehen, dass alles wie ein großartiger Erfolg aussieht, mich will er dabei kaltstellen. Möglichst niemand soll meine Version der ganzen Sache hören und notfalls erklärt er mich einfach für verrückt. Es gibt keine Beweise für meine Behauptungen. Keine Narben von den Wunden. Keine Unterernährung. Keine sichtbaren Hinweise auf totale geistige und körperliche Erschöpfung. Er wird einfach erklären, ich habe alles nur geträumt. Niemand wird mir glauben und er steht da als der Mann, der einen hoffnungslosen Fall zurückgeholt, einem Mädchen das Leben wiedergegeben hat.«

»Ja«, gab Reacher schließlich verblüfft zu. »So könnte er es machen.«

Mary schnaubte auf. Der Gedanke musste ihm schon selbst gekommen sein, denn überarbeitet oder nicht, loyal oder nicht, Reacher ahnte bestimmt, wozu Westman fähig war.

Mary schaute entschlossen auf. »Mir bleibt nur eine Chance.«

»Du willst zuerst an die Öffentlichkeit gehen«, erriet Reacher.

Mary lächelte ihn an. »Das war mein erster Gedanke, aber nein, ich habe inzwischen etwas ganz anderes vor und dazu brauche ich Ihre Hilfe.« Sie setzte an, um ihren Plan zu erläutern.

Sie sprach ruhig, aber Reacher wurde mit jedem Wort blasser, bis er so aussah, als sei er gerade von den Toten auferstanden.

»Das kann ich nicht tun, Mary, und das weißt du auch«, stöhnte er, als Mary geendet hatte.

»Doch, das können und werden Sie tun oder ich schwöre Ihnen, ich reiße Sie in den Abgrund.«

»Ich würde meinen Job verlieren. Meine medizinische Reputation. Mary, ich habe Familie. Wenn ich meinen Job verliere, verliere ich auch mein Einkommen. Westman wird mich zerstören, er wird dafür sorgen ...« Er schluckte hörbar. »Was wird dann ...?«

»Umso mehr ein Grund, mir zu helfen. Sie können so vielleicht noch Ihre Haut retten. Wenn Sie mir nicht helfen, finde ich einen anderen Weg, aber dann ist es zu spät für Sie. Andererseits, wenn Sie mir jetzt helfen, verspreche ich, bei Ermittlungen alle Schuld auf Westman zu schieben und Sie so gut wie möglich aus der Sache rauszuhalten.« Mary suchte seinen Blick. »Sie haben doch auch Zweifel, ob das hier alles moralisch okay ist, was Westman sich ausdenkt, oder nicht?«

Reacher fuhr sich erneut durch die Haare. »Ja, schon ... er hat einen guten wissenschaftlichen Ansatz, deswegen habe ich überhaupt mitgemacht. Aber ... Mary, du verlangst Unmögliches!«

Mary starrte ihn an. Aller Zorn richtete sich nun auf ihn. In ihr war keinerlei Mitleid für seine Situation. Schließlich wusste er, tief in sich drinnen, was richtig war und was falsch. Sie hoffte nur, dass er sich für die richtige Seite entschied.

»Dann machen Sie es möglich. Heute Nacht. Sie hat gesagt, Westman wäre in Denver und komme heute wahrscheinlich nicht mehr in die Klinik. Sie selbst dürfte kein Problem sein. Wie viele Leute sind an diesem Projekt beteiligt?«

»Mit der Verwaltung zehn. Westman wollte ein kleines, effektives Team.«

»Alle in diesem Stockwerk?«

Reacher nickte. »Im ganzen Gebäude. Nachts sind wir aber nur zu zweit.«

Die Aussage erstaunte Mary, sie hatte damit gerechnet, dass die Station für Komapatienten nur ein Teil des Komplexes ausmache. Reacher erklärte ihr nun, dass sich selbst im besten Fall nur sechzehn Menschen in der Klinik aufhielten. Es gab keine weiteren Patienten außer ihnen.

»Wie viele Ärzte?«

»Nur ich und Westman. Dazu kommen eine Tages- und Nachtschwester, die sich im Dienst abwechseln. Weiterhin ein Techniker, drei Laborassistenten und zwei Frauen in der Verwaltung.«

»Nachts?«

»Nur die Schwester und entweder Westman oder ich in Bereitschaft.«

»Lassen Sie mich raten: Den Bereitschaftsdienst übernehmen in der Regel Sie?« Mary hob eine Augenbraue. Sie wusste nun, dass sie Reacher so gut wie auf ihrer Seite hatte.

Er nickte.

»Nachts sind wir also praktisch allein«, schob Mary hinterher.

Reacher nickte jetzt geradezu ergeben. »Was ist denn dein Plan? Wie können wir das rückgängig machen, was *Deep Dream* zerstört hat? Ich meine, die anderen ... sechs ...« Er sah Mary fragend an. Sie nickte, um ihm zu verstehen zu geben, dass sie längst wusste, dass die anderen sechs auch hier waren. »Die anderen sechs ... ich kann dir nicht mal garantieren, ob für sie noch eine Chance besteht. Ich habe mir die Nächte um die Ohren geschlagen ... die Prognosen angesehen, die die Computer ausspucken, aber nichts. Da ist kein Anhaltspunkt ... vielleicht nicht einmal eine Hoffnung, dass auch nur einer von ihnen ... verstehst du, Mary? Ich weiß nicht einmal, wie lange sie die Belastung durch den Versuch noch verkraften werden!«

Seine Worte trafen Mary tief. Aber sie hatte lange genug nachgedacht, um die eine mögliche Lösung auszuprobieren. Sie würde Reacher einweihen – das war ihre einzige Chance. Sie hoffte, Cecilys Ahnung und ihr eigenes Bauchgefühl würden sie, was Reacher anging, nicht enttäuschen. Sie holte tief Luft: »Es gibt noch eine winzige Chance und ich habe eine Idee. Aber dafür brauche ich Zugang zu einem Computer mit Internetanschluss.«

Reacher zögerte nur einen Moment, doch als ihn Mary schließlich auffordernd anschaute, war alles klar: Er würde ihr helfen. Innerlich jubelte Mary und war unendlich erleichtert.

»Den findest du in meinem Büro, es liegt direkt neben Westmans.« Er erklärte ihr, wie sie dorthin kam.

Mary zählte weiter auf: »Weiterhin benötige ich drei Nadeln, etwas dicker als normal. Bindfaden, Tusche und ein Feuerzeug.«

»Wozu ...?« Reacher schüttelte den Kopf, als er Marys entschlossenen Gesichtsausdruck sah. »Okay, okay, aber die Sachen werde ich besorgen müssen.«

»Dann tun Sie das. Ist Ihr Computer durch ein Passwort gesichert?«

Er nannte es ihr.

»Gut«, sagte Mary. »Heute Nacht werde ich mich in Ihr Büro schleichen. Ich werde ein paar E-Mails schreiben. Wenn ich damit fertig bin, komme ich in den Versuchsraum. Ich hoffe, Sie haben dann alles vorbereitet.«

»Mary, ich ...«

Sie winkte ab. »Dr. Reacher, wir werden jetzt nicht darüber diskutieren. Entweder Sie machen mit oder ich lasse alles hier auffliegen. Es ist Ihre einzige Chance, noch mit einer heilen Haut herauszukommen.«

Der Arzt senkte den Kopf.

Mary spürte, dass sein Widerstand endgültig gebrochen war. Er würde gegen Westman arbeiten – mit ihr. Noch nie hatte sie sich so gut gefühlt, so kämpferisch und aufrecht. All die Erinnerungen an die anderen leiteten sie bei dem, was sie vorhatte.

Mary war fest entschlossen, jeden Einzelnen von ihnen zu retten. Selbst Kathy.

Heute Nacht war es so weit. *Die Kraft kommt aus mir selbst.*

Es war draußen bereits stockduster, und das seit Stunden. Mary hatte nicht viel Zeit. Noch in dieser Nacht würde Dr. Westman von seiner Reise zurückkehren – und bis dahin musste alles erledigt sein.

Aber nur du weißt, wie, Mary.

Das wusste sie nun tatsächlich, sie hoffte es zumindest.

Leise schlich sie aus ihrem Krankenzimmer. Aus dem Aufenthaltsraum der Schwester drang kein Licht, als Mary vorbeihuschte. Wie ein Geist bewegte sie sich im kalten Schein der Neonlampen. Sie erreichte den Gang, der sie zur Abzweigung zu den

Büroräumen und den Labors brachte. Diesmal wandte sich Mary nach rechts. Die Tür, an der das Wort »Verwaltung« stand, war nicht abgeschlossen. Reacher hatte dafür gesorgt. Mary schlüpfte in den Raum, schloss die Tür leise hinter sich und hielt inne.

Hier drin war es fast dunkel. Lediglich durch ein großes Fenster fiel Mondschein herein. Mary wartete, bis sich ihre Augen an das Zwielicht gewöhnt hatten, dann ging sie zum Fenster und blickte hinaus.

Vor ihr lagen die Auffahrt zur Klinik und ein kleiner Parkplatz, auf dem ein Kleinwagen abgestellt war. Die Marke und Farbe konnte sie nicht ausmachen, aber sie vermutete, dass das Fahrzeug der Nachtschwester gehörte.

Sie wandte sich ab und sah sich um.

Wie von Reacher beschrieben, befand sie sich nun im Vorraum zu den Verwaltungsbüros. Ein brusthoher Tresen versperrte ihr zunächst die Sicht, aber als sich Mary darüberbeugte, entdeckte sie eine moderne Telefonanlage und einen Computer, der allerdings ausgeschaltet war. Diesen Computer konnte sie nicht benutzen, da die Mitarbeiterin der Klinik ihn höchstwahrscheinlich mit einem Passwort gesichert hatte. Nein, sie musste Reachers Büro finden.

Mary ging um die Empfangstheke herum und öffnete die nächste Tür. Sie befand sich nun in einem kurzen Gang, der schnurgerade vor ihr herlief. Auch hier fiel das Licht des Mondes herein und Mary hatte kein Problem, sich zu orientieren. Reachers Büro war das erste auf der linken Seite. Dahinter führte eine weitere Tür zu Westmans Büro. Sie wusste von Reacher, dass Westman dort eine Liege aufgestellt hatte, da er hin und wieder in der Klinik übernachtete, aber unter dem Türschlitz drang kein Licht hervor, und als sie ihr Ohr an die Tür legte, blieb dahinter alles still.

Westman war tatsächlich nicht zurückgekehrt.

Gut so.

Sie schlich zurück zu Reachers Büro, öffnete leise die Tür, trat ein und zog sie hinter sich zu. Hier war es stockfinster. Es gab kein Fenster.

Mary hielt kurz die Luft an, dann tastete sie mit zittrigen Fingern nach dem Lichtschalter.

Als die Beleuchtung ansprang, musste sie geblendet die Augen schließen, aber kurz darauf sah sie sich im Zimmer um. Es war ein winziger Raum, der lediglich einem Regal mit Büchern und Ordnern, einem Schreibtisch, einem kleinen Metallspind und einem Stuhl Platz bot. Reachers Computer thronte auf der abgenutzten Holzplatte wie eine alte Trutzburg über dem flachen Land. So klein und alt das Büro insgesamt wirkte, der Rechner war vom Feinsten. Er hatte einen großen, superflachen Bildschirm, Bluetooth-Maus und eine kaum fingerbreite Tastatur, die in Weiß auf Silber schimmerte. Der Bildschirm war schwarz, aber als Mary die Maus berührte, sprang er aus dem Schlafmodus an und bot ihr die bekannte Oberfläche zur Passworteingabe. Bevor Mary Platz nahm, schaltete sie die Raumbeleuchtung wieder aus, das Licht des Bildschirms sollte ausreichen. Sie wollte nicht, dass man unter dem Türspalt hindurch erkennen konnte, dass sich jemand im Büro aufhielt. Besser war es, das Glück nicht herauszufordern. Mit einem Sicherheitsdienst oder Wachmann rechnete Mary nicht, wenn es an der Klinik so etwas gäbe, hätte Reacher sie gewarnt.

Zurück am Computer, zog sie den drehbaren Bürostuhl auf Rollen heran und nahm Platz. Sie loggte sich ein, dann öffnete sie ein Browserfenster.

Nun aber los.

Sie tippte die Adresse eines bekannten E-Mail-Dienstes ein, bei dem sie ein Konto unterhielt. Sie versuchte gar nicht erst, sich krampfhaft an ihr Passwort zu erinnern ... sie ließ ihren Fingern freien Lauf. Und es klappte!

Mary durchsuchte ihr Postfach, aber außer Spam war nichts angekommen. Keine neuen Nachrichten.

Warum auch? Ich war ja schließlich eine Weile weg. Weit weg!

Sie startete eine neue Nachricht und gab die E-Mail-Adresse ihrer Mutter ein. Dann begann sie zu schreiben. Sie erzählte vom Labyrinth, *Deep Dream* und Westmans kriminellen Machenschaften. Sie ließ nichts aus und erklärte auch, was sie vorhatte. Sie brauchte eine Verbündete, die Bescheid wusste. Jemand, der auch, nachdem vielleicht alles schiefgegangen war, für sie sprechen würde.

Dreißig Minuten lang hackte Mary wie wild auf die Tasten, dann drückte sie den »Senden«-Button und seufzte auf.

Nun blieb nur noch eines zu tun.

Mary zog die einzige Schublade des Schreibtisches auf. Reacher hatte Wort gehalten. Vor ihr lagen die Dinge, die sie brauchte, ohne die sie verloren war.

Zum ersten Mal an diesem Tag lächelte sie.

Nun musste sie nur noch eines tun. Mary fand im Spind neben Reachers Schreibtisch einen weißen Kittel, den sie sorgfältig in den Spalt zwischen Tür und Boden stopfte. Dann schaltete sie die Raumbeleuchtung wieder an. Für das, was sie vorhatte, brauchte sie Licht und eine ruhige Hand. Sie hoffte nur, dass sie vor lauter Nervosität nicht zu sehr zitterte.

Mary holte tief Luft.

Dann begann sie.

Viel zu viel Zeit war vergangen, als sie die Sachen wieder in der Schublade verstaute. Sie würde zu spät kommen und Reacher sich mit Sicherheit fragen, ob sie noch immer durchziehen wollte, was sie sich vorgenommen hatte.

Mary löschte gerade das Licht, als sie Schritte auf dem Flur hörte.

Sie erstarrte.

War das Reacher? Nein, es musste Westman sein. Er war früher zurückgekehrt als erwartet. In der Finsternis des Raumes und mit zitternden Beinen stand Mary da und lauschte. Die Schritte blieben genau vor der Bürotür stehen. Hier drin gab es kein Versteck und der Spind war zu klein, um hineinzusteigen. Wer immer nun vor der Tür stand, wenn er sie öffnete, würde er sie sofort sehen und Erklärungen konnte sie sich auch gleich sparen. Niemand kaufte einem barfüßigen Mädchen im Krankenhemd eine Ausrede ab.

Mary hielt die Luft an.

Dann hörte sie, wie die Tür zum Büro nebenan geöffnet und kurz darauf wieder geschlossen wurde.

Jetzt!

Sie musste aus dem Büro schleichen und zu Reacher ins Labor, wenn sie noch eine Chance haben wollte. Außer sie verschob ihr Vorhaben auf eine andere Nacht.

Nein, diese Möglichkeit gab es nicht.

Irgendwann würde ihre Mutter die E-Mail lesen und reagieren. Es musste heute Nacht sein.

So vorsichtig wie möglich öffnete sie die Tür. Ihre Nerven waren zum Zerreißen angespannt, und als die Tür ein leises Quietschen von sich gab, glaubte sie, ihr Herz würde stehen bleiben. Mary lauschte, aber alles blieb ruhig.

Dann hörte sie plötzlich Westmans gedämpfte Stimme durch die gegenüberliegende Tür dringen. Offensichtlich telefonierte er. Seine Stimme war selbst im Gang gut zu vernehmen.

Sie wollte gerade weiterhuschen, als ihr Name fiel. Mary zögerte. Ihr Verstand riet ihr, so schnell wie nur möglich zum Versuchsraum zu gehen, gleichzeitig trieb sie die Neugierde dazu, stehen zu bleiben und zu lauschen.

Es war wichtig zu wissen, was Westman vorhatte, was er wusste. Sie würde sich nur wenige Minuten erlauben und dann sofort zu Reacher gehen.

Drei Schritte und dann presste sie ihr Ohr an die Tür.

»Ich sehe das anders«, sagte Westman gerade. »Der Versuch war ein Erfolg. Eine Patientin ist aufgewacht und ausgerechnet noch diejenige, der wir die wenigsten Chancen eingeräumt hatten. Das wird unserem Projekt neuen Auftrieb geben.«

Westman schien der Antwort zu lauschen, dann sagte er: »Nein, Sie als Geldgeber werden keinen Imageschaden erleiden. Niemand wird hiervon etwas erfahren, glauben Sie mir ... Ja, die Krankenschwester wurde gefeuert, sie wird dichthalten, ebenso wie Reacher, das habe ich im Griff.«

Wieder Stille.

»Wir müssen jetzt einfach die Ruhe bewahren, um das Mädchen kümmere ich mich. Sie darf mit ihrer Geschichte nicht an die Öffentlichkeit, aber seien Sie sicher ...« Er lachte heiser auf. »... das wird nicht schwer, bei ihrem Zustand. ... Bei solchen Projekten gibt es immer leichte Komplikationen.«

Eine eiskalte Hand griff nach Mary und sie erschauderte. Sie wusste nun, Westman wollte sie aus dem Weg räumen und ihre Freunde sollten für immer im Labyrinth gefangen bleiben!

Als Westman erneut seinem Gesprächspartner zu lauschen schien, entschloss Mary, dass sie genug gehört hatte. Noch immer unter Schock, aber umso wilder entschlossen, huschte sie den Gang entlang. Jetzt galt es, die Nerven zu behalten, aber vor allem durfte sie keine Zeit mehr verlieren. Westman konnte jeden

Moment auf die Idee kommen, nach ihr oder seinen anderen Patienten zu schauen, und alles wäre aus.

Als Mary den Versuchsraum erreichte, fühlte sie sich erschöpft und hatte Atemnot. Reacher stand vor ihr. Durch das blaue Licht im Rücken lag sein Gesicht im Schatten, sodass Mary den Ausdruck darin nicht deuten konnte, aber sie spürte, dass er zornig war, aber auch ängstlich.

Seine Stimme vibrierte, als er sagte: »Wo bleibst du denn?«
»Ich hatte noch etwas zu tun.«
Sie verschwieg ihm, dass Westman aufgetaucht war. Das würde Reacher bloß in Panik versetzen und er würde womöglich alles abblasen.

Nein, er sollte besser nicht wissen, in welcher Gefahr sie schwebten.

»Der ganze Prozess dauert etwas, und je länger wir warten, desto größer ist die Gefahr, entdeckt zu werden.«

Niemand wusste das besser als sie. Mary schaute sich um. Das pulsierende Leuchten zuckte über die Schlafenden hinweg und Mary spürte eine tiefe Verbundenheit mit diesen jungen Menschen, die fernab von dieser Welt im Labyrinth gefangen waren.

Sie leiden. Ich bin mir sicher, dass sie leiden.

Obwohl die Zeit drängte, ging sie zu einer der Liegen. Sie nahm Leóns Hand in ihre und blickte auf ihn herab. Fast friedlich lag er vor ihr.

Du bist nicht allein. Ich komme zu dir und befreie dich. Ich werde dich finden, wo immer du auch bist, und ich werde dich festhalten und nie wieder loslassen.

Reacher hatte inzwischen mehrere Computersysteme hochgefahren und die Oberfläche einer Software aufgerufen. Hektisch begann er, mit der Maus zu klicken und Parameter einzutippen.

Mary fröstelte plötzlich. Sie schlang die Arme um sich, aber das Zittern wurde stärker, erfasste ihren ganzen Körper. Ihre Knie wackelten und für einen Moment hatte sie das Gefühl, gleich in Ohnmacht zu fallen.

Angst. Es ist nur die Angst. Du kennst sie, eine alte Freundin, die zu Besuch kommt, aber auch immer wieder geht. Dir ist nicht wirklich schwindlig, deine Nerven spielen dir einen Streich. Atme tief ein und wieder aus und es wird vorbeigehen.

Mary schloss die Augen und zählte.

Sieben.

Sie sog tief Luft ein und atmete wieder aus.

Sechs.

»Bist du so weit?«, fragte Reacher. Sie schlug die Augen auf.

»Ja.« *Ja, bald.*

»Und du willst das wirklich durchziehen?«

»Ja, versetzen Sie mich ins Koma.«

Sie konnte es kaum erwarten.

Ich werde zurück ins Labyrinth gehen und nach meinen Freunden suchen. Ich kenne jetzt Deep Dream *und weiß, wie es funktioniert, und ich werde das Labyrinth besiegen.*

Reacher schaute sie besorgt an. »Es besteht die Gefahr, dass das Programm deine Erinnerung löscht.«

»Nicht löscht«, verbesserte Mary. »Verbirgt, aber ich habe starke Bilder in mir. Bilder von der Wirklichkeit, von diesem Raum. Ich werde mich erinnern.«

»Dann leg dich bitte auf die Liege. Ich werde jetzt die Sonde unter deiner Schädeldecke aktivieren, damit du wieder ans System angeschlossen wirst. Danach bekommst du eine Spritze von mir, die dich einschlafen lässt. Du wirst nichts spüren und ... erst wieder im Labyrinth erwachen. Wo allerdings, das vermag ich nicht zu sagen, das bestimmt das Programm.«

»Noch etwas, Doktor«, sagte Mary leise. »Ich möchte, dass Sie Westman eine Nachricht übermitteln.«

Fünf.

»Ich habe mir schon so etwas gedacht«, meinte Reacher. »Du hast etwas gegen ihn in der Hand.«

»Ja, sagen Sie ihm, ich hätte einer Person einen Bericht über alles geschickt, was hier geschehen ist. Ich habe alles von diesem Versuch aufgeschlüsselt und ich habe vom Labyrinth und den Ereignissen darin erzählt. Sollte Westman die Geräte abschalten, das Programm *Deep Dream* beenden, ohne dass ich erwacht bin, gehen all diese Informationen an die großen Medienhäuser dieser Welt. Das Gleiche geschieht, wenn ich nicht innerhalb von vier Wochen erwache und meiner Kontaktperson mitteile, dass sie die Informationen vernichten soll.«

Reacher nickte bedächtig, aber runzelte die Stirn.

»Mary, ich bin auf deiner Seite, ich möchte doch auch, dass ihr ... dass ihr alle wieder gesund aufwacht. So war es gedacht. Aber ... aber dein Wort allein, das sind noch alles keine Beweise. Westman kann immer noch behaupten, du hättest dir alles nur eingebildet.«

Mary spürte, wie ein Lächeln über ihr Gesicht zog. »Doch, ich habe Beweise, denn ich habe Ihre Aufzeichnungen im Computer gefunden. Darin berichten Sie über alles, was ich Ihnen erzählt habe und welche Konsequenzen Sie für das Projekt daraus gezogen haben. Sagen wir es so: Ihre Rückschlüsse darauf, was während dem Versuch geschehen und schiefgelaufen ist, sind sehr aufschlussreich.«

Reacher starrte sie an. »Ich verstehe, warum du das alles tust, aber du hattest versprochen, dass, wenn ich dir helfe, du versuchst, mich so gut es geht aus der Sache herauszuhalten.«

Mary lachte bitter auf. »Ja, ich hoffe auch, dass es dazu nicht kommen wird. Ich hoffe, dass Westman, wenn meine Freunde und ich aufwachen, um unsere Geschichte zu erzählen, über alle Berge sein wird. Und dann stehen sieben Aussagen gegen eine – wenn Sie möchten, können Sie der achte Zeuge sein, der Westman vernichten wird. Wenn Sie das nicht wollen, werde ich zumindest Ihre Unterstützung bei dem, was ich vorhabe, herausstellen.«

Reacher wirkte noch immer ängstlich. »Ich könnte behaupten, dass diese angeblichen Aufzeichnungen aus meinem Computer nicht echt sind, du sie frei erfunden hast.«

»Ach, und trotzdem haben Sie mir Ihr Passwort verraten, Zugang zum Internet verschafft und versetzen mich in ein künstliches Koma? Das passt irgendwie nicht zusammen, oder?«

Reacher schwieg.

Vier.

»Wir stehen auf einer Seite. Ich bin sicher: Nur zusammen werden wir das schaffen. Sie müssen mir helfen, Westmans perfides Experiment, das Lebenswerk eines Wahnsinnigen, zu zerstören. Es ist Westman, den wir zerstören, nicht Ihre Reputation als Arzt. Sie können die Rolle des Helden einnehmen, der zur richtigen Zeit den richtigen Schalter umgelegt hat, um das alles hier zu beenden.« Mary setzte nach: »Seien Sie einer von uns, wachen Sie mit uns auf aus diesem Albtraum.«

Reacher sagte noch immer kein Wort.

»Und das wollen Sie doch auch, nicht wahr? Mit gutem Gewissen zu Ihrer Familie heimkehren?«

Reacher nickte kaum merklich und Mary sah, dass sein letzter Widerstand gebrochen war.

Drei.

Mary legte sich auf die kalte Liege und starrte an die Decke. Reacher zögerte einen Moment, dann fuhr er mit einem merkwürdigen Gerät, das einem mobilen Strichcodeleser ähnelte, über die linke Seite ihres Schädels und sie spürte Wärme an dieser Stelle, aber das mochte Einbildung sein. Reacher hatte ihr im Vorfeld erklärt, wie die Sache technisch ablief, aber sie interessierte nur, dass es funktionierte.

Reacher legte den Apparat zur Seite und fasste nach ihrem linken Arm, hielt überrascht inne und starrte auf die Stelle.

Dorthin, wo sie aus einem Fetzen ihres Nachthemdes, den sie herausgerissen hatte, einen provisorischen Verband angelegt hatte, durch den nun etwas Blut sickerte.

»Was ist das? Hast du dich verletzt?«

Mary sah ihn an, dann zog sie den Verband herunter.

Zwei.

Reacher hielt die Luft an, dann stieß er sie wieder aus. »Du hast dich tätowiert? Dafür waren also Tusche, Bindfaden und die Nadeln.«

»Ja.«

Mary blickte an ihrem Arm hinab. Mit dem Verband wischte sie die leichten Blutspuren ab, im blauen Licht wurde das schwarz glänzende Bild noch deutlicher. Es war kein Kunstwerk, aber es würde seine Aufgabe erfüllen.

»Eine Sonne«, sagte Reacher ehrfürchtig. »Warum eine Sonne?«

»Licht in der Dunkelheit«, antwortete Mary schlicht.

Dann schloss sie die Augen.

Eins.

Epilog

Fünfzehn Minuten später war es getan. Mary ruhte regungslos auf der Liege. Reacher hatte sie ins künstliche Koma versetzt und sie war jetzt an dem Ort, an dem sie sein wollte.

Im Labyrinth.

Auf der Suche nach ihren Freunden.

Reacher hatte Angst, was jetzt auf ihn zukommen würde. Aber er bewunderte auch Mary. Sie war mutig. Sie war an einen Ort zurückgekehrt, den sie zu fürchten gelernt hatte, und Reacher spürte tief in sich drin die Gewissheit, dass Mary wiederkehren würde.

Ihre Geschichte erzählen würde.

Und zwar nicht allein.

Er wandte sich ab und wollte gerade den Raum verlassen, als er den Rucksack in einer Ecke des Raumes entdeckte. Es war ein einfaches Modell, mit glänzenden Verschlüssen.

Der muss Westman gehören, dachte Reacher und ließ ihn ungeöffnet stehen.

Mit zwei großen Schritten verließ er den Raum, ohne sich noch einmal umzudrehen.

Ende

Danksagungen

Ich danke dir, lieber Leser, dass du mit mir diesen langen Weg gegangen bist. Über drei Bände hinweg hast du Jeb, Jenna, Mischa, Tian, Kathy, León, Mary und irgendwie auch mich begleitet. Es war eine schwierige Reise mit vielen Gefahren, aber wir haben nun das letzte Portal durchschritten und gleich wirst du dieses Buch aus der Hand legen und wieder in deine eigene Welt zurückkehren. Danke, dass du mein Gefährte auf diesem Weg warst.

Natürlich danke ich meinen Eltern, die der Anfang meines Universums waren. Meinem Bruder Achim für seine unerschütterliche Freundschaft und Liebe.

Dem Club der fetten Dichter sei Dank und all den Bloggern, Rezensenten und Fans dieser Trilogie.

Ein großes Dankeschön geht an die Mitarbeiter des Arena Verlags und hier besonders an meine großartige Lektorin Nikoletta Enzmann, die einen wesentlichen Anteil am Erfolg dieser Bücher hat.

Ich danke meiner Frau Gabriele und meiner geliebten Tochter Anna. Ich muss euch hier keine Worte schreiben, ihr kennt sie alle.

Ein herzliches Dankeschön geht an Dr. med. Rudolf H. van Schayck, der mir unzählige medizinische Fragen zum Thema »Koma« beantwortet hat. In vielen Dingen konnte ich der Realität nicht folgen, denn die Wirklichkeit ist erschütternd. Ich habe mir daher die Freiheit genommen, die medizinischen Fakten in ihrer

Darstellung zu ändern. Programme wie *Deep Dream* sind natürlich frei erfunden, obwohl es schon erste Ansätze in diese Richtung gibt.

Sollten mir über die künstlerische Freiheit hinaus Fehler in der Beschreibung medizinischer Realitäten unterlaufen sein, so ist dies allein mein Verschulden.

Etwas Wichtiges noch: Nachdem ich die Spezialklinik für Komapatienten nach meinem Besuch aufgewühlt verließ und mich verabschiedete, sagte Dr. Schayck zu mir:

– Genießen Sie Ihr Leben. –

Ich denke, das sollten wir alle tun. Jeden Tag.

Rainer Wekwerth

Rainer Wekwerth

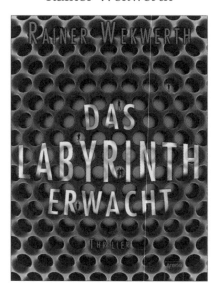

Das Labyrinth erwacht

Es sind 7 Jugendliche, aber nur 6 Tore führen in die Freiheit. Und das Labyrinth, das sie gefangen hält, denkt. Es ist bösartig. Sie wissen nicht, wer sie einmal waren. Aber das Labyrinth kennt sie. Jagt sie. Es gibt nur eine einzige Botschaft: Sie haben zweiundsiebzig Stunden Zeit, das nächste Tor zu erreichen, oder sie sterben. Ein tödlicher Kampf um die Tore entbrennt - aber sie sind dort nicht allein.

Auch als E-Book erhältlich
www.wekwerth-labyrinth.de

Arena

408 Seiten • Gebunden
ISBN 978-3-401-06788-9
www.arena-verlag.de

Rainer Wekwerth

Das Labyrinth jagt dich

Fünf Jugendliche. Sie haben gekämpft, sich gequält und zwei Welten durchquert, um die rettenden Tore zu erreichen. Und wieder stellt sie das Labyrinth vor unmenschliche Herausforderungen, denn auch in der neuen Welt ist nichts, wie sie es kannten. Sie sind allein mit ihrer Vergangenheit, ihren Ängsten, ihren Albträumen. Neue Gefahren erwarten sie, aber letztendlich entpuppt sich etwas Unerwartetes als ihr größtes Hindernis: die Liebe. Jeder von ihnen mag bereit sein, durch die Hölle zu gehen, doch wer würde das eigene Leben für seine Liebe opfern?

Arena

Auch als e-Book erhältlich
www.wekwerth-labyrinth.de

352 Seiten • Gebunden
ISBN 978-3-401-06789-6
www.arena-verlag.de

Rainer Wekwerth

Damian
Die Stadt der gefallenen Engel

Laura will eigentlich nur ein paar aufregende Tage in Berlin verbringen. Doch hinter der Fassade der Großstadt verbirgt sich eine Welt, in der Engel und Dämonen einen erbitterten Kampf austragen. Als Lara sich in Damian verliebt, weiß sie nicht, dass er dazu ausersehen ist, eine dunkle Prophezeiung zu erfüllen. Bald bedroht ein gut gehütetes Familiengeheimnis nicht nur ihre Liebe zu Damian, sondern auch ihr Leben.

Arena

Auch als E-Book erhältlich

424 Seiten • Arena Taschenbuch
ISBN 978-3-401-50463-6
www.arena-verlag.de

Rainer Wekwerth

Damian
Die Wiederkehr des gefallenen Engels

Damian ist auf die Erde zurückgekehrt. Aus Liebe zu Lara, die er beschützen möchte, hat er sich dem Himmel widersetzt. Lara erkennt ihn jedoch nicht. Während er gegen den Verfall kämpft, den er auf der Erde erleiden muss, versucht sie, ihren Exfreund Ben zurückzugewinnen. Doch über allem schwebt eine finstere Prophezeiung, die Lara erfüllen muss, denn sie ist mehr als ein Mensch. Damian und Lara stellen sich der dämonischen Gefahr, aber sie ahnt nicht, welchen Preis Damian für seine Liebe bezahlt hat.

Auch als E-Book erhältlich

400 Seiten • Klappenbroschur
ISBN 978-3-401-06591-5
www.arena-verlag.de

Beatrix Gurian

Stigmata
Nichts bleibt verborgen

Kurz nach dem Tod ihrer Mutter erhält Emma von einem unbekannten Absender eine alte Schwarz-Weiß-Fotografie, die ein Kleinkind zeigt. Dem Foto beigefügt ist die rätselhafte Aufforderung, die Mörder ihrer Mutter zu suchen. Angeblich soll Emma die Täter in einem Jugendcamp finden, das in einem abgelegenen Schloss in den Bergen stattfindet. Dort stößt sie immer wieder auf unheimliche Fotografien aus der Vergangenheit des Schlosses. Und auch in der Gegenwart häufen sich die mysteriösen Zwischenfälle ...

Arena

Auch als E-Book erhältlich

384 Seiten • Gebunden
Mit Fotografien von Erol Gurian
ISBN 978-3-401-06999-9
www.arena-verlag.de